KB202446

심장이 뛴다  영화가 뛴다

## 저예산 장편영화 제작일기

〈잉투기〉 〈이쁜 것들이 되어라〉
〈보호자〉 〈들개〉

**한국영화아카데미**

씨네21북스

KAFA 4층에는 소극장이 하나 있다. 45명 정도 앉을 수 있는 비교적 작은 공간이다. 환기가 제대로 되지 않아 인공적인 에어컨의 공기 순환으로 간신히 버텨야 하는 곳이다. 그나마 2년 전 제대로 된 책상이 들어오기 전까지는 간단한 필기도 쉽지 않았다. 매주 수요일 1시가 되면 이곳에 모든 교수와 학생이 모인다. 학생들에게는 자신의 완성되지 않은 아이디어와 편집본을 발표하는 떨리는 공간이고, 교수들에게는 이를 가차 없이 평가하고 자신의 영화관을 담아내야 하는 공간이다. 교수들의 의견은 모두 다르다. 학생들은 교수들이 쏟아 낸 의견들을 거꾸로 평가하며 그 중 쓸 만한 견해와 아이디어를 건져 낸다. 말하자면 이곳은 아직 만들어지지 않은 영화를 '같이 상상하는' 공간이다.

KAFA의 힘은 여기에서 나온다. 같이 상상하는 것. 아직 완성되지 않은 '생각'을 서로 다른 시점에서 같이 고민하는 것. 이런 다양한 의견은 영화를 건강하게 만든다. '제발 의견을 모아주세요!' 학생들의 간절한 의견은 무시된다. 그런 것은 없다. 모두 다르다. 그게 영화다. 학생들에게 영화에 대한 근본적인 질문을 던지고 스스로 답을 찾아보라고 권한다. '시련을 주는 영화학교'. 한국영화아카데미가 학생들에게 주는 시련은 바로 이런 것이다. 스스로 답을 내려야 하는, 다른 시선의 '질문'이 쏟아진다.

제작연구과정 6기 작품 역시 이곳에서 태어났다. 단계마다 학생들은 자존심을 쓰레기통에 구겨 넣고 오로지 좋은 영화를 만들기 위해 스스로 답을 찾아 나섰다. 수업을 마치고 뼈아픈 말들을 쏟아 냈던 교수들은 소주 잔을 기울이며 학생 하나하나를 걱정했다. '과연 이 친구들이 해낼 수 있을까?' 1년 반이 지난 지금, 교수들은 미소 짓는다. 스스로 해답을 찾은 그들을 보며 웃는다. "정말 많이 컸다! 이제 빨리 나가서 영화로 돈을 벌어라!"

그렇다. 우리는 이제 이들을 쫓아낼 때다. 유혈이 낭자했던 KAFA 4층을 벗어나 졸업이 없는 진짜 전쟁터로, 낭떠러지로, 그들을 내몰아야 한다. 이들은 충분히 상업영화 감독이 될 만한 준비를 모두 마쳤다. 부디 한국영화계에서 부끄럽지 않은, 배고프지도 않은 메인 플레이어가 됐으면 좋겠다.

ps. 이 글을 쓰고 있는 지금, 제작연구과정 7기 친구들이 같은 과정을 밟고 있다. 하나같이 똥 씹은 표정이다. 동시에 이렇게 똥 씹은 표정을 짓기 위해 8기 지원자가 줄을 잇고 있다. 역시 똥 씹은 표정들이다. 하지만 나는 안다. 그 표정이 언젠가는 활짝 웃기 위한 것이란 걸.

최익환(한국영화아카데미 원장)

# 차례

이투기

Ingtoogi
: The
Battle
of Internet
Trolls

잉여 인간이 넘쳐나는 세상.
잉여들이 세상을 향해 한 발 내딛는다.

심장이 뛴다, 영화가 뛴다

심장이 뛴다. 영화가 뛴다

18
심장이 뛴다, 영화가 뛴다

# DATABASE

**연출** 엄태화

**각본** 엄태화 조슬예

**촬영** 지상빈

**프로듀서** 강지현

**출연** 엄태구 류혜영 권율

**제공** KAFA Films

**제작** 한국영화아카데미(KAFA)

**공동제공 • 배급** CGV 무비꼴라쥬

**공동제공 • 마케팅** (주)프레인글로벌

**해외배급** CJ 엔터테인먼트

**제작지원** CJ CGV, (재)한국영화아카데미발전기금

**러닝타임** 98분

**포맷** HD

**사운드** 5.1

**화면비** 1.85:1

**제작연도** 2013년

**웹사이트** www.kafa.ac.kr

# STORY

인터넷 커뮤니티에서 만나 '키배(키보드 배틀, 즉 댓글싸움)'를 뜨는 '칡콩팥'과 '젖존슨'. 이들의 싸움은 '칡콩팥 젖존슨의 전쟁'이라 불릴 정도로 유명해진다. 그러던 어느 날, '젖존슨'이 '칡콩팥' 태식을 속여 현실세계로 불러낸 뒤 '현피(가상 세계가 아닌 현실 세계에서 싸우는 것)'를 한다. 그리고 처참히 얻어맞는 태식의 모습을 찍어 웹상에 퍼트린다. '젖존슨'에게 복수를 다짐하는 태식은 돈 많은 동네 형 희준과 함께 '젖존슨'을 찾기 시작한다. 복수심에 불타는 태식에 비해 희준은 뭔가 귀찮다. 태식은 '젖존슨'이 과거에 '잉투기(잉여+격투기)' 대회에 출전했다는 사실을 알아내고 뒤를 캐기 시작한다. 그 무렵, 아프리카 방송을 하는 고삐리 영자가 태식에게 접근한다. 뭔가 재미있을 것 같다고 생각한 영자는 젖존슨 찾는 것을 도와주겠다고 한다. 한편 태식은 젖존슨에게 맞던 중 자신에게 안면타격 공포증이 생겼다는 것을 알게 된다. 복수를 하려면 이를 없애야 한다고 생각한 태식이 격투기 훈련을 받기 시작한다. 그렇게 할 일 없이 빈둥거리기만 했던 잉여들이 무언가 하기 시작한다.

심장이 뛴다, 영화가 된다

# CHARACTER & CAST

**태식(엄태구)**

27세. 근육질 몸매에 강한 인상. 그러나 실은 허당이자 허세덩어리 백수 잉여. 게임 아이템을 팔아 용돈벌이를 하던 어느 날, 평소 웹상에서 사이가 안 좋던 젖존슨에게 길거리 한복판에서 처참히 폭행당한다. 게다가 그 영상이 인터넷에 떠돌아 신상이 털리고 실시간 검색 순위 1위에 오르는 등 유명인사가 된다. 바닥에 떨어진 명예를 회복하기 위해 젖존슨을 향한 복수를 계획한다.

엄태구 프로필 : 1983년 11월 9일생. 출연작 〈동창생〉(2013), 〈은밀하게 위대하게〉(2013), 〈무서운 이야기 : 해와 달〉(2012), 〈숨〉(2012), 〈가시〉(2011), 〈오싹한 연애〉(2011), 〈악마를 보았다〉(2010)

**영자(류혜영)**

고3. 애정 결핍을 해소하기 위해 아프리카 방송을 한다. 외고집이고 심심한 건 못 참는다. 방어적이고 까다롭고 반항적. 하고 싶은 건 그때그때 해버려야 직성이 풀리는 성격. 하지만 싫증도 빨리 낸다. 미래에 대한 걱정보다 현재를 즐기는 타입.

류혜영 프로필 : 1991년 3월 28일생. 출연작 〈서울연애〉(2013), 〈시나리오 가이드〉(2013), 〈숨〉(2012), 〈졸업여행〉(2012), 〈애정만세 : 미성년〉(2011), 〈나무 뒤에 숨다〉(2010), 〈여고생이다〉(2009)

**희준(권율)**

28세. 태식의 동네 친한 형. 역시 백수 잉여. 부잣집에서 곱게 자란 막내아들. 목표도, 꿈도 없다. 태식과 젖존슨을 찾는 여정을 함께 하다 격투기에 빠져든다.

권율 프로필 : 1982년 6월 9일생. 출연작 〈명량 : 회오리바다〉(2014), 〈우와한녀〉(2013), 〈피에타〉(2012), 〈범죄와의 전쟁〉(2011), 〈내 깡패 같은 애인〉(2010)

# 엄태화
## 감독의
### 이야기

# 01
## 우리는 아직 싸우는 중이다

처음엔 막연하게 '인터넷 세상을 다루는 영화를 찍고 싶다'고 생각했다. 그러던 중 지인에게 디시인사이드(이하 디시) 격투기 갤러리(이하 격갤)에 잉여들의 격투기, 줄여서 '잉투기'라는 대회가 있다는 이야기를 들었다. 잉여들이 링 위에서 싸운다? 상상만으로도 웃겼다. 바로 실제 대회 영상을 찾아보았다.

단순히 병맛 코미디일 거라 생각했던 것과 많이 달랐다. 그들은 잘하지 못했지만 진지했고, 땀범벅인 채 바닥을 뒹굴면서도 마냥 즐거워 보였다. '굳이 뭘 저렇게까지 열심히 할까?'라는 호기심이 일었고, 그들을 조금 더 알고 싶어졌다.

각각의 커뮤니티는 저마다 분위기나 문화가 다르고, 마치 하나의 인격체처럼 개성을 가지고 있다. 그 전까지 엠엘비파크(이하 엠팍) 유저였던 나는 디시에 대해 관심이 별로 없었는데, 잉투기 대회를 보게 된 후 디시를 기웃거리기 시작했다. 평소 공공장소에서 혼자 스마트폰을 보며 키득거리는 사람을 비웃곤 했는데, 어느 순간 건대와 홍대를 오가는 2호선 지하철 안에서 디시를 보며 키득거리는 나를 발견했다. 당연히 주로 보는 곳은 격갤이었다. 그곳에선 크고 작은 다툼이 끊이지 않았는데, 싸우는 이유는 사실 별것 아니다. 누군가 떡밥을 던지면 다른 누군가 그것을 문다. 예를 들어 '효도르랑 침팬지랑 싸우면 누가 이길까?' 이런 문제로 논쟁을 한다. 논쟁은 인신공격으로 바뀌고, 곧 패드립(패륜+드립)으로 이어진다.

여기서 엠팍과 디시의 성격이 갈린다. 엠팍에도 논쟁은 있지만 유저가 되기까지 까다로운 절차가 있는데다 과한 표현들은 제재를 당하다 보니 싸움이 극단으로 치닫는 경우는 드물다. 그러나 디시는 과격하고 직설적이다. 배출구로서의 성향이 강하다. 그러다 보니 확실히 자극적이다. 그래서 사소한 다툼이 결국 현피 제안으로 가는 경우가 많다. 그 중에는 구체적인 장소와 시간까지 정하는 경우가 있는데, 이때 자주 언급되는 곳이 간석오거리 5번

심장이 뛴다. 영화가 뛴다

출구다.

현피의 성지 같은 간석오거리. 왜 굳이 간석오거리일까? 찾아봤지만 알 수 없었다. 그저 처음에 누군가 그곳을 제안했고, 또 누군가 따라하고, 그러다 보니 그렇게 된 것 같다고 막연하게 짐작할 뿐이다. 흥미로운 것은 실제로 간석오거리에선 한 번도 현피가 일어나지 않았다는 것. 아니, 사실 격갤에서 현피 자체가 일어난 적이 없다. 말만 무성했을 뿐이다. 오히려 타 갤러리에선 현피가 있었고, 그것을 촬영한 동영상도 돌았다. 그 영상은 영화 장면화에 많은 도움이 되었다. 나는 현피 장면을 촬영한다면 꼭 간석오거리에서 해야겠다고 생각했다. 그것은 어떤 명확한 이유 때문이 아니라 직감에 가까웠다.

침콩팥과 젖존슨. 디시의 격갤러라면 두 닉네임이 익숙할 것이다. 어그로꾼(인터넷 채팅상에서 특별한 행동이나 말로 주위의 관심을 끄는 사람)인 두 닉네임은 유명한 앙숙으로, 둘이 한 번 키배(키보드 배틀)를 시작하면 몇날 며칠 싸움이 계속된다. 두 사람이 서로를 향해 쓴 글을 보고 있노라면 '이런 식으로도 상대를 욕할 수 있구나'라는 생각이 들 정도로 기발하고 창의적인 내용이 많다. 이렇듯 흥미로운 캐릭터와 관계를 가진 둘을 영화 주인공으로 삼았다. 실제 그들의 언어유희는 도저히 흉내 낼 수 없는 것들이기에 많은 부분 영화에 그대로 사용했다.

또 하나, 시나리오 과정에서 그들의 닉네임을 빌려 쓰기 시작했는데 완고가 나올 때 즈음 다른 이름으로 대체하려니 느낌이 살지 않았다. 칡콩팥, 젖존슨이라니. 이 네임 센스를 어찌 따라갈 수 있을까. 그래서 실제 닉네임의 주인을 찾아 사용 허락을 받기로 했다.

그런데 다시는 글을 쓸 때마다 닉네임을 바꿀 수 있기 때문에 실제 칡콩팥과 젖존슨이 누구인지 아무도 몰랐다. 심지어 두 사람이 동일 인물이라는 가설도 있다. 결국 우리는 격겔에 두 사람을 찾는 공고를 올렸는데, 돌아온 것은 욕설과 비방뿐이었다. 앞서 말했듯 커뮤니티마다 각각의 대화법이 따로 있는데 우리는 너무 공손하고 사무적인 어투로 접근한 것이 문제였다.

이런 어려움 속에서 나는 오히려 다른 감정을 느꼈다. 두 닉네임이 온라인 유저들을 대변하는 상징성을 가지고 있다는 것이다. 실제로 두 닉네임은 한 명일 수도, 둘일 수도 혹은 엄청난 다수일 수도 있다. 유명하지만 아무도 실체를 모르는 것이다. 이 상징성을 부각시키고 싶어 두 닉네임을 그대로 사용하기로 했다.

칡콩팥과 젖존슨을 영화 모델로 관찰하다 보니 정해야 할 것이 또 하나 있었다. 내가 그들 사이로 들어가 가감 없이 그들의 이야기를 그대로 보여 줘야 할 것인가, 혹은 그들과 조금 떨어져, 먼 곳에서 바라보는 시각으로 그들을 표현할 것인가. 이탈리아인 세르지오 레오네가 바다 건너 미국 서부를 자기만의 시각으로 재해석해 마카로니웨스턴을 만들었듯, 나는 후자를 선택하고 싶었다. 중요한 것은 그들을 바라보는 내 시각이다. 단, 표현을 하되 거짓말은 하지 말자. 그렇게 결심했으나 내가 간과한 것이 하나 있었다. 이달리아인과 미국인의 간극이 나와 잉여 사이에는 존재하지 않는다는 것. '난 저들과 다르다'며 굳게 쌓아놓았던 성벽은 그들을 직접 마주하는 순간 너무나 쉽게 허물어졌다.

그때 머릿속을 스쳐간 질문은 바로 이것이다. '잉여가 대체 뭐지?' 잉여란 통칭 쓸모없는 것을 나타내는 말인데, 그렇다면 잉여 인간은 정말 쓸모없는 존재들일까? 일반적인 시각이 그렇듯 나역시 그들을 쓸모없는 존재, 그저 나약하고 어리석은 존재들이라여겼다. 그러나 내가 만난 잉여들은 외로워서 누군가에게 '챙김'을 받고 싶고, '인정'을 받고 싶은, 그래서 처절하게 자신을 '표현'하려는 사람일 뿐이다. 결국 그들을 관찰하다 보니 방식과 표현이 조금 다를 뿐 나 역시 우리 시대 잉여의 한 부류임을 깨달았다.

잉투기의 주최자 천창욱 대표님의 말이 떠올랐다. "잉투기는 ~ing＋투기, 우리는 아직 싸우는 중이다, 라는 의미입니다." 이말이 바로 영화의 전부가 아닐까 싶었다. 이후 이야기의 시점을 선회했다. 관찰자 시점으로는 그들의 모습을 제대로 그려내기 어려울 것 같았다. 오히려 한 인물에 집중해 그의 내면을 가만히 들여다 보고, 그 몸부림을 통해 나 혹은 우리의 모습을 그려보고 싶었다.

# 02
## 실제 잉여들을 만나다

인터넷에서 '잉투기'를 검색하면 세일러복과 노란 가발로 치장한 남자가 춤을 추며 경기장으로 입장하는 영상을 볼 수 있다. 그 남자의 닉네임은 PK야도란. 포털 사이트를 뒤져 PK야도란이 올린 글을 모두 찾아보았다. 그의 아이디로 쪽지를 보내자 며칠 후 기다리던 답장이 왔다.

야도란의 소개로 잉투기 주최자 천창욱 대표를 만났다. 대표님은 레알 오덕후(한 가지 분야에 전문적으로 파고드는 사람. 일본어 '오타쿠'의 한국적 표현)였다. 대화를 나누면 나눌수록 예감은 확신으로 바뀌었다. 오덕후라고 하면 보통 부정적인 이미지를 갖고 있는데, 나는 평소 오덕후에 대해 그렇게 생각하지 않았다. 어떤 분야에 대해 깊은 애정을 가지고 파고들 수 있다는 것, '미쳐야 미

11-10-22 (토) 11:08에 이 메일에 답장을 보냈습니다.

**쪽지 보고 메일드립니다~!** ✉

보낸사람 : PK야도란    주소록에 추가   수신차단하기

받는사람 :

사실 잉투기 자체가 디시인사이드 격투갤러리 내에서만 알려진 거라서
외부에서 잉투기에 관심을 가져주신것.. 정말로 감사드립니다.

잉투기의 개요를 보셨으면 아시겠지만 잉여들의 세상을 향한 도전이로 받아들이시면 되요.

프로를 노리는 아마추어 선수도 있고 저 같이 학교를 자퇴하고 2년을 집에서 일도 안하고 놀다가
나가시마☆지헨죠츠 선수를 동경해서 운동을 시작한 케이스도 있고
자신의 능력을 시험하기 위해서 시합에 오르는 사람 등등 여러 사람들이 있습니다.

하지만 잉투기에 관한 것이라면 저보다도 잉투기 대회를 개최하시는 천창욱 위원님께 먼저 연락을 하시는것이 좋다고 생각합니다.
저는 잉투기에 출전하는 일개 아마추어 선수일 뿐 제가 어찌 할 수 없는 일이라..

심장이 뛴다, 영화가 뛴다

칠 수 있다'는 것은 대단한 힘이라고 생각한다. 대표님은 자신이 좋아하는 만화와 격투기에 대해 매우 깊이 파고들어 어느 정도 경지에 이른 느낌이었다. 실제로 과거에는 격투기 해설자, 현재는 CMA코리아(격투 대회를 주관하거나 선수 관리 등을 하는 단체)의 대표로 일하고 있다. 한때 만화 편집기자로 활동을 해서인지 그쪽 방면에도 해박한 지식을 갖고 있었다.

천 대표님이 잉투기 대회의 취지와 진행 과정에 대해 구체적인 이야기를 들려주었다. 웹상에서 그렇게 으르렁대던 친구들도 막상 만나 보면 조용하고 평범한 사람들이 많다고 했다. 일정 부분 흥미 위주로 접근한 내가 부끄러워질 정도로 대회에 임하는 대표님의 자세는 진지하고 열정적이었다. '그들(잉여)이 자신의 껍질을 깨고 나와 성장하기를 바란다'는 진심어린 걱정과 격려의 마음을 가지고 있었다.

이후 천 대표님의 소개로 김헌순을 만났다. PK야도란도 다시 만났다. 이들의 이야기를 통해 잉투기 대회 밖, 그들의 '삶'을 엿보았다(특히 PK야도란의 이야기는 매우 드라마틱한 부분이 많아서 시나리오 전체를 그의 인생 스토리로 풀어 본 적도 있다). 그들을 만난 후 느낀 점은 두 가지다. 첫째는 모든 인간이 그러하듯 그들 역시 나름의 특수성과 보편성을 갖춘, 어떤 면에서는 평범하다고 할 수 있는 20대 친구들이라는 것. 두 번째는 모두가 그렇다고 할 수는 없지만 적어도 내가 만난 이들은 누구보다 강렬하게 자신을 드러내고 싶어 한다는 것이다. 그들을 만난 후 잉여에 대한 편견과 거리감이 허물어졌다. 따지고 보면 나 역시 그런 부류의 인간이었기 때문이다. 물론 앞서 말했듯 나와 그들은 자신을 어필하는 방식이 다르다. 이런 차이가 그들을 더 매력적으로 만들었다. 나는 그들의 이야기를 제대로 한번 그려보고 싶었다. 이후, 시나리오 작업에 본격적으로 착수했다.

# 03
## 에피소드 나열은 시나리오가 아니기에

주제의식. 영화를 만드는 사람이라면 누구나 이에 대한 질문을 들어봤을 것이다.

"그래서 하고 싶은 얘기가 뭐예요?"

"그러게요."

그동안 나는 주로 소재나 이미지를 통해 스토리를 떠올리고 이것을 말이 되게 수정해 나갔다. 그래서 이런 질문을 받으면 정말이지 곤혹스럽다. 결국 말로 그럴듯하게 꾸며내기 일쑤다. 스티븐 킹은 "주제는 별로 중요하지 않다. 스토리(또는 소재)에서 주제로 나아가는 것이지 그 반대가 아니다"라고 했다. 일단 쓰고 나서 나중에 완성된 작품에 투영된 작가의 무의식을 찾아내면, 그게 바로 주제라는 뜻이다. 그건 스티븐 킹이니까 가능한 것이다.

장편을 처음 쓰는 초보자에게 이것은 조금 위험한 작업 방식이 아닐까? 솔직히 고민스러웠다. 단편 작업에서는 이런 방식이 어느 정도 통한다고 생각한다. 우선 짧기 때문에 감각이나 느낌만으로 스토리를 전달하는 것이 가능하다(이 부분에 대해서는 각자의 견해가 다를 수 있다). 하지만 장편에서는 플롯이 더 단단해야 한다(사실 스티븐 킹 형님은 플롯조차 거부하셨다). 그렇지 않을 경우 영화가 어떤 한 지점을 향해 달려가지 못하고 산만하게 흐트러진다. 그러나 나는 결국 주제의식이라 부를 만한 것을 찾아내지 못하고 제자리걸음을 계속했다. 그래서 그냥 책이나 영화를 보면서 환기를 했고, 이때 〈잉투기〉에 큰 영향을 미친 영화들을 만났다.

그 첫 번째 작품이 〈허공에의 질주〉(1988)다. 처음 이 영화를 봤을 때의 느낌이 아직도 생생하다. 시드니 루멧의 전작 〈12인의 성난 사람들〉(1957)과 비슷하리라 생각했는데 이건 뭐…(물론 〈12인의 성난 사람들〉도 무척 좋아하는 영화다. 단지 두 영화의 느낌이 너무 달라서 놀랐을 뿐이다). 영화는 상영 내내 잔잔한 톤으로 주인공의 감정을 따라가는데, 엔딩에서 주제곡이 울려 퍼지는 순간 차곡차곡 쌓아놓았던 감정들이 큰 파도가 되어 나를 덮쳤다. 주인공 대니는 원했던 꿈에 한 발 다가섰지만, 그 때문에 가장 소중한 것을 떠나보내야 한다. 그 미묘한 아이러니가 형언할 수 없는 복받침으로 다가왔다.

프랑수아 트뤼포 감독의 〈400번의 구타〉(1959)도 다시 찾아봤다. 파리 뒷골목에 사는 10대 초반의 아이와 현재 대한민국 20대가 확실하게 겹쳐 보였다. 그들은 답답한 삶에서 자기만의 돌파구를 찾아보려고 애쓰는데, 가족과 사회는 이를 삐딱하게만 바라본다. 이 영화도 역시 엔딩이 압권이다. 보호소에서 도망친 후 어딘가로 정처 없이 뛰어가던 앙투안이 드넓게 펼쳐진 바닷가에서 뒤를 돌아본다. 그리고 시간이 멈추기라도 한 듯 화면이 정지(Freeze Frame)된다.

마지막으로 〈바보들의 행진〉도 감명 깊게 보았다. 한국영상자료원에서 주최한 하길종 감독 특별전에서 이 영화를 보고 깊은 인상을 받았다. 기성세대에 대한 반감 때문에 젊은이들이 겪어야 하는 아픔을 자조적이면서 해학적으로 표현했다. 마그마처럼 부글부글 끓고 있는 그들이 에너지를 분출하지 못해 이리 뛰고 저리 뛰는 모습이 우리 세대의 모습과 무척 닮았다는 생각을 했다. 70년대 젊은이들의 풍속화 같은 이 영화처럼, 우리도 이 시대 청춘의 그림을 새롭게 담아낼 수 있지 않을까 생각했다.

앞서 언급한 세 영화의 주인공은 엔딩에서 각각 새로운 세계와 만난다. 그러나 영화는 그 세계가 모두에게 안식처, 혹은 해방구가 될 것이라는 어떤 확신도 주지 않는다. 그들은 각자 나름의 성장을 이루지만 그것은 성취감이나 유쾌함보다 오히려 막막함이나 슬픔으로 다가온다.

나 역시 이런 엔딩을 그리고 싶었다. 주인공이 마주한 현실은 쉽게 바뀌지 않는다. 아니, 오히려 악화될지도 모른다. 그렇지만 숨거나 도망치지 말고 세상이라는 링 위에 한 걸음 내딛게 하고 싶었다. 이런 엔딩의 정서가 내가 궁극적으로 하고 싶은, 그토록 찾아 헤매던 주제의식이 아닐까 생각했다.

무언가 방향이 잡히는 듯했다. 그리고 완성된 첫 트리트먼트. 꽤나 심취해서 작업했는데, 결과는 가짜였다. 피아노를 치는 고등학생이 주인공으로 등장하는 첫 트리트먼트는 '성장영화' 하면 누구나 떠올릴 법한 설정들로 가득 차 있었다. 가장 문제라고 느낀 것은 잉여에 대한 고민이 전혀 느껴지지 않는다는 것이었다. 단지 잉투기라는 소재를 차용했을 뿐, 잉여에 대한 어떤 고민도 담지 못했다. 이런 사실을 깨닫고 첫 트리트먼트를 과감히 버렸다.

다시 처음부터 시작했다. 자료 조사와 인터뷰로 많은 시간을 보냈는데, 그들의 이야기는 그 자체로 드라마틱하고 재미있었다. 찍고 싶은 에피소드가 많았다. 이것을 바탕으로 2012년 2월 초고를 완성했다. 앞서 말한 잉여들의 에피소드들이 여과 없이 나열된, 르포르타주 같은 시나리오가 완성됐다. 혼란스러웠다. 나는 과연 이런 이야기를 하고 싶었던 걸까?

이런 식이라면 한 걸음 떨어져서 그들을 좀 더 객관적인 시점으로 바라봐야 하는 게 아닐까? 그런데 그게 가능할까? 이것은 나를 객관적으로 바라보는 것만큼이나 어려운 일일지 모른다.

앞서 언급한 것처럼, 시각을 완전히 바꾸기로 마음먹었다. '한 인물에게 집중해, 그의 드라마를 따라가자.' 그러면 잉여 집단의 여러 가지 측면을 보여 주긴 어려워진다. 그것을 포기하는 게 말처럼 쉽지는 않았지만 더 중요한 것은 'PK야도란과 김헌순을 만났을 때 가졌던 느낌'과 '엔딩에 대한 정서'였다. 결심은 섰지만 이야기는 잘 풀리지 않았다.

나는 '순간의 감정'을 포착하는 걸 좋아했기 때문에 장편 90분을 하나의 감정 흐름으로 끌고 가는 것이 어렵게 느껴졌다(에피소드 나열 형식이었던 초고에는 이런 내 성향이 그대로 담겨 있었다). 자연스레 플롯 짜는 것에 집중했다. 구성이나 중간 포인트 등 굵직

한 사건을 먼저 설정하고, 거기에 주인공의 동선을 끼워 맞췄다. 그러다 보니 주인공의 감정선이 자꾸 흐트러졌다. 그때, 평소 시나리오에 관해 얘기를 많이 나누던 동기 조슬예가 작업방식을 완전히 뒤집어 보면 어떻겠냐고 제안했다. 먼저 주인공의 캐릭터를 디테일하게 설정하고, 그 캐릭터가 움직이는 방향으로 이야기를 만들어 보라는 것이다. 낯설지만 의미 있는 작업이 될 것 같았다. 함께 2고를 써보았다. 엉성한 것은 초고와 비슷했지만 전체적으로 내 의도와 가까워졌다. 그 후 슬예에게 공동각본을 제안했다.

6개월이 넘는 동안 공동각본 작업을 진행하다 보니 우리만의 작업 스타일이 생겨났다. 처음엔 가벼운 마음으로 브레인스토밍을 한다. 여러 아이디어를 자유롭게 던지고 토론한 후 캐릭터의 감정을 중심으로 전체 스토리를 만든다. 다음에는 신 리스트를 작성한다. 신의 내용만이 아니라 그 신의 주인공, 목적, 분위기 등을 최대한 디테일하게 써넣는다. 그 후 앞에서부터 차례대로 시나리오를 쓰지 않고, 각자 원하는 신을 우선적으로 채워 넣는다. 모든 신이 채워지고 나면 전체 흐름을 다듬는 것으로 마무리한다. 이렇게 한 버전을 완성하면 하루이틀 정도 쉬는 시간을 가졌다. 보통 그때쯤 교수님들께 심사를 받는다. 교수님들의 심사평과 스태프(지인)들의 리뷰, 그리고 조슬예와 내가 각자 아쉬운 부분을 정리했다. 이를 종합해 다음 수정 방향을 토론했다. 말하자면 다시 브레인스토밍 과정을 거치는 것이다. 이를 몇 번이든 계속 반복했다. 다시 새 버전의 시나리오를 쓸 때는 기존 시나리오를 고치지 않고 새로운 신 리스트부터 다시 시작했다.

처음 해본 공동각본 작업은 불편하고 어려웠다. 계속 반복되는 수정 작업으로 신경이 날카로워졌다. 의견 조율이 쉽지 않을 땐 혼자 작업할 때보다 훨씬 비효율적이라는 느낌이 들기도 했다. 하지만 이 작업을 통해 정말 많은 공부가 되었다. 우리는 서로에게 끊임없이 질문을 던졌고, 각자 나름의 답을 찾기 위해 어느 때보다 깊이 고민했다. 특히 캐릭터와 이야기를 대하는 방식이 달랐기 때문에 그런 점에서 각자의 시야를 조금씩 넓혀 갔다고 생각한다.

# 04
## 애타게 잉여들을 찾아서

주인공 태식 역할은 처음부터 엄태구를 염두에 두고 있었다. 엄태구는 친동생이자 여러 작품에서 호흡을 맞춰 온 가장 편한 동료였다. 서로의 장단점과 성향을 잘 알기 때문에 여러 가지 시너지를 얻을 수 있다고 생각했다. 첫 장편이기에 이런 도움이 절실하다고 믿었다. 그러나 스스로도, 그리고 주변 사람들도 계속 의문을 제기했다.

"저 찌질한 역할에 엄태구라는 배우가 어울리겠어?"

가장 마음에 걸렸던 것은 태구의 훤칠한 외모와 강한 인상이었다. 영화나 드라마에서 미모의 배우가 못생긴 캐릭터를 연기할 때 생기는 이질감이 강하게 느껴졌다. 또 다른 문제는 태구가 인터넷을 거의 하지 않는다는 것. 인터넷 세계를 거의 모르는데 그 세계에 빠져 사는 주인공을 잘 이해할 수 있을까? 나는 어떤 배우가 가지고 있는 본래의 성격이나 느낌을 그대로 영화에 끌어오는 데 익숙했고, 배우에게 없는 무언가를 새로 만들어야 하는 것에는 부담을 많이 느꼈다. 이런 상황에서 엄태구라는 배우에게 없는 것을 끄집어내야 한다는 것은 힘들고 어색했다.

그러던 중 주인공이 속한 헬스갤러리(이하 헬갤)의 특성을 떠올려 보았다. 헬갤은 남성성을 특히 강조하는 곳이다. 식스팩을 드러내고 마초적 성향을 여과 없이 표현한다. 이것은 여성의 지위가 높아지는 것에 대한 상대적 두려움이 아닐까 생각했다(그러자 이것이 비단 헬갤만이 아니라 인터넷의 세계, 더 나아가 현실세계에도 널리 퍼져 있다는 것을 느꼈다). 말하자면 그들이 드러내는 남성성이라는 것이 사실은 연약한 자신감에서 비롯되고, 그래서 오히려 우스워지는 반발효과가 있다는 것. 거기서 힌트를 얻어 캐릭터를 발전시킬 수 있겠다는 생각이 들었다. 엄태구의 남자다움, 강한 외모를 강조하면 오히려 더 찌질해 보일 수 있을 것 같았다.

영화의 장면들을 떠올려 보았다. 외모와 말투, 눈빛까지 강해 보이는 엄태구가 뚱뚱한 남자에게 비참하게 얻어맞는다. 그런 다음 복수를 하겠다며 식칼을 가방에 넣고 다닌다. '굳이 뭘 저렇게까지 열심히?'라는 느낌이 들 수 있다. 잉투기 대회 영상을 처음 봤을 때의 느낌과 흡사하다. 우습고 찌질하지만 부정적인 느낌은 아니다. 어떤 면에서는 꽤 사랑스러울 것 같기도 했다. 이런 고민 끝에 찌질한 캐릭터의 전형성에서 벗어나더라도 본질은 잃지 않는 캐릭터를 만들 수 있겠다는 확신이 들었다. 이것이 태구와 나에게 의미 있는 도전이 될 거라고 생각했다.


영자 역을 맡은 배우 류혜영은 애초에 친분이 있어서 영자의 말투나 행동을 구축하는 데 많은 도움을 주었다. 그런데 정작 캐스팅 시기가 되자 조금 망설여졌다. 류혜영이 너무 영자 같았기 때문이다. 태식 캐스팅 때와는 정반대의 고민이었다. 어떤 의외성,

영자를 연기하는 배우가 미처 내가 생각지 못했던 뭔가를 보여줄지 모른다는 기대감(물론 두려움이기도 하지만)이 없었다. 류혜영은 시나리오 지문과 대사를 충실하게 연기하는 타입이기에 더욱 그런 느낌이 강했다. 주변 사람들도 이구동성으로 그녀와 영자를 동일시할 정도였으니까.

그녀가 주는 안정감, 다른 배우가 가진 의외성. 둘 중 하나를 쉽사리 선택하지 못하고 방황했다. 다른 배우들을 여럿 만나 보았고 오디션도 치렀다. 그러면서 영자라는 캐릭터에 대해 다시 한 번 고민을 해보았다. 독특하고 자유분방하다. '혹시 내가 이런 느낌을 낯선 배우가 가져다주는 생경함과 동일시한 것은 아닐까?'

류혜영이라는 배우가 내게는 친숙하지만 관객들에게는 그렇지 않을 것이다. 초심으로 돌아가기로 했다. 영자라는 캐릭터를 구축할 때, 류혜영을 관찰하며 느꼈던 호감. 그런 것들을 다시 상기해 보니, 역시 영자를 가장 잘 이해하고 표현해 줄 배우는 류혜영밖에 없다는 생각이 들었다. 이후 외적 표현이 아니라 영자 캐릭터의 내면을 본격적으로 이야기하면서 류혜영이라는 사람이 매우 사교적이고 활발하지만 밝은 모습 이면에 외로움이 숨어 있다는 것을 느꼈고, 영자가 가지고 있는 외로움 역시 이와 비슷하다는 생각이 들었다. 그런 느낌이 들자 내 결정에 확신할 수 있었다. 결과적으로 캐스팅 과정에서 고민했던 부분들을 완전히 잊게 할 만큼 류혜영은 오영자를 완벽하게 연기해 냈다.

극 중 희준을 한마디로 표현하자면 천상 서울남자다. 유머 있고 신사적이고 멋도 부릴 줄 알고, 계산도 철저하고, 주변에 여자 친구도 많고. 그런데 그 모습이 어딘가 공허해 보이는 인물이다. 프리프로덕션 초반, 사람엔터테인먼트의 대표님이 권율(당시는 권세인이라는 이름으로 활동하고 있었다)이라는 배우를 추천해 주셨다. 드라마를 찾아봤는데 어딘가 유약해 보이고 내가 생각한 느낌과 많이 달랐다. 그 후 오디션을 계속 진행하면서 권율이란 배우를 잊어버렸다.

그렇게 주요 캐스팅이 완료될 무렵, 가장 큰 고민거리가 희준이었다. 여러 가지 여건(이미지, 연기, 스케줄 등)을 모두 충족시켜줄 배우가 나타나지 않았다. 그러던 중 스크립터가 〈피에타〉(2012)를 보고 권율이란 배우를 추천했다. 〈피에타〉의 권율은 드라마에서 봤던 느낌과 많이 달랐다. 그렇지만 역시 내가 그리던 희준은 아니었다. 연기가 아닌 자연스러운 모습을 보고 싶었다. 권율이 배우 윤계상과 함께 진행하는 음식 프로그램을 찾아봤다. '앗! 희준이다.' 권율의 평상시 모습은 천상 서울남자의 냄새를 물씬 풍겼다. 바로 대표님께 연락을 드리고 권율을 직접 만났다. 확신이 들었다. 권율은 매우 영리한 배우였고, 연출이 원하는 것이 무엇인지 잘 알고 있었다. 자신의 모습을 최대한 희준이라는 캐릭터에 투영했다. 덕분에 자칫하면 주인공을 보조하는 역할에 그칠 수 있는 배역을 훌륭히 입체적인 캐릭터로 만들어 냈다고 생각한다.

격투기 관장님도 신중하게 캐스팅했다. 강지현 프로듀서와 함께 처음 김준배 선배를 만났던 때가 생각난다. 강렬한 인상, 실제로 오래 격투기를 한 사람답게 다부진 몸을 가지고 있었다. 벗겨진 머리마저 강한 남성성을 잘 드러내 주는 듯했다. 그때 강지현 프로듀서가 선배님을 이렇게 불렀다. "준배선배님." 발음이 참 귀엽다고 생각했다. 그리고 실제 선배님과 작업을 하면서 무척 귀여운 면이 많다는 걸 알게 되었다(영화에서 조카인 영자를 대하는 모습을 보면 느낄 수 있으리라). 그 간극이 너무 좋았고 역시나 영화에서 두 가지 모습을 잘 표현해 주셨다.

잉여들이 주인공인 영화에서 잉여 캐스팅은 무엇보다 중요했다. 각각의 캐릭터도 중요했지만 같이 모아났을 때 하모니가 더 중요했다. 의도적으로 찌질해서도 안 되고, 너무 배우 같아서도 안 됐다. 그런 고민을 하고 있을 무렵 박종환, 오희준, 그들을 만났다.

눈썰미가 좋은 사람이라면 이 둘의 진가를 금세 발견할 수 있을 것이다. 그들과의 만남은 정말 유쾌한 행운이었다.

# 05
## 미리 그려보는 〈잉투기〉

콘티는 영화를 만들기 위한 안내서다. 즉흥성이 부족한 나로서는 최대한 이 과정에서 안내서 이상의 밑그림을 그려야 한다. 그래야 현장에서 헤매지 않을 수 있다. 이런 이유 때문에 단편영화를 찍을 때도 콘티작업에 공을 많이 들이곤 했는데, 정작 장편영화를 찍을 때는 그러지 못했다. 당연한 말이지만 작업 기간이 단편에 비해 너무 길었다. 체력과 인내심이 바닥났다. 반복되는 작업에 지칠 대로 지친 나와 지상빈 촬영감독은 날이 갈수록 콘티 생산량이 줄어들었고, 점점 쉬운 선택을 하기 시작했다.

콘티를 만들 때는 코엔 형제의 영화들을 많이 참고했다. 저예산 영화이기에 그들의 절제된 미학을 따라야 한다고 생각했다. 코엔 형제의 영화는 어설픈 기교에 기대지 않는다. 기본에 충실하면서 적확하다. 하지만 돌이켜 보면 게으름 때문에 충분히 고민하지 않고 선택한 것들을 '절제'라고 합리화시켰던 것인지도 모른다. 결국 이것은 현장에서 문제를 일으켰다. 인물들의 동선이 모호했고, 중요하다고 생각했던 숏들을 현장에서 급조하기 일쑤였다.

물론 현장에 나가보면 장소나 시간적 변수들이 항상 존재한다. 이전 작업에서는 무의식적으로 그런 변수들을 피하려 노력했고 폐쇄적인 장소나 세트에서 찍을 수 있는 이야기를 많이 썼던 것 같다. 그러다 보니 여러 가지 변수에 대처하는 능력이 다소 부족했다. 이런 상황에서 완벽하지 않은 콘티가 매순간 나를 압박했다.

모니터 화면 속 텍스트를 영상화시키는 것도 고민이었다. 그에 대한 고민은 영화를 찍기로 결심한 순간부터 시작됐다. 〈소셜 네트워크〉(2010)를 보며 참고하기도 했지만 정직하게 모니터 화면을 촬영하거나 현란한 CG를 사용하는 정도밖에 아이디어가 떠오르지 않았다. 모든 게 막연했다. 뻔한 설정인 키보드 치는 손과 눈, 모니터 화면에서 벗어나고자 괴상한 것들을 떠올리기 시작했다. '숲 속에서 옷을 다 벗고 싸우는 태식과 젖존슨.', '1인칭 게임 화면에서 서로를 추격하는 두 사람' 등을 영상으로 보여 주면 어떨까. 사실 우리가 가진 예산으로는 이것들을 모두 영상화하기 어려웠다. 그런데도 끝까지 욕심을 버리지 못하고 촬영한 부분도 몇 개 있는데 결국 중간에 포기해야 했다. 결과적으로 인력과 예산을 허투루 낭비한 셈이다. 차라리 중요한 장면을 찍는 데 더 공을 들였으면 어땠을까, 라는 후회가 편집 내내 계속 나를 따라다녔다. 그 장면은 결국 키보드 치는 손, 눈, 모니터 화면으로 완성됐다.

편집 초반에는 걱정했던 것처럼 텍스트를 장면화 하는 데 여러 가지 어려움을 겪었다. 촌스럽지는 않을까, 자꾸 글자를 읽게 만드는 것이 괜찮을까. 이런 고민이 나를 더 소극적으로 만들었다. 특히 후반부, 태식이 홀로 길거리를 헤매는 장면에서 등장해야 할 수많은 댓글들을 어떻게 보여 줘야 할지. 아무리 고민해도 답이 나오지 않았다. 편집심사가 다가왔고 대충 마무리해서 심사를 받아야겠다는 생각에 태식 화면 위로 댓글들을 스크롤 시켰다. 다른 방법은 떠올리지 못한 채 그 상태로 한참을 보다 보니 키치적인 느낌이 들어 나름 괜찮았다. 아니, 잘 어울리는 것 같았다. 이때부터 조금 더 과감해졌다. 이런 용기가 긍정적인 영향을 미쳤다. 물론 앞으로는 텍스트 위주의 영화를 한동안 쓰지 않을 테지만.

영화의 꿈을 향해 쏴라

## 06
### 시합종이 울리다

촬영은 최악의 여건에서 시작됐다. 첫 촬영은 현피 동영상. 이 신은 다른 장면에서도 여러 번 사용해야 했기 때문에 첫 촬영으로는 꽤 부담스러웠다. 태구는 나름 무술팀에서 훈련을 받았고, 격투장도 다닌 상태였지만 여러 스케줄상 합을 많이 맞춰 보진 못했다. 특히 뒤로 높게 점프해서 바닥으로 떨어지는 장면을 찍을 때 많이 긴장했던 것 같다. 고속촬영이다 보니 가짜로 때리고 맞으면 티가 많이 났다. 30번 넘게 테이크를 갔다. 그러다가 매트 없는 곳으로 떨어져 머리를 다치기도 했다. 중요한 장면이라 욕심을 버리지 못하고 이후 촬영에 지장을 줄 만큼 몰아붙였다. 다친 동생을 보니 마음 한편이 무거웠지만 내색은 하지 못했다. 바로 다음 촬영이 젖존슨에게 무참히 폭행당하는 장면이었기 때문이다. 다친 상태에서 시멘트 바닥을 구르고 실제 맞기도 했다. 태구뿐 아니라 모두 지쳐가기 시작했다. 촬영은 지체되었다. 결국 정해진 분량을 다 찍지 못하고 첫 촬영을 마쳤다. 이때부터 계속 일정이 조금씩 밀리기 시작했다.

산 너머 산이라고, 첫 촬영을 마치고 바로 이어진 촬영이 영자집에서 태식과 영자가 감정적으로 강하게 대립하는 장면이었다. 영화상으로는 후반부이기 때문에 앞부분의 감정들을 추측해서 연기를 해야 했다. 고도의 집중력이 필요한 상태. 그러나 아직 스태프들은 제대로 합을 맞추지 못한 상황이고, 더 심각한 것은 나조차 명확한 그림을 그리지 못했다는 것이다. 모두가 멘붕에 빠진 채 촬영이 진행됐다. 영자 집 촬영이 끝나고 바로 편집을 해보았다. 다음날 이른 아침부터 촬영이 있었지만 도저히 잠을 이룰 수 없었다. 이 신의 방향이 보이지 않으면 다음 촬영을 이어갈 수 없을 것 같은 느낌이었다. 편집을 할수록 머릿속은 점점 하얘졌다. 배우들의 감정 연기는 정돈되지 않았고, 숏도 애매했다. 그림도 다양하지 않아서 편집으로 많은 것을 시도하기 어려운 상황이었다. 이것은 정확히 누구의 탓이라기보다 모두 내 책임이었다. 절망과 혼돈의 시간이었다.

공동각본가인 조슬예와 함께 편집을 다시 시작했다. 화면 사이즈를 바꾸고 숏 순서를 바꾸고, NG컷을 모두 꺼내 최대한 감정선이 흐트러지지 않게 붙여 보았다. 그리고 나니 조금씩 안정감이 들었다. 어떻게든 후반작업에서 손볼 수 있을 것 같았다. 촬영이 끝날 때까지 이 신의 재촬영에 대해 심각하게 고민했다. 이후 편집 단계에서 이 장면을 다시 보며 당시 고민했던 것보다 문제가 심각하지 않다는 것을 알았다. 배우들과 스태프들이 어려운 상황에서도 잘 대처해 주었기 때문에 가능한 일이었다. 이것은 나에게 긍정적인 영향을 끼쳤다. 실제 촬영에서 더욱 긴장하고 고민하게 되었기 때문이다. 영화를 순서대로만 촬영할 순 없기 때문에 감독은 전체 그림을 머릿속에 그려 봐야 한다는 것을 깊이 깨달았다.

촬영 내내 가장 힘들었던 것은 날씨였다. 10월초부터 11월 후반까지 촬영이 진행됐다. 다들 촬영하기 쾌적한 계절이라고 말했지만, 문제는 영화의 배경이 한여름이라는 것이다. 사실 영화 배경을 바꿔야 한다는 의견이 많았다. 그러나 가을의 서늘하고 건조한 느낌이 영화와 어울리지 않는다고 생각했다. 뙤약볕 아래서 땀에 젖은 청춘들이 맨살을 부빌 때의 끈적임을 포기할 수 없었다. 촬영이 진행된 후 하루가 다르게 날씨가 추워졌고, 긴팔 옷을 입은 행인들과 노랗게 변해가는 나뭇잎이 자꾸 신경 쓰여 머리가 지끈거렸다. 나와 스태프들은 두꺼운 겨울옷을 입고 있는데 배우들은 얇은 여름옷 위로 땀 대신 물을 뿌렸다. 심지어 입김을 없애기 위해 얼음을 입에 물고 있기도 했다.

체육관 신에선 주, 조연 배우들이 대거 출연한다. 게다가 보조 출연자들까지 웅성대는 경우가 있다. 이전 단편작업 때는 셋 이하의 배우들과 작업했기 때문에 나에겐 이런 상황이 익숙하지 않았다. 한 화면에 네다섯 명의 배우가 함께 나오면 누구에게 집중

**52**
심장이 뛴다, 영화가 뛴다

해야 할지 몰라 혼란스러웠다. 이럴 땐 배우들에게 많이 의지할 수밖에 없었다. 캐스팅이 정말 중요하다는 것을 다시 한 번 깨달았다. 〈잉투기〉에서 만난 배우들은 다행히 자신의 캐릭터를 각자 잘 이해하고 있었고, 서로의 궁합이 좋은 편이라 감독이 직접 컨트롤할 부분이 많지 않았다.

촬영이 조금씩 밀리다 보니 새로운 회차가 늘어났다. 때로는 장소대여 문제로 한 신을 여러 차례 나눠 찍기도 했다. 이런 악순환이 반복되다 보니 회차가 한없이 늘어났다. 우리 모두 체력적으로, 정신적으로 지쳐가고 있었다. 모든 장면이 소중하지만 여건에 맞게 체력 분배를 해야 끝까지 촬영을 마칠 수 있는데 결국 가장 중요하고 어려운 신을 남겨둔 상태에서 체력이 바닥나고 말았다. 미뤄진 일정 때문에 스태프 일부가 빠져나갔고, 강지현 프로듀서의 한숨이 깊어졌다.

남겨진 두 신은 태식의 '간석오거리 무차별 폭행'과 '잉투기 대회'였다. 결국 이틀 정도 재충전 시간을 갖기로 했다. 간석오거리

에서 미리 동선을 체크하고 콘티를 정리해야 할지, 모두 푹 쉬는 시간을 갖는 것이 나을지 고민하다가 후자를 택했다. 너무 지쳐 있었던 나머지 현장에서 어떻게든 되겠지라는 생각이 앞섰던 것 같다. 간석오거리 촬영 날 아침. 콘셉트는 있었지만 동선이나 콘티가 불명확한 상황이었다. 앞서 말했듯 즉흥성이 부족한 편이라 오히려 이만큼 열린 상황이 되고 보니 마음이 편했다. 무술팀, 배우들과 몇 가지 중요한 동선만 체크하고 나머지는 자유롭게 움직이도록 했다. 촬영은 A,B캠을 동시에 돌리고 사이즈별, 위치별로 셋업을 나누었다. 콘티에 대한 집착이 사라지자 오히려 현장감과 생동감을 살리는 데 집중할 수 있었다. 보조 출연자를 많이 부르지 못한 상황이었지만 싸움이 리얼해지자 지나가는 사람들이 자연스레 구경을 하기 시작했고, 심지어 행인 중 누군가 신고를 한 모양인지 경찰이 출동하기도 했다. 콘티의 중요성에 대한 생각은 여전하지만, 이런 방식의 촬영이 가져오는 장점도 배울 수 있었다.

이런 와중에 사고가 벌어졌다. 영화 마지막, 태식이 간석오거리

고가 아래에서 얼굴을 가격당하는 장면을 촬영 중이었다. 리허설 중 타이밍이 맞지 않아 태구가 상대의 주먹에 눈알을 정통으로 맞았다. 시간이 지날수록 실핏줄이 터져 눈이 검붉은 색을 띠기 시작했다. 병원에서는 2주 정도 쉬어야 핏기가 가실 거라고 말했다. 우리는 더 이상 촬영을 미룰 수 없었다. 중요한 잉투기 대회 장면이 남은 상황에서 우리에게 남은 시간이 많지 않았다. 우선 촬영을 강행했다. 그런데 화면에 잡힌 태구의 얼굴을 보는 순간 안 되겠다는 생각이 들었다. 콘티뉴이티(촬영 각도, 위치, 의상, 대사 등의 연결성)의 문제도 있었지만 얼굴을 마주 보기 불편할 정도로 눈이 빨갰다. 대책 회의 끝에 일주일 정도 경과를 지켜보기로 했다. 그와 동시에 찍은 소스를 가지고 CG로 핏줄을 지울 수 있는지 알아보았다. 어느 정도 수정이 가능할지 알 수 없었다. 일주일이 지나도 별다른 차도가 보이지 않아 다시 촬영을 재개했다.

영화를 찍을 때 연출자만 느끼는 작은 오류가 있어도 영화를 볼 때마다 괴로운데, 이 문제는 그보다 더 심각할 것이 분명했다. 지상빈 촬영감독에게 눈이 잘 안 보이는 각도를 주문하거나 배우에게 아예 눈을 감고 연기하라고 주문했다. 이 때문에 서로 민감해지는 순간이 여러 차례 발생했다. 이대로는 안 되겠다 싶어 한 발 물러섰고, 결과적으로는 걱정과 달리 CG로 장면을 보완할 수 있었다.

# 07
## 버릴 게 너무 많아

장편 편집은 단편과 정말 다른 작업이다. 영화를 새로 배우는 기분이었다. 〈잉투기〉 직전에 연출했던 단편 〈숲〉은 등장인물 세 명 중 구정이라는 인물의 감정 라인을 줄곧 따라가는 영화다. 그런데 〈잉투기〉는 태식만이 아니라 다른 두 주인공 영자와 희준의 라인도 중요했다. 그래서 세 사람이 각각 주체가 되는 시퀀스가 따로 있었는데, 정작 편집을 하고 보니 각 라인이 산만하게 얽혀 누구를 따라가야 할지 알 수 없었다. 감정이입만이 아니라 전체 스토리를 이해하지 못할 정도였다. 시나리오 단계에서는 세 인물의 스토리가 무리 없이 진행된다고 생각했는데 찍고 보니 그렇지 않았다.

이것은 텍스트와 영상의 차이에서 비롯되는 것 같았다. 영상을 볼 때 관객은 글을 읽을 때보다 훨씬 수동적이 된다. 상상의 범위가 줄어들기 때문이다. 그래서 화면 속 태식의 이야기가 진행되는 동안 관객은 다른 인물의 상황이나 감정을 고려하지 않는다. 여러 인물을 따라가도 각 라인을 놓치지 않고, 산만하지도 않은 좋은 영화들이 꽤 많다. 〈아메리칸 뷰티〉(1999)같은 영화를 참고하며 〈잉투기〉가 놓친 것은 무엇인지, 고민했다. 그러던 중 〈아메리칸 뷰티〉의 인물들이 굉장히 강한 욕망(목표)을 가지고 있고, 그것이 매우 보편적 감성에서 기인한 것임을 깨달았다. 〈잉투기〉의 세 인물은 욕망을 가지고 있으나 잘 드러나지 않았고, 그마저도 중반 이후 다른 것으로 바뀐다.

목표 자체가 "누군가에게 인정받고 싶다"는 표면화하기 어려운 관념이기 때문에 그럴 수도 있을 것 같았다. 어떻게 하면 세 인물의 라인을 살리면서 산만하지 않은 영화를 만들 수 있을까 고민하던 중 멘토 정지우 감독님이 각 신들을 해체해 아침드라마를 만든다는 생각으로 다시 붙여 보는 작업을 해보라고 조언해 주었다. 그래서 각각의 인물을 주인공으로 그 인물만 나오는 버전의 영화를 만들어 보았다. 이 과정은 생각보다 큰 도움이 되었다. 인물의 감정 곡선이 어떻게 그려지는지, 호흡을 맺고 끊을 수 있는 곳이 어디인지, 이런 것들에 대한 감을 전체 편집할 때보다 훨씬 효과적으로 잡을 수 있었다. 그리고 다시 전체를 편집할 때, 새로 시나리오를 쓴다는 생각으로 신을 배치했다. 전체 흐름을 끊는 신을 과감히 들어냈는데, 이런 식으로 시나리오를 다이어트해 나가자 오히려 전보다 스토리를 따라가기 쉬워졌다. 점차 편집이 재밌어졌다.

개봉일에 구애받지 않고 작업을 할 수 있었기에 장장 4개월 동안 편집에 매달렸다. 그동안 객관적 시각은 거의 상실되었고 결과적으로 좋고 나쁨에 대한 판단력이 흐려졌다. 한동안 편집에서 손을 떼고 책을 읽거나 영화를 보기도 했다. 그러나 상태는 호전되지 않았고, 내가 중심이 잡히지 않았기 때문에 모니터링 의견에

휘말리기 일쑤였다. 〈잉투기〉에 대한 반응은 호불호가 극명해서 어떤 사람의 의견을 듣느냐에 따라 편집 방향이 크게 바뀌곤 했다. 어느 시점이 되자 그냥 내 자신을 믿어야 한다는 생각이 들었다. 만약 50대 50으로 어느 것을 선택해야 할지 모를 때, 그것이 어느 한쪽으로 조금쯤 기울어 있지 않은지 계속 자문해야 한다. 그러다 보면 어느 순간 50.1퍼센트와 49.9퍼센트로 갈라진다(이조차도 사실 확신은 없지만). 그러면 50.1퍼센트인 쪽을 선택했다. 모든 결정의 순간이 끝나고 영화를 처음부터 끝까지 보았을 때, 정말 많은 촬영 분량이 날아갔다는 것을 깨달았다. 시나리오나 촬영 단계에서 좀 더 정확한 계산이 필요했다. 하지만 그것은 매우 어려운 일이기도 하다. 편집과정은 장편의 흐름 안에서 전체를 머릿속에 그려보는 방법을 배울 수 있는 소중한 시간이었다.

# 08
## 복진본춘과 함께 음악을

인디밴드 '좋아서 하는 밴드'에서 아코디언과 건반을 담당하고 있
는 안복진 양과 상업영화 음악팀 어시스턴트 출신인 구본춘 군을
동시에 섭외했다. 인디밴드의 날것같은 느낌과 상업영화의 매끄
러움을 조합시키면 어떨까, 하는 생각이 들었기 때문이다. 나는
이 둘을 '복진본춘'이라 불렀다.

영화를 크게 전반부와 후반부로 나눠 음악 톤을 다르게 하고 싶
었다. 전반부는 전자음 위주의 디지털 곡으로, 후반부는 연주 위
주의 아날로그 곡으로 설정했다. 전반부에서 인터넷 세계에 빠져
사는 잉여들의 모습을, 후반부에 주인공의 내적 정서를 보여 줘야
한다고 생각했기 때문이다. 주로 본춘이 디지털 곡을 담당했고,
복진이 아날로그 곡을 담당했다. 그리고 이들은 각자의 역할을 훌
륭히 소화해 냈다.

마지막으로 전반부와 후반부의 분절된 느낌을 막고 영화 전반
을 아우를 수 있는 메인 테마곡을 만들었다. 전체적인 분위기는
잉여들의 외로움을 담기로 했다. 그렇지만 외로운 감정을 억지로
자아내면 안 되기 때문에 그냥 잉여들이 생활하는 모습 위로 자
연스럽게 음악이 흐르도록 만들었다. '여기서 이런 음악이 왜 쓰
이지?'라는 생각이 들긴 하지만, 대수롭지 않게 그냥 넘어갈 수

있는 음악. 그렇게 전반적으로 어떤 알 수 없는 정서를 유지시켜 준다면 마지막 엔딩에서 그 곡이 뽕짝으로 변주되어 흘러나와도, 그간 쌓인 정서적 울림을 터트려 줄 수 있을 것 같다는 생각이 들었다.

나는 〈잉투기〉라는 영화에서 관객들이 7,80년대 청춘영화를 떠올릴 수 있으면 좋겠다는 생각을 많이 했다. 우리 영화는 방식이나 표현만 다룰 뿐 청춘의 성장통을 이야기하고 있다. 현재와 과거, 두 세대의 충돌과 조화가 기묘하게 뒤섞여 있다. 그래서 〈바보들의 행진〉(1975)이나 〈고래사냥〉(1984)에나 쓰일 법한 곡들을 많이 찾아보았고, 트윈폴리오의 '우리들의 이야기'와 김세화의 '나비소녀' 같은 곡들을 선곡했다.

4개월가량 복진본춘, 두 사람을 지독히도 괴롭혔다. 매주 한 번씩 미팅을 가졌는데 복진은 공연과 작업을 병행해야 했고, 본춘은 야간 아르바이트를 하느라 날을 샌 상태로 작업하기 일쑤였다. 내가 음악에 대해 기술적으로 설명하는 법을 잘 몰라 추상적으로만 이야기를 하는 바람에 굉장히 곤란한 상황도 많았을 것이다. 실제로 모두 괴로워했다. 그렇지만 시간이 지나면서 서로 머릿속에 그리고 있는 그림이 비슷해진다는 것을 느꼈다. 너무 즐거웠다. 정말 복진본춘, 이들에게 평생 갚아야 할 큰 빚을 졌다.

## 09
### 잉투기, 계속하는 것이 힘이다

2013년 7월 5일, 기술시사회. 처음으로 극장에서 〈잉투기〉를 상영하는 날이다. 영화에 참여했던 스태프들과 도움을 주신 분들이 한자리에 모였다. 상업영화에서 바쁘게 활동 중인 분도 있고, 백수생활을 하다 처음으로 영화에 도전한 친구도 있었다. 〈잉투기〉는 이 모든 사람들의 재능이 모여 만들어진 영화다. 이 책을 통해 〈잉투기〉에 관심 가져 준 모든 분들께 감사의 말씀을 전하고 싶다.

~ing투기, 우리는 아직 싸우는 중이다!

지상빈
촬영감독의
이야기

# 01
## 〈숲〉의 인연으로 〈잉투기〉에 합류하다

처음 '잉투기'라는 단어를 접하게 된 것은 태화 형과 단편영화 〈숲〉을 준비할 무렵이었다. 음악 감독님과 미팅을 하는 자리에서 태화 형이 실제 잉투기 동영상을 보여 주었다. 아카데미 장편연구과정에 제출할 시나리오 소재라는 이야기도 덧붙였다. 링 위에서 헤드기어와 글러브를 착용하고 현란한 기술보다 주먹질, 발길질에 가까운 경기를 펼치는 그들의 모습에서 묘한 매력을 느꼈다. 인터넷이라는 가상공간에서 활동하는 '잉여'라 불리는 사람들이 링 위에서 정해진 룰에 따라 승부를 겨루다니! 신선한 충격이었다. 이 작품이 심사를 통과하면 내가 촬영을 해보고 싶다는 욕심이 생겼다. 이 시대 젊은 군상들, 잉여들은 대체 어떤 사람들일까, 궁금증이 앞섰다. 그들만의 리그인 '잉투기'는 내 호기심을 끌기에 충분했다.

나는 운이 좋게도 〈숲〉을 같이 한 인연으로 엄태화 감독, 강지현 프로듀서와 함께 다시 한 번 팀을 이뤄 장편영화를 향한 첫 걸음을 뗐다. 〈잉투기〉라는 작품에 참여할 수 있다는 것만으로도 나에게는 더 없이 좋은 기회였다.

# 02
## 나만의 방식으로 시나리오 읽어내기

이 작품을 준비하면서 가장 힘들었던 것은 시나리오에 대한 이해였다. 처음 나는 '잉투기'라는 소재를 듣고 통통 튀는 아이디어와 재기발랄한 스토리를 가진 영화라고 생각했다. 하지만 실제 시나리오가 진행될수록 인물 사이의 관계 설정 그리고 사회와 단절된 주인공이 세상 밖으로 나오는 과정이 더 중요한 영화라는 것을 알게 됐다. 시나리오를 다른 시각으로 바라봐야 할 필요성이 있었다. 내심 소재 중심의 영화가 되길 바랐는데, 감독의 생각은 나와 달랐던 것 같다. 조금 아쉬웠다. '잉투기'라는 소재 자체가 가지고 있는 에너지가 대단하다고 느꼈기 때문이다.

　나는 기본적인 스토리 라인은 가져가되 이야기가 무거워지지 않는 것이 소재를 120퍼센트 활용할 수 있는 방법이라고 생각했다. 시나리오 5고 작업이 진행될 무렵, 이 정도면 됐다는 생각이 스쳐갔다. 하지만 태화 형은 거기서 그치지 않고 시나리오를 더 견고하게 만드는 작업을 다시 시작했다. 감독 입장에선 단지 소재만 부각되는 영화로 끝내고 싶지 않았던 것 같다. 코엔 형제 영화를 비롯해 스토리 라인이 탄탄한 영화들을 챙겨 보면서 시나리오의 초석을 다지고, 묵직한 성장 이야기를 만들어 나가기 시작했다. 그에 맞춰 나 역시 전체적인 촬영 콘셉트를 수정했고 그 과정에서 태화 형과 많은 이야기를 나눴다.

〈잉투기〉는 사회적으로 소외된 사람이 어떤 자극으로 인해 세상 밖으로 나오는 '순간'을 포착하는 영화다. 이런 감성은 비단 '잉여들'이라고 불리는 사람들에게만 해당되는 것이 아니다. 소극적으로 세상에 대처하는 이 시대 젊은이라면 모두 공감할 수 있는 이야기다. 시나리오를 읽으면서 '도대체 잉여는 무엇인가'에 대해 고민을 많이 했는데 내 나름대로 정리해 본 잉여는 '사회에 소속감을 갖지 못할 뿐만 아니라 자신이 해야 하는 나름의 역할을 거부하는 사람' 같았다. 극중 태식은 사회와 관계를 맺지 않고, 동네 아는 형 희준만을 의지해 살아가는 캐릭터다. 잉여의 자격을 충분히 가지고 있지만 나중에는 자신만의 서툰 방식으로 세상과 소통하려는 변화를 보여 준다.

## 03
### 나이 때문에 스태프 꾸리기가 쉽지 않다

촬영에 들어가기 한 달 반 전부터 스태핑(스태프 꾸리기)을 시작했다. 나에게는 안정적인 스태핑을 하기 어려운 치명적인 약점이 있었다. 스물여덟 살이라는 나이가 문제의 시작이었다. 너무 어렸다. 게다가 상업영화 현장출신이 아닌 학부 영화과 출신이고, 현장경험이 있다면 약간의 조명부 활동을 한 것이 경험의 전부다. 처음부터 막막하지 않을 수 없다. 또 촬영 일정이 10월 초부터 잡혀 있어 학교에 다니고 있는 학부 후배들을 불러오기도 쉽지 않았다. 이런 어려운 조건에서 조명감독과 촬영부를 동시에 구하기 시작했다.

촬영부의 경우, 지난해 장편제작연구과정 때 도움을 주었던 선배, 학교 후배들, 알고 지내던 현장 스태프들에게 모두 도움을 요청했는데 처음부터 끝까지 참여할 수 있는 사람을 구하는 것은 쉽지 않았다. 장비관리적인 문제나 팀워크 측면에서, 또 프로덕션의 흐름을 이해해야 한다는 점에서 마지막까지 함께 할 수 있는 촬영부를 원했지만, 결국 포기하고 조금이나마 시간이 맞는 사람들과 스케줄을 조정하는 방식으로 스태프를 꾸렸다. 형래, 명환, 성훈, 승완 형, 경진, 진형, 예솜, 기훈, 지석이에게 이 자리를 빌려 고맙다는 인사를 전하고 싶다.

원래 조명부 출신이었기 때문에 조명감독을 구하는 데는 큰 어려움이 없을 거라고 생각했다. 하지만 연락하는 족족 거절당하기 일쑤였고 막판에 구해진 조명감독도 다른 스케줄 때문에 떠나보낼 수밖에 없었다. 조명부 막내 시절 함께 했던 장태현 기사님께 도움을 요청해 스케줄이 되는 분을 간신히 소개받았는데, 공교롭게도 감독 역시 그 무렵 조명감독을 한 분 섭외하는 바람에 애매모호한 상황이 연출됐다.

결국 연출자가 섭외한 정태환 조명감독님이 우리 팀에 합류하게 되었고, 장태현 기사님께 소개받은 분에겐 죄송하다는 말씀을 전했다. 조명감독이 섭외되면서 조명팀도 두 명 확보되었는데 프로덕션을 진행하던 중 모두 다른 스케줄이 생기면서 나중엔 조명감독님 혼자 조명을 담당했다.

이렇게 촬영, 조명팀은 계속 불안정한 상황으로 작품을 진행할 수밖에 없었고 촬영하는 사람 입장에선 여러모로 큰 스트레스였다. 이것은 비단 나 혼자만의 문제가 아니라 나를 도와준 사람 모두에게 부담을 주었으리라. 이렇게 팀을 꾸린 내 책임이 컸기 때문에 이후 반성을 많이 했다.

# 04
## 다이내믹한 무브먼트를 위한 사전 계획

장편영화 제작연구과정을 시작하면서 그립팀 운영에 대한 고민을 많이 했다. 한국영화아카데미 내에는 달리와 미니집 외에 지미집이나 크레인 등 특별한 그립 장비가 없기 때문이다. 그래서 대다수의 경우 약간의 예산을 편성해 그립팀장에게 도움을 요청하는 게 보통이다. '이 정도 금액에 몇 회차 정도 참여가 가능할까요?' 묻고 가능한 회차를 확보한다. 물론 단순한 트래킹으로 다양한 비주얼 스토리텔링을 하는 것도 가능하지만 이왕이면 손쉽게 붐업 붐다운이 가능하고 절묘한 크레인 숏이 이뤄지면 이미지로 스토리텔링을 할 수 있는 여지가 훨씬 늘어난다. 감독과 콘티를 진행하면서 그립팀의 도움이 절실히 필요하다고 느꼈는데 이는 나보다 감독이 오히려 특수장비를 활용한 움직임에 관심이 많았기 때문이다. 물론 콘티에서 계획한 모든 무브먼트를 소화할 수는 없지만 되도록이면 많은 회차를 확보하는 것이 무엇보다 중요했다.

형래 형의 소개로 탁대성 그립팀장님을 소개받았다. 〈누구나 제 명에 죽고 싶다〉에 참여했던 분인데 이미 십여 년 전부터 상업영화 그립팀을 하셨던 베테랑이었다. 이미 확보한 예산을 말씀드렸고 흔쾌히 6회 플러스알파의 회차를 약속해 주셨다. 팀장님은 성격이 좋으신 탓에 현장에서 의사소통하는 데 별 문제가 없었다. 콘티에 있는 카메라 움직임을 설명하면 거기에 멋진 의견을 덧붙여 주었다. 적극적으로 의견을 수렴할수록 움직임이 좋아진다는 느낌을 받았다. 한 가지 아쉬운 점은 편집과정에서 그립을 운용한 부분이 상당량 삭제되었다는 점이다. 본 촬영 38회차중 6회차만 그립팀이 왔기 때문에 촬영의 톤을 유지하기 위해 나머지 회차에 소극적인 크레인 숏을 쓰면서 생긴 문제였다. 아쉬움이 남는 부분이 아닐 수 없다. 하지만 이를 통해 한편으로 많은 교훈을 얻기도 했다.

처음에는 스테디캠을 이용할 생각이 없었는데 마리안느와 태식, 영자의 추격 신이 크게 확장되면서 불가피하게 2회차 정도 스테디캠을 사용했다. 스테디캠은 박성만 녹음기사님의 소개를 받아 황성운 기사님이 해주셨다. 공장 내 긴 동선과 좁은 골목길에서, 넉넉지 않은 시간에도 불구하고 꽤 안정된 오퍼레이팅을 보여주었다.

태화 형과 나는 다행인지 불행인지 모두 확실한 콘티를 작성하고 있는 그대로 실행하는 것을 좋아한다. 물론 상황에 따라 공간과 동선이 바뀌는 경우도 간혹 있지만 되도록이면 스토리보드를 온전히 지켜 나가는 것에 관심이 많다. 실제로 〈숲〉의 경우에는 미리 작성된 스토리보드와 영상이 거의 일치한다(〈숲〉이 완성되고 엄태화 감독과 나는 놀랄 수밖에 없었다).

아카데미 애니메이션 전공 29기인 조용익 후배가 스토리보드를 도와주기로 했다. 영화의 주연인 엄태구와 친분이 있고 나와도 학부 시절 인사하며 지내던 사이기 때문에 작업을 수월하게 진행할 수 있었다.

촬영 5주 전부터 최종 시나리오를 중심으로 스토리보드를 만들어 나가기 시작했다. 이 과정은 생각보다 쉽지 않았다. 시나리오가 완전히 확정된 상태가 아니었기 때문에 수정이 될 때마다 계속 콘티가 바뀌었다. 뿐만 아니라 회의할 때 계획했던 내용과 실제 그림으로 그려졌을 때의 화각, 무브먼트, 혹은 인물의 위치, 동선 등이 다르게 표현된 경우가 많아 계속 확인 작업이 필요했다. 2차 수정 작업까지 필요했기에 최종 스토리보드가 나오기까지 오랜 시간이 걸렸다. 프리 프로덕션이 진행될수록 연출자는 각종 미팅과 회의에 참여해야 했기 때문에 일과를 끝내고 콘티작업을 진행할 수밖에 없었던 것도 핸디캡으로 작용했다. 마침내 촬영 이틀 전 스토리보드 완성본이 나왔고 이것은 외부 스태프들과 소통하는 데 많은 도움이 되었다.

하지만 결과적으로 보면 우리가 만든 스토리보드가 마냥 장점만 가지고 있었던 것은 아니다. 이런 생각이 들었던 데에는 몇 가지 이유가 있다. 첫 번째는 스토리보드가 치밀하고 정교하게 만들어지지 않았다는 것. 처음 장편을 접한 우리는 약 650컷에 이르는 분량의 콘티를 최상의 것으로 만들지 못했다. 개인적으로 한 번 만들어진 콘티는 시나리오와 마찬가지로 2차, 3차를 거쳐 수정할수록 좋아진다고 생각하는데 시간상의 이유로 그 과정을 생략했기 때문에 아쉬움이 남는다. 두 번째는 현장에서 상황이 예상과 다르게 전개될 경우 신속하게 대처해야 하는데 저예산 영화의 특성상 이런 경우가 더 빈번하게 일어난다. 따라서 상황에 맞게 순발력을 발휘해야 하는 경우, 무리하게 기존 콘티를 유지하다 보면 다소 억지스럽게 신을 디자인해야 하는 경우가 있다.

물론 콘티가 있었기 때문에 이만큼 프로덕션을 끌고 갈 수 있었던 것도 사실이다. 단, 저예산 프로덕션을 고려해서 상황에 맞게 좀 더 유동적으로 바꾸는 것이 필요하다고 느꼈고, 혹시 다음 작품을 찍을 기회가 생기면 꼭 이번 경험을 교훈 삼아 그때그때 상황에 맞는 대처를 해나가면 좋겠다.

# 06
## 카메라와 렌즈를 정하는 기준

거창하게 내세울 만한 것은 아니지만 작품을 준비하면서 촬영자로서 나아가고자 하는 방향을 몇 가지 설정했다. 첫째는 카메라와 인물과의 거리다. 되도록이면 인물 가까이에서 와이드 계열의 렌즈를 이용해 거리감을 좁히는 것이 좋다고 생각했다. 멀리서 관조하는 느낌보다 실제 그들의 삶에 가까이 다가가 인물을 마주하는 느낌을 주고 싶었다. 그래서 실제 인물을 촬영할 때는 35밀리 표준렌즈를 주로 활용했고, 넓은 숏에서는 18밀리나 25밀리를 활용했다. 35밀리보다 더 와이드한 렌즈로 인물 가까이에서 촬영할 경우, 피사체와 배경이 왜곡되는 현상이 생기는데 이것이 가장 고민스러웠던 부분이다. 인물에 가까이 다가가되 왜곡감을 어떻게 할 것인가가 주요 고민이었는데, 결국 적당한 범위의 렌즈를 선택해 인물이 심하게 왜곡되는 것을 막기로 했다. B캠을 운용하는 과정에서 어쩔 수 없이 50밀리 이상의 렌즈 배율을 선택해야 하는 경우도 있었기 때문에 이를 철저히 지킬 수는 없었지만 전체적으로 잘한 선택이었던 것 같다. 한 가지 아쉬운 부분은 영화 전반적으로 OS숏(Over Shoulder Shot 앞의 인물 어깨를 걸고 뒤에 있는 인물을 찍는 숏)이 많은데 OS숏을 자제하고 싱글숏(Single Shot 단독 숏)을 많이 확보했다면 내가 의도한 거리감에 더욱 근접

하지 않았을까 싶다.

두 번째는 불필요한 무브먼트를 피하자는 것이다. 사실 이것은 내 개인적인 철학이기도 하다. 시나리오상에 대화 신이 많고 스케줄 자체가 타이트하게 진행되기 때문에 카메라 움직임의 콘셉트를 가지고 이 영화를 끌어가기보다 불필요한 움직임을 줄이고 적재적소에 카메라를 배치함으로써 움직임이 더 돋보이게 하는 것이 좋다고 생각했다.

세 번째는 화면비율인데 이것은 촬영 전까지 고민하던 부분이다. 1.85대 1의 화면비를 선택했는데 이는 2.35대 1에 비해 장르적인 느낌이 덜하다. 나는 장르적인 느낌보다 드라마에 집중하고자 이 비율을 선택했다. 사실 이것은 판단하는 기준에 따라 다른데, 개인적으로 나는 2.35대 1보다 1.85대 1의 화면비가 인물의 감정이나 스토리 라인에 더욱 가까이 다가갈 수 있다고 생각한다. 같은 인물 사이즈에서 배경을 얼마나 담을 수 있느냐를 기준으로 바라보는 사람들도 있는데 나는 조금 다른 시각으로 판단하고 싶었다.

또 한 가지 이유는 인터넷 소재를 활용하는 영화답게 인터넷 느낌을 살리고 싶었다. 우리가 평소 보는 모니터 화면 자체가 16대 9 사이즈이니 이에 가까운 화면비를 선택하는 것이 좋을 것 같았다. 마치 인터넷 서핑을 하는 느낌으로 영화를 볼 수 있다면 얼마나 좋을까. 모니터 화면이나 핸드폰 화면 인서트 분량이 많았기 때문에 1.85대 1의 화면비가 유리하게 작용할 수 있다고 생각했다.

네 번째는 멀티캠 운용이다. 이것은 카메라 선택에도 영향을 미쳤다. 〈잉투기〉는 잉투기 경기장면과 엔딩 부분 무차별 액션 신, 밀가루 신 등 커버리지(Coverage 동일한 장면을 촬영하는 카메라 셋업의 숫자를 나타내는 용어. 즉 편집과정에서 사용할 수도 있고 사용하지 않을 수도 있는 추가 앵글)가 많이 필요한 신들이 연속적으로 있기 때문에 멀티캠 운용을 생각하지 않을 수 없었다. 내가 졸업한 건국대학교 영화전공에서 레드 MX 한 대를 교수님과 학생들의 동의하에 빌릴 수 있었는데 아카데미에 있는 레드 MX와 같이 운용하면 많은 커버리지를 확보할 수 있을 것 같아 레드 MX를 메인 카메라로 선택했다. 또 영화 설정상 차 안에서 이루어지는 장면들이 많은데 아카데미에 있는 레드 스칼렛 카메라를 활용해 좁은 공간, 다양한 위치에서 촬영을 해도 기동성 있게 움직일 수 있을 것 같았다. 레드 MX는 알렉사와 비교해 기록되는 레졸루션 (Resolution 변환 능력)이 크기 때문에 후반 리사이즈를 할 수 있다는 장점도 있다.

렌즈 선택은 아카데미가 가지고 있는 렌즈 T1.3 하이스피드 렌즈(Highspeed Lens)와 T1.8 레드 프라임 렌즈(Red Prime Lens) 두 가지 중 하나를 택했다. 사실 나는 렌즈를 구별할 수 있는 정도의 눈을 가지고 있지 않기 때문에 두 가지 모두 상관이 없었지만 레드 프라임 렌즈를 선택한 한 가지 이유는 샤프니스 때문이다. 하이스피드 렌즈는 밝은 렌즈임에 틀림 없지만 렌즈의 특성도 그렇고 수명도 오래되었기 때문에 샤프니스가 떨어지는 단점이 있다. 내가 생각할 때 이 영화는 디지털 세대를 담은 시나리오답게 매끈한 질감을 가져야 한다고 생각했다. 그에 따라 샤프니스가 상대적으로 높은 레드 프라임 렌즈를 선택했다.

조명은 밤 신보다 낮 신이 많기 때문에 최대한 일광을 많이 활용하기로 했다. 콘트라스트가 강하게 표현될 이유가 없었고 하프키(Half Key)같은 과도한 조명을 배제해야 한다고 생각했다. 실내 장면 분량이 외부 장면보다 많았기 때문에 형광등 소스 같은 탑 라이트를 인물의 위치를 조정해 적당한 콘트라스트로 유지하고 채광을 이용하면 경제적으로 조명 톤을 유지할 수 있으리라고 생각했다.

공간별로 보자면 체육관, 영자 집, 태식 집, 영자 학교, 아지트 등으로 나눠 생각해 볼 수 있는데 체육관은 기본적으로 창이 막혀있는 구조기 때문에 낮이든 밤이든 상관없이 형광등 베이스로 설정할 수밖에 없었다. 창을 이용한 조명을 하지 못해 아쉽긴 하지만, 탑 라이트 느낌을 이용하기 위해 인물의 위치를 조정하면서 부족한 부분은 조명으로 해결하는 방법을 선택했다. 영자 집의 경우는 큰 아파트라는 설정이었는데 거실보다 영자의 방에 초점을 맞춰 채도가 높은 조명을 설정했다. 주로 아프리카 방송과 관련된 분량이 많았기 때문에 화사한 느낌이 들었으면 좋겠다고 생각했고 색보정 단계에서 마젠타를 이용해 영자만의 공간을 디자인했다. 태식 집의 경우는 태식 엄마와 부딪히는 신이 많기 때문에 최대한 앰버톤의 조명을 설정하고 태식의 감정에 집중할 수 있도록 노력했다. 빈집을 세팅해서 공간을 만들었기 때문에 외부 조명을 설치할 수 있어 밤 신의 경우 색온도가 낮은 가로등을 설정해 감정 신에 활용했다. 영자 학교는 영화에서 유일하게 채광을 이용할 수 있는 공간이었는데 제대로 채광을 컨트롤하지 못한 것 같아 아쉽다. 전반적으로는 밝은 느낌을 유지하기 위해 노력했다. 아지트는 편집에서 가장 많이 삭제된 공간이다. 태식과 희준의 공간으로 태식 집과 마찬가지로 가로등이 새어 들어오는 설정을 만들어 태식과 희준의 갈등, 화해의 감정을 극대화시켰다.

# 07
## 로저 디킨스의 작품을 통해 얻은 교훈

사실 나는 영화를 분석하는 능력이 뛰어나지 않기 때문에 레퍼런스 영화를 많이 참고하는 편은 아니다. 다만 내가 정서적으로 좋다고 느꼈던 영화들은 촬영에 크게 도움이 되지 않더라도 몇 번씩 반복해서 보는 습관이 있다. 이번 작품을 찍기 전 로저 디킨스 촬영감독의 영화를 중점적으로 챙겨 보았다. 특히 연출자가 코엔 형제 영화를 시나리오 레퍼런스로 잡고 있었기 때문에 코엔 형제와 콤비인 로저 디킨스 촬영감독이 중요하게 느껴졌다. 특히 〈시리어스 맨〉(2009)을 많이 참고했는데 영화 안에서 주변 사람들과 메인 인물들 간의 관계 구도가 비슷해 보였고 인물과 카메라의 거리감도 내가 생각하는 부분과 일치하는 장면이 많았다.

연출자가 추천해 주었던 작품은 〈50/50〉(2011)이라는 청춘영화인데 영화 자체는 굉장히 재밌었다. 촬영적으로 특별한 기교는 없었지만 순간순간 애덤의 심리 상태를 보여 주는 고속촬영이나 얕은 심도, 더치 앵글이 굉장히 인상적이었다. 이 두 영화를 보고 좋았던 부분들을 몇 가지 떠올려 보았다. 특별하지 않지만 이야기의 힘을 만들어주는 촬영이 무엇인지 생각하게 되었다. 앞에서 언급했듯 불필요한 카메라 움직임과 핸드헬드를 자제하고, 순간순간 강조하고 싶은 부분에서 줌인, 트래킹, 붐업/붐다운 등의 움

직임을 만들고, 표준렌즈 혹은 그보다 좀 더 와이드한 렌즈 배율
을 선택해 거리감을 유지하기로 했다.

# 08
## 체육관과 영자 학교 섭외의 어려움

촬영 두 달 전부터 로케이션을 다니기 시작했다. 전반적으로 나쁘지 않은 상황이었지만 몇 가지 아쉬움이 남기도 한다. 원래 아지트로 설정했던 동부이촌동 왕궁아파트 앞 놀이터는 일찍부터 연출자가 낙점해둔 곳이었는데 두 달에 걸친 섭외작업에도 불구하고 아파트 측은 끝까지 문을 열어주지 않았다. 감독이 굉장히 아쉬워한 부분인데 결국 우리는 아지트 촬영을 이틀 남기고 부천의 한 아파트 단지, 폐허가 된 미술학원에서 아지트 신을 찍기로 했다.

체육관 역시 섭외가 어려운 장소였기 때문에 4개의 후보군 중하나를 선택했다. 사실 채광이 좋으면서 시나리오 안에 있는 공간들과 동선을 충족시킬 수 있는 체육관을 원했지만 후보지 중채광이 좋은 곳이 하나도 없어 포기하고 말았다. 게다가 시나리오 설정상이나 관객들의 선입관 때문에라도 체육관에는 링이 있어야 한다고 생각했는데 링을 가지고 있는 체육관을 4회차 이상빌리는 것은 생각보다 쉽지 않았다. 자료조사를 하는 과정에서알아보니 실제로 잉투기는 링 위에서 경기를 하지만 연습을 할때는 바닥에서 주로 트레이닝 한다는 사실을 알게 되었다. 그래서 우리는 결국 링이 없는 체육관을 섭외하기로 했다. 대신 경기

장으로 선택한 체육관에는 링이 있었기 때문에 후반에 더욱 힘을 싣는 전략으로 가닥을 잡았다.

또 하나는 영자 학교인데 이 역시 후보지가 많지 않아 난항을 겪었다. 외관이 좋은 학교는 내관이 마음에 들지 않았다. 그러던 중 학부 영화과 후배였던 새미가 의정부에서 선생으로 일하고 있다는 이야기를 듣고 지푸라기라도 잡는 심정으로 타진을 했던 것이 의외로 잘 풀려 의정부에 있는 한국문화영상고등학교(이하 한문영고)를 헌팅할 수 있었다. 이 자리를 빌려 새미에게 고맙다는 인사를 전하고 싶다. 하지만 여기서 문제는 한문영고 역시 외관과 내관이 모두 마음에 드는 건 아니라는 것. 운동장이 좁은 구조라서 외관은 광명에 위치한 충현고에서 찍기로 했다. 외부와 내부를 연결하는 데 어려움은 없었지만 어느 정도 부담이 생겼다.

# 09
## 소통이 잘 되면 영화도 잘 풀려

사람과 사람 사이에는 거리가 존재한다. 상대의 생각을 정확히 알기 힘들기 때문에 하나의 단면을 보고 어느 부분까지 추측을 해내느냐가 중요하다. 그런 의미에서 연출자와 촬영자는 서로의 생각을 적극적으로 공유할 필요가 있다. 태화 형과 나는 아카데미에서 주로 작업을 같이 했기 때문에 다른 팀에 비해 서로의 생각을 공유하기 쉬운 편이었다. 항상 새로운 것을 추구하고 자기만의 독특한 감성을 가지고 있는 태화 형을 처음에는 이해하기 힘들었지만 이제는 그런 선택들이 어떤 결과물로 나타날지 어느 정도 예상할 수 있었다. 내가 강조하고 싶은 부분에 대해 이런 저런 계획을 설명하면 디테일한 설명 없이도 내 의도를 알아채는 형이 신기하기도 했다.

물론 갈등이 아주 없었던 것은 아니다. 프리 프로덕션 단계에서 콘티작업을 하느라 잠을 제대로 못 잔 우리는 결국 촬영을 시작한 지 몇 회 되지 않은 어느 날, 스태프들 앞에서 큰 충돌을 겪었다. 서로 예민해진 탓도 있고, 그때의 상황 자체가 서로 오해할 수밖에 없는 상황이기도 했다. 지금 생각해 보면 차라리 초반에 충돌하고 의기투합한 것이 차라리 다행이지만 그때는 정말 위기 상황이 아닐 수 없었다.

# 10
## 나이 어린 촬영감독의 고통

〈잉투기〉를 촬영한 2012년 10월은 내 나이 스물여덟 살 때였다. 나로서는 부담이 아닐 수 없다. 메인 스태프 중 내가 가장 어렸고 전체 스태프를 통틀어 제일 어린 축에 속했기 때문이다. 녹음 기사님, 조명기사님, 그립팀장님 모두 40대에 접어들었고 감독이나 미술감독과 비교해 봐도 다섯 살 정도 차이가 났다. 촬영부 퍼스트 위치에 있었던 사람들도 모두 형들이었고 조감독도 나보다 나이가 많았다.

졸업영화라서 우리를 도와준다고 생각하면 한결 마음이 편하지만 이 영화를 돈 내고 볼 사람들을 생각하면 내 위치를 인식하고 요구할 사항들을 분명히 얘기할 수 있어야 한다. 처음에는 그것이 너무 어렵고 어색하게 느껴졌지만 나중에는 점차 소통하는 법을 터득하게 되었다.

# 11
## 늘어난 회차를 해결하자

예상 스케줄은 27회차였다. 하지만 우리가 촬영을 종료했을 때 총 회차는 38회차였다. 중간에 몇 명의 스태프들이 공석이 되었고 무엇보다 제작비가 바닥을 드러냈다. 밤 신이 많지 않다보니 14일 연속 데이 분량만 촬영했던 적도 있다. 회차가 거듭될수록 해는 짧아졌고 하루에 길어야 여덟 시간 정도밖에 촬영을 하지 못하는 상황이 계속됐다. 그렇다고 느릿느릿 촬영을 진행했던 것도 아니다. 물리적인 분량이 벅차서였을까. 우리도 모르게 자꾸 회차가 불어났다. 게다가 막판에는 배우들이나 로케이션 사정상 하루를 꽉 채워 촬영하는 게 아니라 네다섯 시간 정도 밖에 촬영을 하지 못했다. 사실 회차가 늘어날수록 부담을 가지게 되는 건 연출자보다 촬영자다. 왜냐하면 현장에서 시간을 소비하는 건 미술 셋업도 있고 동선 리허설이나 분장 등 많은 요소들이 있지만 전체적으로 크게 보았을 때 촬영과 조명 셋업이 촬영 내내 줄곧 시간이 많이 걸리는 작업이기 때문이다. 하루에 할당된 분량을 다 채우지 못했을 경우, 부담은 자연스럽게 촬영자에게 넘어간다. 그래서 정해진 분량을 다 끝내지 못한 날은 개인적으로 자책을 많이 했던 것 같다.

# 12
## 후반작업 워크플로 노하우

레드 MX 카메라로 찍은 푸티지(Footage 필름의 길이)를 후반작업까지 스스로 운영할 수 있는 나만의 워크플로(Workflow 업무의 절차 및 활동을 시스템화 한 것)를 계획했다. 며칠간 시행착오를 극복하고 아이맥 한대로 마스터링까지 할 수 있는 워크플로를 만드는데 성공했다.

(1) 먼저 촬영 소스를 편집에 용이하게 레드 시네 엑스 프로(Red Cine-X Pro)에서 변환한다. 레드 시네 엑스 프로는 레드사에서 제공하는 공식 소프트웨어다. 푸티지를 원본 사이즈로 읽을 수 있을 뿐 아니라 부분적으로 잘라서 편집도 가능하다. 간단한 색보정도 해볼 수 있다. 게다가 기존에 가지고 있던 메타 데이터를 이리저리 바꿔볼 수 있기 때문에 굉장히 편리한 툴이다. 여기서 촬영한 R3D 원본을 편집하기 용이한 MOV파일로 변환해야 하는데 우리가 선택한 것은 1280x720사이즈에 프로레스 프록시(ProRes Proxy)코덱으로 변환해 여기에 디바이어 세팅(Debayer Setting)을 1/4로 낮춰 비교적 낮은 품질의 파일로 작업하는 것이다. 이런 작업 방식을 택한 이유는 아카데미에 있는 아이맥 환경에 맞게 작업해야 했기 때문이다.

(2) 파이널 컷 프로 7(Final Cut Pro 7 이하 파이널 컷)으로 편집을 시작한다. 변환된 파일에 맞춰 세팅만 해주면 편집을 위한 준비가 끝난다. 처음에는 사운드와 싱크를 맞추는 작업부터 시작하는데 이때 파이널 컷 내에서는 파일 네임을 바꿔도 무방하지만 원본이나 변환된 파일 네임을 파이널 컷 밖에서 바꾸면 나중에 EDL이나 XML로 패키징하는 작업에 문제가 생길 수 있다.

(3) 만약 편집을 하다가 트랜지션이나 각종 이펙트 혹은 리사이즈를 할 경우에는 되도록 DI 작업에서 하는 것이 좋다. 영화 전반에 사용되어 그 분량이 많은 경우에는 그대로 진행해도 무방하다. 외부 DI실에 가는 경우 편집본 그대로 가이드 파일을 전해주면 그에 맞춰 색보정을 해준다. 만약 자신이 직접 색보정을 할 경우, 리사이즈는 컬러(Color)에서 불러낸 원본을 기준으로 가이드 파일을 보고 작업을 해야 하지만 트랜지션이나 이펙트 같은 경우는 컬러에서 작업을 끝내고 다시 파이널 컷으로 보냈을 때 하는 것이 유리하다. 컬러에서 바로 DPX를 뽑는 것이 가장 이상적이지만 실제 모니터로 작업할 때와 극장에서 상영할 프로젝터로 넘어갔을 때는 서로 감마값이 다르기 때문에 색보정을 끝내고 다시 파이널 컷으로 보내 감마값을 수정해서 최종본 MOV를 만드는 것이 좋다(컬러에서 파이널 컷으로 넘어갈 때 전체적인 콘트라스트가 바뀌므로 이를 감안해 파이널 컷에서 확인하는 것이 좋다).

(4) 편집이 끝나면 먼저 가이드 파일을 뽑아 믹싱실로 하나를 보낸다. CG 처리할 분량을 정확하게 체크하고 색보정 전에 보내야 할 클립들을 원본에서 다시 파일 추출해 CG팀에 넘겨준다. 색보정 전에 해야 할 분량과 이후에 해야 할 분량을 CG팀과 같이 상의해야 한다. 이때 DPX나 TIFF파일로 변환해 CG팀에 보내주는 것이 품질을 유지하기 좋다.

(5) 앞의 작업이 끝나면 파이널 컷에서 작업한 것을 컬러로 불러내야 하는데 이 작업이 조금 까다롭다. 알렉사의 경우는 원본 레졸루션이 크지 않아 바로 '센드 투(Send to)'로 넘길 수 있지만 레드는 4K 이상의 원본 사이즈를 가지고 있기 때문에 정리가 잘된(이펙트와 트랜지션이 빠진) EDL과 시네마 툴스(Cinema Tools)를 이용한 데이터베이스 파일을 각각 만들어 컬러에서 두개를 불러들여야 하는데 이 과정에서 오류가 발생할 가능성이 많고 실제로 주변에서 성공했다는 사례를 본 적이 없기 때문에 다른 방법을 찾아야 했다.

먼저 파이널 컷에서 작업한 편집본을 기준으로 XML파일을 추출한다. XML파일을 레드 시네 엑스 프로로 불러낸다. 이때 원본 파일의 경로를 묻는 창이 나오고 원본이 있는 루트를 정해주면 그 XML을 토대로 타임라인이 생성된다. 이때 원본과 자연스럽게 파일이 바뀐다. 그 다음 엑스포트 세팅(Export Setting)에서 퀵타임 랩퍼(QuickTime Wrapper)를 선택한 후 셋업창에서 제너레이트 FCP XML(Generate FCP XML)을 선택한다. 이것을 보내기 (Export)하면 되는데 기억해야 할 것은 타임라인(Timeline)으로 설정해서 추출해야 한다는 것이다. 그러면 새로운 XML이 생성되는데 이것은 R3D 원본 자체의 파일이 아니라 MOV 형식을 따르는 프록시(Proxy) 파일로 포장된 원본 파일이다. 다시 말하면 레드 코드(Red Code)의 코덱을 가지고 있는 MOV 형식인데 가지고 있는 정보량은 R3D파일과 동일하다. 새로 생성된 XML을 파이널 컷에서 불러내고 이것을 다시 '센드 투 컬러(Send to Color)'를 이용해 컬러로 보내면 색보정을 위한 준비는 끝난다.

(6) 색보정을 끝내면 편집본에 나와 있는 대로 리사이즈 작업을 마무리한다. 이때 CG가 도착하면 컬러로 불러낸다. TIFF나 DPX로 받을 경우 시퀀스 자체로 불러낼 수 있기 때문에 굳이 MOV로 변환할 필요가 없다. 컬러에 있는 타임라인에 작업한 파일들이 차곡차곡 정리되었다면 렌더를 걸고 다시 파이널 컷으로 옮긴다(만약 추가되는 트랜지션이나 이펙트가 간단한 정도라면 파이널 컷에서 트랜지션되는 부분 자체를 컬러로 가져와 작업을 하고 여기서 바로 DPX를 뽑는 것이 좋다).

(7) 감마에 대한 견해는 개인마다 다를 수 있는데 자기만의 기준을 가지고 일단 최종본 마스터 MOV를 만든다. 이 과정에서 자신이 세팅한 모니터를 기준으로 가장 색보정할 때와 가까운 버

전을 만들 필요가 있다. 이 버전으로 DCP를 만들어 극장에서 테스트를 하는 경우, 색이 얼마나 틀어졌는지 보기 위해서다.

(8) ProRes 4444 정도의 퀄리티를 가진 MOV가 완성될 때 동시에 이루어져야 하는 게 영문자막 스파팅(화면에 자막을 삽입할 수 있도록 대사를 끊는 작업)이다. 영문 버전까지 MOV가 완성되었다면 그 다음은 DCP작업이다. 나는 Easy DCP라는 툴을 이용했는데 전문가용 툴과 비교했을 때 품질의 차이가 거의 없었다. 마스터 파일을 애프터 이펙트(After Effect)를 이용해 먼저 DPX 파일을 추출한 후 믹싱룸에서 넘어온 24프레임 기준의 사운드 파일을 EasyDCP에서 합쳐 주면 모든 마스터 작업이 끝난다.

# 13
## 색보정에서 배운 것들

색보정은 'C-47'의 허정 팀장님과 함께 진행했다. 김창주 선생님과의 인연으로 허정 팀장님을 만났는데, 전 기수인 형래 형이 작업한 〈누구나 제 명에 죽고 싶다〉 역시 이곳에서 허정 팀장님의 도움을 받았다고 한다. 사실 내가 색보정실에 기대했던 것은 색보정 기사 개인이 가지고 있는 노하우가 쌓인 룩업 테이블(Lookup Table)이었다. 다시 말해 카메라에 따라 팀장 자신이 세팅해 놓은 가이드를 가지고 있을 거라 예상하고 노하우를 이용하겠다는 욕심이 있었다. 하지만 팀장님은 따로 마련해 놓은 룩업이 없다고 했다. 처음에는 조금 실망했지만, 곧 의욕적으로 작업을 시작했다. 레드 감마 3를 베이스로 작업을 진행했는데 이전 버전에 비해 하이라이트 영역을 보존하는 능력이 뛰어났기 때문이다. 레드 로그필름이라는 룩업도 존재하는데 알렉사와 비교하면 Log-C에 해당하는 룩업이다. 이 룩업을 선택했을 경우 최대한 많은 영역을 확보할 수 있지만 대신 완성본까지 도달하는 데 시간이 많이 걸리기 때문에 어느 정도 콘트라스트가 잡혀 있는 레드 감마 3를 선택하는 것이 옳다고 생각했다. 먼저 색보정에 대한 총평을 하자면 과정과 결과 모두 평균 이상이었다. 가장 좋았던 점은 색보정 기사님과 커뮤니케이션하는 과정을 직접 겪어 보았다는 것이다.

물론 디테일한 부분은 내가 스스로 만지는 것이 효율적이지만 혼자 색보정을 한다는 것은 시간적으로나 환경적으로 적절한 방법이 아니기 때문에 최대한 DI실에서 작업 노하우를 익히는 것이 좋다. 예상했던 것보다 많은 영역을 유지하면서 시간 내에 좋은 결과물을 만들어 낼 수 있었다. 처음 미팅할 때 팀장님과 이런 저런 얘기를 많이 나눴는데 팀장님 말씀대로 노멀(Normal)을 유지하는 것이 좋은 색보정이라는 생각이 들었다.

# 14
## 고맙다, 미안하다

첫 장편영화를 마무리하고 관객들과 만나기 전에 이 글을 쓰고
있다. 아직 마음속에 설렘이 가득하다. 이 글을 쓰면서 현장에서
있었던 추억들이 새록새록 스쳐간다. 사실 고맙다는 인사를 제
대로 못했는데 도움을 준 모든 사람들에게 어쨌든 고맙다는 말
을 전하고 싶다. 특히 촬영부였던 형래 형, 경진이, 예솜이, 승완
이 형, 성훈이 형, 지원을 나와 주었던 진형이, 기훈이, 지석이에
게 고맙고, 처음부터 끝까지 영화에 참여해 주었던 예솜이에게
특히 고맙다. 끝까지 남아준 경진이에게도 인사를 전한다. 적은
예산임에도 흔쾌히 작업을 함께 해주신 정태환 조명기사님, 탁대
성 그립팀장님, 허정 팀장님께도 감사를 전한다. 함께 노력한 태
화 형과 지현 누나에게도 고맙고 미안하다는 말을 전하고 싶다.

이 작품이 관객들과 얼마나 만날 수 있을지, 어떤 평가를 받게
될지, 또 그것이 나에게 어떤 영향을 미칠지 아직 아무것도 알 수
없다. 나는 단지 영화계에 계속 남아 좋은 촬영감독이 되기 위한
준비를 꾸준히 해나갈 뿐이다.

강지현
프로듀서의
이야기

# 01
## 다음은 〈잉투기〉다!

28기는 아카데미 중 가장 특이한 기수다. 시작부터 그랬다. 우리가 다니는 동안 원장님이 한 번 바뀌었고 몇 달 동안 자리가 공석이었으며 정문 관리 아저씨가 두 번 바뀌었다. 그러는 동안 학제가 바뀌고 장편 프로젝트 편수도 바뀌었다. 장편영화를 만들겠다는 것이 궁극적인 입학 목표였던 우리는 바뀐 제도에 당황할 수밖에 없었다. 그래서 아카데미를 그만두는 동기도 있었고, 그만둔 후 아예 다른 분야를 선택한 동기도 있었다. 혼란스러운 순간이었다. 나 역시 어떤 작품을 어떤 마음으로 해야 할지 고민스러웠다. 내가 작품을 선택한다고 끝나는 것이 아니었다. 혹자들은 같이 하던 팀을 그대로 이어가면 되지 않느냐고 말하지만, 그건 혼자 결정할 수 있는 문제가 아니다.

〈숲〉으로 미장센단편영화제에서 좋은 성적을 거둔 것은 우리 팀에게 매우 좋은 영향을 주었지만 개인적으로는 큰 부담이 되었다. 이 분야를 전공하고 업으로 계속해 왔지만 많은 인원이 투입된 상태에서 제대로 된 작품을 완성하고 그에 따라 좋은 결과를 내본 것은 〈숲〉이 처음이다. 태화 오빠나 상빈이는 상업영화, 독립영화 등 꽤 많은 작품을 했고, 그 작품들의 결과에 따라 굴곡을 겪었던 경험이 있지만 나는 그렇지 않았다. 처음 했던 일이 잘되면 그 후의 일들에 대해 기대하는 바가 높아지기 마련. 나에 대한 스스로의 기대가 너무 높았다. 경험 부족에서 오는 일희일비가 얼마나 무서운지 느꼈고, 작품 전체를 이끄는 프로듀서에게는 마인드 컨트롤이 무엇보다 중요하다는 것을 배웠다.

우리는 겨울 동안 각자 프로젝트를 준비했다. 태화 오빠는 〈잉투기〉 시나리오를 쓰기 시작했고, 상빈이는 장편제작연구과정 6기 〈설인〉, 〈누구나 제 명에 죽고 싶다〉 지원을 나갔고, 나는 한일합작프로젝트를 진행했다. 그 사이 간간히 장편에 대한 이야기를 나눈 적은 있지만, 〈잉투기〉 시나리오 초고가 나올 무렵까지 '같이하자'는 이야기를 제대로 해본 적이 없었다. 상빈이 말대로 '자연스럽게 디졸브되었다'는 말이 가장 어울릴 것 같다.

예를 들면 이런 식이다. '잉여들의 격투기' 시나리오를 준비한다는 말에 자연스럽게 영화 콘셉트와 촬영에 대해 함께 이야기하고 있다든지, '생각해 오자'고 말하기 전부터 캐스팅에 대해 말해본다든지. 우리가 함께 이야기를 하고 있으면 다른 사람이 끼어들어 "뭐야. 이 팀, 벌써 찍는 거야?" 하며 팀 결성 여부를 물어오곤 했다. 이런 식으로 자의 반 타의 반, 무의식적으로 〈숲〉 팀이 다시 〈잉투기〉 팀으로 합쳐졌다.

패키징 마감일이 다가오자 우리는 따로 사용하는 채팅방에서 처음 "같이 하자"는 이야기를 직접적으로 나눴고, 거기에 대한 대답이 'ㅇㅇ' 또는 스티커 한 장으로 쿨하게 붙여지면서 〈잉투기〉 팀이 되었다. 서로의 성향에 대해 익숙하고 각자 어떻게 작업하는지 잘 알기 때문에 편하게 접근할 수 있었다. 그렇게 우리는 다른 팀들의 패키징을 지켜보며 2012년을 맞이했다.

## 02
### 특명, 잉여들을 만나라

아카데미의 심사 방법은 이렇다. 제출 기간을 정해 시나리오를 제출하고 교수들이 모두 읽어본 뒤 소극장에 모여 한 팀씩 심사를 받는다. 이 심사가 정말 고통스럽다. 소극장 특유의 분위기, 앞에 앉아 있는 우리를 바라보는 그 엄밀한 눈빛들. 아주 세심한 부분까지 시나리오를 읽어내는 베테랑 앞에서 발가벗고 있는 기분이 든다. '사건은 작은데 이야기는 너무 크다.' 시나리오 심사 때마다 우리가 들었던 이야기다. 태식이가 이렇게 열 받은 것에 관객들이 공감하기 어려울 것이라는 의견이 많았다. 그리고 전체적으로 시나리오 다이어트가 필요하다는 이야기도 들었다.

〈잉투기〉초고와 완성본은 느낌이 많이 다르다. 초고의 태식이는 음악을 하는 잉여였다. 음악을 하던 잉여가 무직 태식이가 되기까지 수많은 시나리오 개발 과정이 있었다. 강도 높은 시나리오 심사를 거치며 엄마는 코스타리카에 가고 싶어졌고, 영자는 밀가루를 뿌리고 싶어졌고, 태식이는 간석오거리에서 폭주하게 되었다.

흔히 격투기 영화라고 하면 과격한 격투가 나오는 영화를 생각하는데 우리 영화는 그런 톤앤매너가 아니다. 원래 잉투기 대회 자체도 프로 같은 싸움이 아니라 링 위에서 정정당당히 싸우는

데 의미가 있다. 우리가 그리려는 주인공은 자신에 대해 고민하고 성장하는 청춘 그 자체다. '젖존슨을 찾아 복수하자'는 목표를 가지고 살았던 주인공이 그 목표를 갑자기 상실하게 되었을 때, 그리고 분풀이로 폭주를 택할 수밖에 없었을 때, '태식이는 앞으로 어떻게 될까?' '학교에 밀가루를 던져버린 영자는 이제 어떻게 하지?' 두 주인공의 찡한 분풀이 후 막막함을 보여 주는 콘셉트로 시나리오를 쓰기 시작했다.

잉투기 대회나 잉여들의 사생활에 대해서는 잉투기 대회를 직접 만든 CMA코리아 천창욱 대표님의 자문을 많이 받았다. 잉여들이 실제 무슨 생각을 하면서 사는지, 제대로 사회생활을 하고 있는지 등 구체적인 이야기를 듣고 격투기 대회도 같이 찾아보며 경기 규모에 대해 리서치하기도 했다.

실제로 인터뷰를 진행하면서 시나리오를 발전시키는 과정은 굉장히 재미있었다. 잉여들에 대해 충분히 이해를 해야만 그들이 살고 있는 세상을 제대로 그릴 수 있을 것 같았다. 잉여들이 출몰하는 인터넷 사이트들을 모조리 섭렵하고 그들의 말투와 생각에 익숙해지려 노력했다. 집필에 직접 참여한 태화 오빠와 슬예에게 제법 잉여의 냄새가 나기 시작했다. 사실 원래 잉여였는데 숨기고 살아온 사람들처럼 글을 잘 써왔다. 영화의 톤앤매너에 대한 고민과 실질적인 자문을 받으면서 시나리오를 집필한 지 6개월이 지났다. 시나리오 5고가 나왔을 즈음 아카데미로부터 처음 칭찬을 받았다. 이제 캐스팅을 시작해도 될 시점이라는 뜻이었다.

# 03
## 가뭄에 단비 같은 추가 제작비

5천만 원의 제작비로 격투영화를 만든다는 건 장편 경험이 전무한 나에게 답이 안 나오는 일이었다. 예산의 우선순위를 매기는 것조차 힘들었다. 어떤 것을 제일 먼저 시작해야 하는지 장편제작연구과정 이지승 책임교수님께 자문을 구했다. 선배들의 작품을 예로 들며 쉽지 않은 작업이 될 테니 정신 바짝 차리고 임해야할 거라고 말씀하셨다. 초고를 보고 예산안을 짜는데 벌써부터 정신이 혼미해졌다.

물론 내가 만들고 싶은 장편을 제작비 지원을 받아 만들 수 있다는 것은 정말 고마운 일이다. 영화진흥위원회와 한국영화아카데미에 정말 감사하다. 하지만 5천만 원으로 장편영화를 찍는다는 것은 사실 너무나도 어려운 일이다. 작품에 참여하는 모든 인원들이 희생을 감내해야 한다. 아주 본능적인 부분에 희생이 필요하다.

마침 아카데미에서 제작비가 추가 투입될 수 있다며 필요한 예산안을 짜오라고 했다. 부랴부랴 필요 예산을 작성해 아카데미에 제출했고 아카데미는 모든 팀에 1천 만 원의 예산을 추가 지급했다. 아마 이때 예산이 증액되지 않았다면 우리는 이 영화를 제대로 완성할 수 없었을지도 모른다. 기존 제작비의 5분의 1을 추가

지원해 준다는 결정은 정말 파격적인 소식이었다. 하지만 6천만 원에 맞게 예산을 짜보니 그 또한 여전히 부족했다. 모을 수 있는 예산을 더 모아야 했다. 계속 욕심이 났다.

〈잉투기〉 시나리오 멘토링을 해주셨던 정지우 감독님이 초고와 수정고를 보신 후 이 프로젝트에서 가장 중요한 것은 제작 규모라고 말씀하셨다. 그만큼 예산에 따라 좌우될 부분이 많은 프로젝트였다. 감독님께서 PPL이나 기타 제작비를 끌어 모을 방법을 몇 가지 제안하셨다. 우리 영화를 지원해 달라고 여러 회사를 찾아다녔다. PPL이 가능할 법한 회사들에 모두 문의해봤지만, 저예산 영화와 PPL은 애초부터 궁합이 맞지 않는 것인지 반응이 없었다. 〈잉투기〉의 주된 배경인 모 사이트만 실무자 미팅을 허락해 주었고, 현물지원이나 현금지원은 어렵지만 개봉 즈음 배너광고를 해주겠다고 약속했다.

그렇게 제작비를 구하기 위해 헤매던 중 〈숲〉을 보고 태화 오빠의 가능성을 발견한 몇몇 구세주들이 나타났다. 그분들이 감독에 대한 후원 형식으로 우리를 응원해 주기로 했다. 가뭄의 단비 같은 소식이었다. 우리는 며칠 간격으로 생각지도 않았던 후원금을 받게 되었다. 그리고 대망의 기원제를 시작으로 〈잉투기〉 프로젝트가 본격적으로 시작됐다.

# 04
## 최상의 배우를 구하라!

〈유숙자〉,〈하트바이브레이터〉,〈숲〉등 태화 오빠가 연출하는 작품의 주인공은 모두 태화 오빠의 친동생인 태구 오빠가 맡았다. 감독과 배우가 서로 잘 알면 작품에서 시너지가 나는 게 당연하다. 특별히 약속을 하지 않아도 집에서 리딩도 하고 작품 이야기도 할 수 있다는 것이 아주 큰 장점이다.

이런 장점 때문에 태구 오빠 캐스팅을 단번에 마무리하려 했으나〈잉투기〉의 태식 같은 잉여 역할을 하기에 태구 오빠는 너무 잘생겼고 강해 보인다는 것이 내심 마음에 걸렸다. 하지만 '잘생긴 잉여, 허우대 멀쩡한 잉여'라는 것이 오히려 묘한 매력을 가질 수 있을 것 같아 태식 역할에 태구 오빠를 캐스팅하기로 했다.

이제〈잉투기〉의 히로인 영자를 찾는 것이 문제였다. 영자는 영화에서 유일한 여자 캐릭터이자 세상에 불만이 많지만 자기 나름의 방법으로 불만을 분출할 줄 아는 캐릭터다. 영자 역시 태식과 같은 잉여지만 태식보다 세상을 많이 아는 잉여다. 이미 다 아는데 적당히 귀찮은 건 모른 척 하고 산다는 표현이 맞을지 모른다.

〈하트바이브레이터〉때부터 태화 오빠와 함께 작품을 해온 혜영이는 때와 장소를 가리지 않고 뿜어져 나오는 에너지가 매력적인 배우다. 실제로 영자의 캐릭터를 만들 때 혜영이의 말투와 세계관을 많이 빌려왔다. 혜영이의 독특한 억양, 웃음소리 등이 세세하게 들어갔기 때문에 영자를 다른 배우가 한다는 것은 상상이 안 됐다. 하지만 사람들은 또 너무 어울리기 때문에 오히려 의외성이 없을지 모른다고 걱정했다. 다른 배우들 미팅을 진행해 보았다. 하지만 혜영이만큼 영자에 어울리는 느낌은 받을 수 없었다. 내부 회의 끝에 다시 혜영이를 만났고 특유의 웃음소리를 듣는 순간 영자를 소화할 수 있는 배우는 오직 류혜영 밖에 없다는 확신을 갖게 되었다. 영자를 해줄 수 있겠냐고 정식으로 제안했고 그녀는 감사하게도 우리의 제안을 흔쾌히 받아들였다. 그날 밤 바로 먹방 연습에 들어갔다.

가장 고민했던 캐스팅은 희준이었다. 태구 오빠와 혜영이가 자연스러운 연기를 하는 배우들이라 그들보다 조금 더 전형적인 캐릭터를 연기할 배우가 필요했다. 태화 오빠와 슬예, 조연출 수혁 오빠가 많은 배우들을 만나 보았지만 선뜻 희준 캐스팅을 결정할 수 없었다. 아카데미 교수님들과 함께 고민하던 중 모 엔터테인먼트 대표님으로부터 권율이라는 배우를 소개받았다. 그가 출연하는 리얼리티 프로그램을 챙겨봤는데 희준 같은 '서울남자' 느낌을 받았다. 태식이보다 좀 더 멋있는 느낌, 서울 동부이촌동 부잣집 아들 느낌을 갖고 있는 배우였다. 서둘러 미팅을 진행하고 함께 작품을 하기로 했다.

그렇게 오디션을 진행하며 모든 인원을 꾸렸다. 많은 감독들이

IOI
잉투기

그렇겠지만 태화 오빠는 조·단역 배우들은 물론 프레임 안에 등장하는 모든 인물에 애정이 많다. 애정만큼 오디션에 힘을 쏟았는데, 처음에는 이 작업에 적응이 되지 않았다. 힘을 줘야 할 배역이 있다면 그에 맞게 힘을 빼도 되는 캐릭터가 있지 않을까 생각했다. 하지만 몇 번의 편집과 시사를 거치다 보니 프레임에 등장하는 모두에게 신경을 쓰는 것이 당연하다는 것, 그 지난했던 시간들도 결국 작품에 배우를 녹아들게 하기 위한 작업이었다는 것을 알게 됐다. 이번 작업을 통해 캐스팅이 어떤 작업보다 중요하다는 것을 배웠다. 적합한 배우를 찾는 것은 시간과 예산이 들더라도 꼭 필요한 일이다.

9월 26일, 전체 리딩을 진행하며 '캐스팅 하나는 정말 잘했구나. 이제 우리만 잘하면 되는구나' 생각했다. 다소 서먹한 분위기에서 진행되었지만 생각보다 많은 분들이 참석해 서로 얼굴도 익히고 전체 합을 맞춰 볼 수 있었다.

배우들을 한 명씩 만나 우리가 제시할 수 있는 금액과 앞으로의 작업 기간 등에 대해 설명하는 시간을 가졌다. 나와 일대일 방식으로 이야기를 진행했다. 로케이션 헌팅 때문에 오디션에 많이 참석하지 못해서 내 앞에 있는 배우들이 대부분 새로웠다. 떨렸다. '아, 연희가 되셨군요.' 'PK야도란, 교미킹, 반갑습니다.' 하루 동안 모든 배우들을 만나고 나니 〈잉투기〉에 대한 전체적인 그림이 그려졌다. 그들이 앞으로 들여야 하는 공에 비해 너무 말도 안 되는 금액을 제시했음에도 불구하고, 우리를 믿고 참여를 약속해

준 배우들에게 이 지면을 빌려 다시 한 번 감사하다는 말을 전하고 싶다.

심장이 뛴다, 영화가 뛴다

# 05
## 아, 고맙고 사랑스러운 사람들

〈숲〉이후 우리에 대한 기대가 커졌다. 그래서 제작 초반 '시나리오 재미있냐', '자신 있냐'는 질문을 많이 받았다. 무슨 정신이었는지 기억은 안 나는데 '시나리오 재밌다 '우리 팀 이 영화 잘 만들 자신 있다'고 자주 이야기하고 다녔다. 하지만 그 말을 후회하는 데는 오랜 시간이 걸리지 않았다. 잘 만들려면 잘 만들 사람들을 데려와야 하는데 스태핑이 너무 어려웠다.

로케이션과 제작 전반을 진행하기 위해 제작부를 구하는 것이 가장 시급한 과제였다. 구인광고를 내고 사람을 기다렸다. 많지는 않았지만 여러 사람들이 연락을 해왔고 바로 미팅을 진행했다. 즉시 투입 가능한 인원을 꾸려 로케이션을 시작했다. 아무래도 프리 프로덕션 예산이 부족하고 합도 안 맞다 보니 힘든 상황을 많이 겪었다. 개인 사정도 있고 프로젝트상 인건비 문제도 있어 투입되었던 세 명의 인원 중 두 명이 프리 프로덕션 중간에 결원되었다. 남아준 한 명과 막내를 투입해 다시 제작부를 꾸렸다. 영화 경험이 전무한 친구들이었지만 모험을 하는 수밖에 없었다.

〈숲〉을 제작할 때도 구하기 힘들었던 동시녹음이 〈잉투기〉 때도 우리의 발목을 잡았다. 크랭크인 될 때까지 사람을 구하지 못했다. 사실 사람이 없었다기보다 우리가 제시한 금액에 해줄 사람이 없었다. 예상 회차가 기본 25회차인데 제시하는 금액은 턱없이 부족했다. 할 수 없이 동기들에게 신세를 졌다. 첫날은 석재 오빠가 도와주고 둘째 날은 슬예가 도와주고, 슬예가 안 되는 날은 제작부 승진이가 이어받아 녹음을 했다. 크랭크인 전날 급하게 석재 오빠에게 전화를 해서 상황을 설명할 때의 그 아찔한 기분을 잊을 수 없다. 다행히 중앙대에서 석재 오빠를 멀티플레이어로 키워준 덕분에 쉽게 도움을 얻었다. 시나리오를 써야 하는 사람을 데려다 동시녹음을 도와 달라고 부탁하는 짓은 앞으로 다시 하고 싶지 않다. 민폐 중의 민폐였다.

〈잉투기〉 분장은 전문가의 손길이 절대적으로 필요했다. 태식이의 마지막 폭주 신과 첫 현피 장면은 상처 특수 분장이 필요했고, 태구 오빠가 〈동창생〉 촬영 때문에 머리를 자른 상태였기 때문에 붙임 머리도 필요했다. 동시녹음과 제작부를 구하느라 힘든 와중에 분장 전문가까지 섭외하려니 막막했다. 그때 정지우 감독님이 송종희 실장님을 소개시켜 주었다. 송종희 실장님은 〈은교〉, 〈친절한 금자씨〉, 〈올드보이〉, 〈얼굴없는 미녀〉, 〈해피엔드〉 등의 분장과 헤어 · 메이크업을 담당했던 그야말로 한국 영화계 최고의 분장 스태프다.

태화 오빠가 〈친절한 금자씨〉에서 연출부를 한 경험이 있어서 송종희 실장님이 태화 오빠를 이미 알고 계셨다. 행운이었다. 우리가 드릴 수 있는 금액이 말도 안 되었지만 시나리오와 엄태화 감독의 가능성을 보고 같이 하기로 결정해 주었다. 우리가 원하는 콘셉트와 시나리오를 실장님께 전달한 뒤 합정에서 첫 미팅을 가졌다. 임은영, 최미경 팀장 두 분이 함께 했다. 전체 캐릭터에 대한 분석과 레퍼런스를 보여 주셨는데 아주 세밀한 부분까지 캐릭터를 분석하고 계셔서 깜짝 놀랐다. 자료들을 보고 있으니 분장, 헤어, 메이크업에 대해선 우리가 걱정할 일이 없을 것 같았다.

다른 것 못지않게 중요한 파트가 미술팀이었다. 동경예대를 졸업하고 일본에서 작업을 하고 있는 현선 언니를 소개받았다. 마침 일본에 갈 일이 있어 공항에서 첫 미팅을 가졌던 기억이 난다. 세트도 지어야 하고 여러 가지 꾸밀 게 많아 미리 자료 교환을 하고 이야기를 나눴다. 시나리오가 재미없다는 리뷰도 들려주었다. 그렇지만 우리 작품 때문에 한국에 다시 들어와 몇 달의 시간을 보내준다는 것이 정말 감사했다. 한 달 후 구체적인 콘셉트를 들고 다시 만나기로 하고 첫 미팅을 마쳤다. 이후 미술팀에는 현선 언니와 함께 진 언니와 준영이가 붙어서 생각지도 못한 어려운 부분들을 많이 해결해 주었다.

무술 장면이 많이 나오는 영화기 때문에 무술팀 섭외도 중요했다. 이홍표 무술감독님이 흔쾌히 우리와 함께 작업을 해주기로 했다. 배우들은 액션 장면에 필요한 체력 훈련과 액션 연습을 함께 시작했다. 가장 빨리 익혀야 할 액션은 첫 현피 장면의 액션이었다. 태식 역을 맡은 태구 오빠와 젖존슨 역할을 맡은 찬희 오빠가 공원에서 싸우는 장면. 여기에 발차기 연습을 해야 하는 혜영이도 합세해 매트를 구르며 기초 훈련을 시작했다. 똑같은 길이의 매트인데 태구 오빠는 두 바퀴를 구르고 혜영이는 세 바퀴 반을 알뜰하게 구르고, 찬희 오빠는 한 바퀴 반에 끝나는 모습이 너무 웃겼다. 기초 훈련에 이어 합을 짜는 부분에서는 찬희 오빠가 때리는 사람인데 본인이 다치기도 했다. 태구 오빠와 찬희 오빠 모두 평소 운동을 잘하는 사람들이었지만, 단기간에 합을 맞추다 보니 배우는 사람도, 가르치는 사람도 모두 힘들어 했다. 액션이 들어가는 영화를 촬영할 때는 시간을 충분히 두고 배우들과 무술팀들이 워밍업을 할 수 있는 시간을 줘야 한다는 것을 배웠다. 현장에서는 안전이 가장 중요한데 무술이야말로 안전과 가장 직결되는 파트이기 때문이다.

이후 혜영이의 개인 트레이닝이 시작됐다. 천창욱 대표님의 도움으로 복싱을 배우고, 이홍표 무술감독님과 조기우 팀장님의 지도로 발차기를 배웠다. 원래 운동신경이 좋은 친구라 쉽게 잘 따라했다. 덕분에 〈잉투기〉를 본 사람들이 영자의 발차기 장면을 자주 이야기할 만큼 영화 속에서 멋진 장면이 나왔다.

촬영 및 조명 스태프, 연출부, 제작부 등 스태프가 모두 꾸려지고 영화 제작실이 붐비기 시작했다. '아, 고맙고 사랑스러운 사람들.' 부디 건강히, 싸움 없이, 사고 없이 마무리했으면 좋겠다는 생각으로 프로덕션을 시작했다.

# 06
## 적재적소 촬영장 찾기

〈잉투기〉에서 가장 중요한 로케이션은 체육관과 학교다. 체육관은 태식이가 트레이닝을 하는 중요한 장소다. 링이 있으면 좋겠다고 생각했지만 적당한 장소를 찾기 힘들었다. 그러던 중 제작실장에게 군포에 있는 주짓수 체육관을 소개받았다. 링이 없는 대신 넓은 실내가 있었고 사무실에 통유리가 있었다. 링 없이 가는 것으로 의견을 모으고 대여비, 대여 일수를 협의해 촬영하기로 했다. 군포는 기존 로케이션과 거리가 너무 멀었지만 어쩔 수 없었다.

두 번째는 학교를 구하는 일이었다. 촬영 일정상 실내와 실외를 구분해 찍어야 했는데 실내는 밀가루 장면이 있어 섭외가 어려웠다. 결과적으로 경기도 광명에 있는 광명 충현고에서 실외 장면을 모두 촬영하고 경기도 동두천에 있는 한문영고에서 실내 장면을 촬영하기로 했다. 건대 영화과 출신으로 상빈이와 안면이 있는 한문영고 문새미 선생님의 도움이 컸다. 그러나 두 학교 모두 보조출연 인원이 충분히 있어야 하는 장면인데 로케이션이 멀다 보니 동원할 수 있는 인력에 한계가 있었다. 광명 충현고의 등교 장면은 카메라 각도를 약간 비틀어 촬영, 인원이 어느 정도 있는 것처럼 눈속임이 가능했다. 문제는 한문영고에서 밀가루를 난

사하는 장면. 학생들이 아침 자율 학습을 하는 시간에 모두 앉아 있어야 한다. 동원한 여학생도 없었고, 학교에서 지원해 준 여학생도 소수였다. 결국 현장에 있는 나를 포함해 모든 여배우와 스태프들이 교복 치마를 입고 현장에 투입되었다. 보조출연은 해결되었지만 밀가루 뿌리는 장면과 그 후 조치들에 대해서는 준비가 완벽하지 못했다. 반 전체를 밀가루로 테러하는 장면을 실제로 찍는다는 희열은 있었으나 그것도 잠시. '어떻게 치우지?' 라는 생각에 미쳐 버릴 것 같았다. 무엇보다 물을 뿌릴 수 없다는 것이 가장 큰 문제였다. 결국 촬영 후 모든 인원이 청소부가 되어 학교를 함께 치웠다. 청소 상태를 점검 받고 겨우 학교 촬영을 마무리 지었다.

심장이 뛴다, 영화가 뛴다

# 07
## 전쟁 같은 촬영의 시작

조연출 수혁 오빠와 전체 회차를 추려 보았다. 찍어야 할 분량이
너무 많았다. 배우들의 스케줄도 들쑥날쑥했다. 무엇보다 걱정되
는 것은 서류상 한 회차에 구겨 넣은 스케줄이 도저히 한 회차로
소화 못할 분량이었다는 것이다. 일단 모든 스케줄을 달력에 넣
고 휴차를 지정한 후 태화 오빠, 상빈이와 공유했다. 〈숲〉 때도 많
은 분량을 계획했지만 어찌되었든 모두 소화를 해냈기 때문에 괜
찮을 거라고 생각했다. 하지만 촬영이 시작된 지 불과 하루가 지
나지 않아 그 생각이 틀렸다는 걸 알았다.

"@hyun3260 드디어 크랭크인 한 시간 전입니다−엄태화 왈."
2012년 10월 5일

첫 시작은 현피 장면이었다. 어려운 장면은 어느 정도 회차가 진행된 후 스태프들과 배우들의 합이 맞춰갈 즈음 찍는 것이 보통인데 공원 분수 일정에 맞추다 보니 맨 앞으로 가져올 수밖에 없었다. 태식이가 맞을 때 분수가 터져야 하는데 예년보다 날씨가 추워져 분수 가동이 10월 초 즈음 멈춘다고 했다. 더 이상 미룰 수 없었다.

인천까지 새벽 5시 30분 집합. 아침에 일어나서 나가려고 하는데 크랭크인 날 입으려고 준비해둔 바지가 없어졌다. 그렇다. 불길함의 시작은 내 바지부터였다. 의상 박스까지 다 뒤져봤지만 바지가 보이지 않았다. 바지를 더 찾다가는 콜타임에 늦을 것 같아 눈에 보이는 대로 짧은 바지를 입고 나갔다. 그때는 몰랐다. 프로듀서가 짧은 바지를 입고 돌아다니는 모습이 준비가 안 된 것으로 비칠 수 있다는 것을. 일단 콜타임에 늦지 않는 것이 내게는 더 중요했다. 다행히 늦지 않게 도착해 각 팀이 준비를 시작했다. 첫 회차를 시작하기 전 통성명을 해야 했건만 너무 정신이 없다보니 전체 인원이 모여 인사할 단 5분의 시간도 마련하지 못했다. 그때는 그 정도의 여유도 없었다. 바지도 짧고 생각도 짧았다. 빨리 시작해서 끝내야 한다는 생각만 있었는데 그 생각이 결국 시작부터 팀워크 없이 작품을 하게 된 원인이었다.

**팀워크**

촬영 현장을 이끌어가는 무서운 힘 중 하나가 팀워크라고 생각한다. 잘 조성되면 아무리 돌발 상황이 일어나도 자발적으로 해결할수 있다. 그러나 〈잉투기〉 현장에서는 내가 그런 분위기를 조성해주지 못했다. 제대로 전체 숲을 보고 조율할 정도의 여유가 없었고 회차 중반 이후에는 로케이션, 정산 등의 이유로 사리를 비우는 회차가 많아졌다. '함께 일하는 사람에게 그 일이 보람차다'고느끼게 해주는 것이 꼭 필요한 덕목인데 워낙 여유 없이 프로덕션을 진행했기 때문에 그런 감정을 전해 주지 못했다. 보람을 느끼는 순간 효율이 두 배가 된다는 것을 생각하지 못했다. 프로듀서로서 그 점을 충실히 이행하지 못한 것 같아 아쉽다.

"@hyun3260 It's been a hard day's night, and I've been working like a dog." 2012년 10월 16일

첫째 날 가장 중요한 촬영을 하던 중이었다. 젖존슨이 태식이를 가격하면 태식이가 뒤로 높게 점프해서 떨어지는 장면인데 CG 처리를 해야 하는 부분이 있어 매트를 늦게 밀어넣어야 했다. 한마디로 태구 오빠의 낙하지점을 정확히 알 수 없는 상태에서 매트를 집어넣어야 하는 미션이다. 시작부터 불안한 상태였지만 태구 오빠가 일정한 위치에 계속 점프를 해줘서 큰 어려움은 없었다. 그 컷을 촬영하고 약간 긴장이 풀린 상태에서 태식이 표정을 부감으로 잡는 신을 촬영했다. 바닥에 매트를 깔고 CG를 위해 초록색 천을 덧댄 상태에서 태구 오빠가 점프해 떨어지는 장

면이었다. 한두 번의 테이크가 NG가 나서 다시 찍었는데 그 과정에서 매트가 밀리고 초록색 천만 콘크리트 위에 덩그러니 깔렸다. 그 위치에 태구 오빠가 머리를 그대로 처박았다. 태구 오빠가 놀라 머리를 감싸쥐었다. 우리는 모두 허둥지둥했다.

촬영 현장에서 한 번도 아프다고 말한 적이 없던 오빠가 '괜찮냐'고 물어보니 '진짜로 아프다'고 했다. 태구 오빠가 그렇게 말하면 진짜 아픈 건데. 계속 촬영을 진행해도 되는 건지 고민스러웠다. 다행히 출혈은 없었지만 원래 그러지 않았던 태구 오빠가 머리를 부딪힌 후부터 자꾸 배시시 웃고 말이 많아져서 어디가 정말 잘못된 줄 알았다. 일단 촬영을 모두 마치고 태구 오빠는 병원으로 갔고 태화 오빠와 상빈, 수혁 오빠와 함께 그날 찍은 분량에 대해 이야기를 나눴다. 촬영이 지연되었으므로 당연히 분량을 소

화하지 못했고 하루 더 찍어야 한다는 결론이 났다. 이때부터 회차가 점점 밀리기 시작했다.

## 사고처리하기

사고 즉시 촬영을 더 진행할 수 있는지 철수해야 하는지 판단을 해야 한다. 우리의 경우 세 건의 차량사고, 두 건의 부상 사고가 있었다. 이 사건 모두 바로 촬영을 접을 정도의 상황은 아니었지만 작은 사고라도 방심하면 안 되었기 때문에 반드시 응급처리를 하거나 병원에서 진찰을 받아야 한다. 우리는 이런 부분이 다소 미흡했다. 비교적 작은 사고였기에 망정이지 큰 사고였다면 구멍이 여실히 드러났을 것이다. 프로덕션에 들어가기 전 기본적인 응급처치법이나 가까운 병원을 알아 두어야 한다. 또 전체 인원이 방전되지 않도록 휴식할 수 있는 시간을 주는 것도 중요하다. 무리한 촬영을 진행하면 불만이 쌓이게 된다. 우리는 이런 노하우를 익히지 못한 상태였기 때문에 전반적으로 사고처리가 늦었다. 사고처리를 어떻게 하느냐에 따라 프로젝트의 성패가 달라질 수 있기 때문에 늘 조심하고 대비해야 한다.

"RT@hyun3260 현장을 행복하게 만드는 최고의 단어는 바라시!"
2012년 10월 21일

영자 집 촬영은 3,4회차 동안 미술감독인 현선 언니 집에서 진행했다. 영자 집 거실, 부엌, 방, 복도, 현관 등 전체적으로 많은 분량을 그곳에서 촬영했다. 세트를 지을까 하다 집을 빌려 찍었는데 역시나 준비가 부족해서 집을 많이 망가뜨렸다. 입주한 지 한 달도 안 된 새 아파트, 새 집이었는데 전등을 깨먹고 바닥에 여기저기 흠집이 났다. 벽도 파였다. 기본적인 준비가 갖춰지지 않은 상태에서 촬영을 시작한 것이 문제였다.

제작부 승진이가 동시녹음을 하고 있었던 것도 문제였다. 녹음이 잘 되고 안 되고를 떠나 엄청난 부담을 막내에게 줘야 한다는 것이 너무 속상했다. 영화 현장도 처음인 친구이기에 심적 부담이 컸을 것 같다. 현장에 왔다가 동시녹음이 없는 상황을 보신 이상훈 기사님이 친구를 소개시켜 줘 다행히 박성만 기사님을 만나게 되었다. 가까스로 5회차부터 동시녹음 팀과 함께 촬영을 진행했다. 승진이는 다시 제작팀으로 복귀했다. 동시녹음이 해결되어 다행이었고, 승진이가 큰 부담에서 벗어난 것이 무엇보다 기뻤다.

그러나 승진이를 제작부에 다시 배치했음에도 5,6회차 즈음부터 여기저기서 불만이 터져 나왔다. 현장을 관리할 사람을 주로 배치하다 보면 프로덕션 서포트가 잘 안 되고, 프로덕션 서포트로 사람을 돌리다 보면 현장에 구멍이 나기 일쑤였다. 프로듀싱 전공 29기들과 동양대 연영과 후배들이 지원을 나왔지만 근본적인 해결 방법은 아니었다. 동시녹음을 구할 때도 느낀 것이지만 대한민국에 영화과가 1백 개가 넘는다는데 제작부 한 명 구하기가 이렇게 어렵나 싶다. 촬영이 끝나고 영화 제작실에 와서 캐스팅보드를 보는데 사람들이 모두 날 째려보는 느낌이 들었다. 스태프와 배우들의 열정, 에너지는 유한하기 때문에 효율적으로 사용하지 않으면 안 되는데 내가 그것들을 마구잡이로, 내가 원할 때만 사용했다는 느낌이 들었다.

## 팀원 구하기

그동안의 경험을 토대로 감히 이야기하자면, 모든 영화인들이 자주 들어가는 구인·구직 관련 사이트는 단기 구인이 아니라면 지양하는 것이 좋다. 지금까지 4편의 독립영화를 진행하면서 그 사이트를 통해 많은 분들을 만났는데 마지막까지 책임감 있게 마무리해 준 사람이 한 명도 없었다. 물론 프로젝트마다 차이가 있겠지만 우리 정도 규모의 저예산 독립장편영화라면 지인에게 소개를 받거나 지인과 함께 하는 방식이 맞는 것 같다. 잘못하면 프리 프로덕션 며칠, 프로덕션 며칠 진행하다가 바로 인원 누수가 생길 수 있다. 그때 누수된 인원은 다시 찾기 정말 어렵다. 만약 함께 한다고 해도 꼭 서면으로 계약서를 작성하는 것이 좋다.

"@hyun3260 고기 좀 먹자." 2012년 10월 19일

핫팩과 아웃도어의 계절에 여름 콘셉트 영화를 찍는 것은 정말 어렵다. 〈잉투기〉의 계절은 당연히 여름이라고 생각했기 때문에 배우들은 계속 땀 분장을 하고, 반팔, 반바지, 하복 등을 입어야

했다. 몸살 걸리기 딱 좋은 설정이다. 특히 시화방조제는 살인적인 바람이 불어 촬영하기 힘들었다. 월동준비는 곧 예산 상승으로 이어지고 감기로 아픈 사람이 하나둘 생겼다.

촬영이 빨리 끝나는 것이 답이었으나 체육관 촬영에 들어가자 상황은 더 심각해졌다. 분량이 상상 이상으로 많았고 배우들이 집중해야 할 시간도 늘어났다. 예정에 없던 숙박, 예정에 없던 보충촬영으로 2~3주 가까이 체육관 촬영을 진행했다. 긴장이 풀려서인지 지각을 하는 인원이 생기고 그만두는 인원도 생겼다. 계속 치고 달려야 하는 상황에서 예상치 못하게 하루 하나씩 사건이 벌어졌다. 게다가 매 끼니마다 도시락과 김밥으로 식사를 하다 보니 사기도 떨어졌다. 간식도 제대로 공급하지 못했다. 끝난 후 정산해 보니 전체 인원들의 식비를 줄일 바에는 빌린 차들의

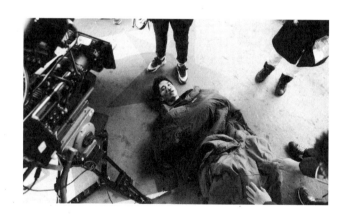

수리비와 과태료를 줄이는 것이 여러모로 훨씬 이득이라는 생각이 들었다. 앞으로 예산을 편성할 때는 기본 지출에 대한 예산을 제대로 집행하면서 영화를 찍어야겠다고 다짐했다.

## 차량 관리

촬영을 시작하기 전 차량 관리자의 집에 주차가 가능한지 미리 알아보고 주차 공간이 없으면 촬영 기간만큼 월 주차를 마련해야 한다. 그리고 주차 과태료에 대해서는 촬영과 관련된 일이 아닐 경우 지불하지 않는 것을 원칙으로 한다. 이 말은 차량 관리자의 동선에 대해 프로듀서가 어느 정도 알고 있어야 한다는 뜻이다. 또 속도 과태료나 주차 과태료, 사고 보상에 대해서는 조금 냉정해 보일지라도 책임 여부에 대해 미리 이야기를 한 다음 차량 유지를 해야 한다. 그렇게 하지 않을 경우 전체 정산을 해보면 예산보다 훨씬 많은 부분이 차량 유지에 들어갔음을 알 수 있다. 우리는 총 세 번의 차량 사고를 겪었다. 제작차와 탑차가 부딪혔던 사고, 주차장에 들어가다 탑차 윗부분이 찌그러진 사고, 탑차 자체가 강변북로에서 다른 차와 부딪히는 사고였다. 사람이 다치는 사고가 아니라 천만 다행이었지만 사고를 보상하는 데 들어간 금액도 상당하다. 그리고 렌트카 대여 비용도 초과되었다. 전체 일정이 늘어나면서 다시 대여하거나 한 대 더 대여해야 했다. 차량을 유지하는 데 들어가는 비용과 주차비, 과태료, 차량별 유류대, 촬영 후 차량 수리비도 초과되어 결과적으로 이 금액을 전체 식

대로 돌렸다면 매 끼니마다 전체 인원이 소고기를 구워 먹어도
될 정도였다. 이후 촬영을 하게 된다면 차량 관리 비용은 제대로
정산할 자신이 있다.

## 지급 및 정산 관리

제작비 지급과 정산을 맡아줄 회계는 꼭 필요하다. 내가 관리하
면 되지, 라고 언뜻 생각할 수 있지만 전담하는 사람이 있어야 프
로젝트가 안정적으로 돌아간다. 직접 지급을 할 경우 계약서를
작성하고 신분증, 통장사본을 받아 아카데미에 제출하면 되는 다
소 간단한 절차지만 촬영과 동시에 준비를 해야 할 때는 이것조
차 버겁다. 보내야 하는 금액을 미리 집행하지 않으면 상대방에
게 지급되는 데 7~10일 정도의 기간이 소요된다. 프로듀서가 프
로젝트를 진행하며 예산도 일괄집행하게 되면 전체 금액이 나가
는 세부 루트를 모르고 그저 지출만 계속하게 되는 경우가 많다.
이렇게 하면 촬영 후 힘들어진다. 우리 프로젝트도 촬영 종료 후
정산에 꽤 애를 먹었다. 이유는 기억나지 않지만 촬영 당시에는
여유가 없어 시간이 빨리 지나가고 촬영 후에는 지나간 시간들에
대해 군이 기억하지 않으려고 하니 제대로 정산이 되지 않았다.
처음에는 인건비가 드는 것 같아 보여도 회계를 고용하는 것이
전체 프로젝트와 예산 집행에 훨씬 유리하다.


"@hyun3260 엠병, 지금이 정말 10월 27일인가요?????" 2012

한 달 정도 지났던가. 회차가 거듭될수록 우여곡절이 많아졌다. 모두 힘들어도 깔끔하게 잘 꾸미고 다니는데 나만 혼자 비틀즈 머리를 하고 꾀죄죄하게 현장을 돌아다녔다. 다른 것에 신경 쓸 여유가 없었다. 제작부 인원이 점점 모자랐고 촬영 장비들이 고장나고, 로케이션이라 확신했던 곳에서 일방적으로 촬영 불가 통보를 해왔다. 이렇게 이리 저리 치이다 집에 돌아왔을 때 현관문 사이에 꽂혀 있던 고지서들이 후두둑 떨어지면 그 기분이 정말 더러웠다. 몇 달째 밀린 월세 독촉장, 전기세, 학자금, 핸드폰 요금. 아카데미를 석사 공부하듯 2년 꽉 채워서 다니다 보니 아무래도 금전적으로 부담 가는 부분이 많았다. 다른 동기들도 마찬가지였을 것이다. 근데 이상하게 그럴수록 더 잘 만들고 싶은 악다구니가 생겼다. '그래, 어디까지 가나 보자' 오기가 들었던 것 같다.

# 08
## 다시 순이를 찾아라!

순이 촬영을 며칠 앞두고 미용실에 배우를 보냈다. 빨간 머리 염색이 필요했기 때문이다. 우리는 다른 촬영을 진행하고 있었기 때문에 제작부 아라와 송종희 실장님이 함께 했다. 잘 도착했다고 하기에 신경을 안 썼으나 그곳에서 사건이 터졌다. 순이가 돌연 염색을 안 하겠다고 고집을 부린 것이다. 촬영이 내일인데. 전체 머리를 탈색한 후 염색하는 것을 몰랐다고 버티니 어떻게 대처해야 할지 몰랐다. 빨간색 염색이면 탈색을 하는 게 당연한 것을. 고민을 하다가 더 이상 지체할 수 없어 일단 염색을 포기하고 촬영 후 영화 제작실에 모여 회의를 했다. 배우를 바꿔야 한다는 데 의견이 모아졌다. 다시 순이를 찾아야 했다. 배우를 찾기 시작한 시간은 오후 10시. 배우의 조건은 바로 빨간 머리 염색이 가능하고, 촬영도 가능해야 한다. 쉽지 않은 조건이었다. 몇 시간 내 사람을 섭외했지만 하루아침에 머리 색깔을 빨간색으로 바꿔야 하는 컨디션에 옳다구나 합류할 여배우는 없었다. 고민하던 중 미술팀장인 현선 언니가 배우 차청화 씨를 소개시켜 줬다. 현선 언니와 친분이 있는 사이고 연기도 잘하니 한 번 연락해 보라는 것이다. 말씀이라도 드려 보자 싶어 연락을 했는데 다행히 가능하다는 답변이 돌아왔다. 심지어 그분은 태화 오빠에 대해서도 잘 알고 있었다. 다음날 이른 아침 만나 염색을 하고 촬영을 무사히 마무리했다. 너무 당황스러운 상황이었지만 적합한 배우를 만나 고비를 무사히 넘겼다.

# 09
## 빨간 눈은 어떻게 하지?

촬영 막바지 즈음 간석오거리에서 태식이 구타 장면을 찍던 중 태구 오빠의 두 번째 부상이 발생했다. 첫 번째보다 훨씬 심각한 상황이었다. 누워있는 태식이를 간석오거리 와이셔츠남이 구타하는 장면이었는데 와이셔츠남 역할을 맡은 정우식 배우가 타이밍 잡는 것을 어려워하자 조기우 무술 팀장님이 직접 시범을 보이는 와중에 태구 오빠의 눈을 정통으로 가격했다. 모두 놀랐다. 눈이 계속 붓기 시작하더니 흰자가 검붉은 색으로 바뀌었다. 태구 오빠 역시 맞은 충격이 가시지 않는지 많이 힘들어 했다. 아웃도어 점퍼를 입고 있어도 추운 날, 콘크리트 바닥에 누워 몸을 경직시킨 상황에서 준비 없이 촬영을 진행하다 벌어진 사건이었다. 심지어 그날은 태구 오빠의 생일. 맞아서는 안 되는 날이었다.

촬영 종료 후 안과에 가서 치료를 받았으나 눈 색깔은 바뀌지 않았다. 며칠이 지나도 눈 색깔이 바뀌지 않았고 화면으로 보면 태구 오빠가 어디를 쳐다보는지 모를 정도로 상황이 심각했다. 하지만 전체 인원과 약속한 일정을 더 이상 지체할 수 없어 다음 촬영을 계속 진행했다. 모든 촬영이 종료된 후 여러 번 시사를 거쳐 모니터링을 했으나 최종 시사 때 큰 화면으로 보니 확연히 빨간 눈이 보였다. 결국 빨간 눈은 후반작업을 따로 맡겨 CG로 없앴다. 사고 때문에 여러 번 지출이 발생한 셈이다. 무술 장면을 촬영할 때는 이에 대한 확실한 준비와 돌발 상황에 대한 대비가 이루어져야 한다는 것을 배웠다.

# 10
## 감동적인 쫑파티

촬영 종료가 늦어짐에 따라 하나둘 결원이 생기기 시작했다. 5회차 정도 남은 시점부터 함께 다니는 인원도 눈에 띄게 줄어 다소간소하게 촬영을 진행할 수 있었다. 막상 인원이 빠지고 나니 아쉬웠지만 원래 이 규모로 촬영해야 했나 싶기도 했다. 대망의 마지막 촬영. 아카데미 뒷마당에서 태식이와 근호 장면을 촬영하고 시화방조제에서 마지막 컷을 찍었다. 찍을 때는 육두문자가 나오는 상황이 많았지만 막상 마지막이 되고 나니 아쉽고 다음에 잘할 수 있을 것 같은 희망이 생겼다. 그게 바로 계속 영화를 하게되는 힘인 것 같다.

촬영이 모두 마무리되고 열흘 뒤 12월 9일 쫑파티를 진행했다. 한 분 한 분 초대를 하고 나니 두 시간이 훨씬 넘었다. 얼마나 많은 분들의 관심과 참여로 〈잉투기〉가 완성되었는지 새삼 느꼈다. 전화번호부와 문자 내용을 뒤지며 혹시 누락된 분은 없는지 빠짐없이 연락을 돌렸다. 쫑파티 당일, 한자리에 모여 식사하는 모습을 보니 그저 좋았다. 그리고 무엇보다 우리의 뒷담화를 대놓고 하는 모습이 보기 좋았다. 차라리 그게 편하다. 그리고 첫 회차에서 못했던 것을 지금이라도 하자 싶어 한 분 한 분 소개하는 자리를 가졌다. 장소나 시나리오별로 촬영이 진행되어 같은 현장에

있어도 누가 어떤 포지션인지 모를 경우가 많았는데 쫑파티 때라
도 갈증을 해소시켜 주고 싶었다. 통성명 후 건배를 하고 새벽까
지 쫑파티를 이어나갔다. 쫑파티 후 돌아오는 차 안에서 기분이
매우 좋았지만 이제부터 지난한 편집이 시작될 것임을 예감했다.

# 11
## 첫 편집본 시사와 몇 번의 재편집

12월 27일 첫 편집본 시사를 진행했다. CG나 음악 등 아직 들어가야 할 예산이 많았으나 예산은 이미 소진된 상태였다. 연말이 다가오고 있어 정산도 빨리 마무리해야 했다. 전체적으로 예산 집행을 빠르게 진행해야 하는데 쉽지 않았다. 1차 가편집 시사는 전체 분량의 반만 순서대로 편집했다. 혹시 나중에 뺄지 몰라도 촬영해 놓은 전체를 보여 달라는 이지승 교수님의 말에 우리가 찍어놓은 소스를 있는 그대로 보여드렸다. 93신 중 50신가량을 붙인 1시간 15분가량의 편집본이었다.

시사를 진행하면서 만감이 교차했다. 뱃속의 태아를 처음 발견하며 '여보! 나, 임신했어! 애가 절반이긴 한데 떡잎만 봐도 완전 독특하게 예쁠 것 같아!' 하는 느낌? (오글오글) 신마다 추억이 있고, 아쉬움이 있었다. 추운 날 찍었던 장면들이 하나도 안 추워 보인다는 게 무엇보다 기분 좋았다. 안 그래도 추위에 떨며 찍었는데 화면까지 춥게 나오면 참여한 사람들이 무척 억울했을 것 같다. 의도한 대로 나와 주어 천만다행이다.

가편집본이 나오고 수정하는 과정에서 또 한 분의 후원자가 우리를 구해 주었다. 후반작업비가 절실하던 우리에겐 너무 반가운 제안이었다. 우리는 그 돈으로 나머지 후반작업을 진행했다. 때

마침 아카데미도 우리의 후반작업비를 일부 지원해 준다고 해서 가까스로 CG 등의 작업을 마무리했다.

그 후 여러 번의 시사를 거치면서 전체 순서를 바꿔 보고 음악과 편집 리듬도 바꿨다. 편집은 공들인 만큼 좋아진다고 했기에 태화 오빠와 슬예, 상빈이가 몇 개월 동안 충분한 시간을 들여 열심히 편집했다. 그리고 〈잉투기〉에 대해 전혀 모르는 분들에게 영화를 보여 주고 리뷰를 받아 이해가 안 가는 부분들을 또 다시 편집했다. 일단 태식이가 현피로 인해 받은 감정들에 관객들을 몰입시켜야 했기 때문에 첫 현피 후 인터넷 공간에서 벌어지는 배틀 장면들을 매우 공들여 편집했다. 이 과정에서 몇 번의 보충 촬영을 진행했다. 또 태식과 영자가 젖존슨을 찾아가는 과정을 조금 더 드라마틱하게 보충했다.

예를 들면 시나리오상에는 떨어져 있는 독거구검과 순이를 가까운 리듬으로 붙여 젖존슨을 찾아가는 실마리를 푸는 느낌을 더했다. 영자가 학교에 대해 느끼는 환멸을 표현하기 위해 앞부분에 배치되었던 영자의 방송 장면을 뒷부분으로 보내기도 했다. 이리 저리 편집을 해보면서 다른 매체와 다르게 편집 시간을 따로 가질 수 있다는 것이 얼마나 큰 행복인지 새삼 느꼈다. 편집은 할 수 있는 모든 인공호흡을 다 해볼 수 있는 귀중한 시간이다.

최종 시사를 마친 후 팀원들과 낮술을 진탕 마시고 돌아오던 길. 〈잉투기〉를 세상에 보여줄 날이 멀지 않았다는 것을 느꼈다. 과연 몇 명이 볼지는 잘 모르겠지만.

# 12
## 잉투기, 너와 나는 데칼코마니

최종 시사를 마치고 난 후 내부 분위기가 아주 좋았다. 여러 회사에서 우리 영화를 보기 위해 극장을 찾아 주었고, 보고 나서 매우 좋아해 주었다. 이 분위기가 외부로까지 연결될 수 있도록 현재 아카데미는 전폭적인 지원을 아끼지 않고 있다. 관객 목표를 세우고 거기에 맞는 인프라를 구축하기 위해 지금 이 순간도 많은 분들이 함께 힘쓴다. 물론 관객들이 우리 영화를 어떻게 볼지는 아무도 모른다. 그러기에 목표는 목표일 뿐이지만, 부디 참여했던 팀원들의 노고가 헛되지 않게 좋은 영화로 기억되면 좋겠다.

나의 첫 번째 장편영화 〈잉투기〉. 처음 시작부터 지금까지 1년 10개월의 시간이 지났다. 개봉하고 마지막 상영까지 마치면 2년을 훌쩍 넘긴 시간이다. 전체 프로젝트 운영, 예산 집행 등 모든 부분에서 아직은 부족한 내가 그래도 뭔가 하나를 마무리지었다는 게 뿌듯하다. 우리 영화 속 어설픈 잉여들의 모습과 내 모습이 별반 다르지 않은 것 같다. 〈잉투기〉 프로젝트를 진행하면서 배웠던 모든 경험이 앞으로 내가 만들어 나갈 영화에 큰 도움이 되리라 믿는다.

심장이 뛴다, 영화가 뛴다

## 〈잉투기〉 제작비 내역서

| 항목 | 세부내역 | 금액 (단위: 원) |
|---|---|---|
| 제작/연출/촬영/조명 | 진행비, 인건비 | 10,750,000 |
| 연기 | 배우 출연료 | 8,750,000 |
| 프리 제작진행비 | 식대 및 진행 | 600,000 |
| **프리 프로덕션** | | **20,100,000** |
| 촬영 | 장비비 | 3,352,000 |
| 조명 | 촬영 조명 차량 및 장비비 | 10,507,440 |
| 미술 | 인건비와 세트제작비 | 4,200,000 |
| 무술 | 인건비 | 1,000,000 |
| 분장 | 인건비와 재료비 | 2,092,060 |
| 의상 | 구입 및 대여비 | 2,300,000 |
| 운송 | 차량 및 기타 운반 | 5,750,000 |
| 로케이션 | 유류대 및 식대, 숙박, 진행비 | 15,500,000 |
| **프로덕션** | | **44,701,500** |
| CG | 인건비 | 2,000,000 |
| 기자재 보험 | 보험비 | 1,198,500 |
| **포스트 프로덕션** | | **3,198,500** |
| **총합계** | | **68,000,000** |

이쁜것들이
되어라

The
Legacy

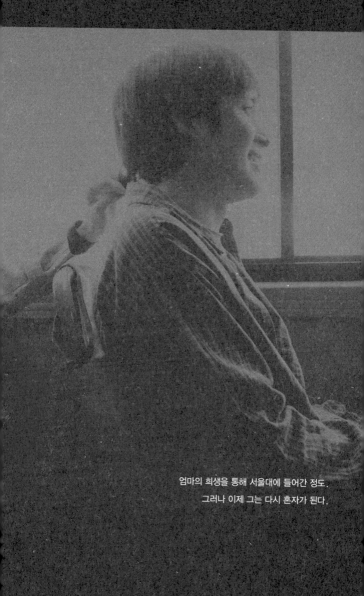

엄마의 희생을 통해 서울대에 들어간 정도.
그러나 이제 그는 다시 혼자가 된다.

심장이 뛴다. 영화가 뛴다

이쁜 것들이 되어라

심장이 뛴다, 영화가 뛴다

143
이쁜 것들이 되어라

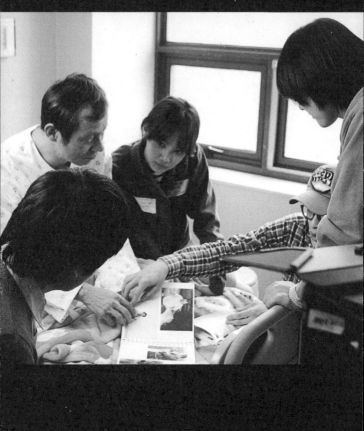

이쁜 것들이 되어라

심장이 뛴다, 영화가 뛴다

# DATABASE

**각본, 연출** 한승훈

**촬영** 박찬희

**프로듀서** 이병삼

**출연** 정겨운 정인기 윤승아 임현성 이지연

**제공** KAFA Films

**제작** 한국영화아카데미(KAFA)

**공동제공 • 배급** CGV 무비꼴라쥬

**공동제공 • 마케팅** (주)프레인글로벌

**해외배급** CJ 엔테테인먼트

**제작지원** CJ CGV, (재)한국영화아카데미발전기금

**러닝타임** 100분

**포맷** HD

**화면비율** 1.85:1

**사운드** 5.1

**제작연도** 2013년

**웹사이트** www.kafa.ac.kr

# STORY

49등 성적표를 받아 온 13세 정도는 엄마에게 흠씬 두들겨 맞는다. 제도권 교육을 그다지 신
뢰하지 않았던 정도의 엄마는, 급기야 정도에게 중학교 자퇴를 권한다. 이후 과외를 통해 엄
청난 성적 향상을 이룬다. 그렇게 검정고시를 패스하고 결국 서울 법대에 합격하는 정도. 하
지만 정도가 서울 법대에 들어간 그 해, 정도의 엄마는 뭔가를 이룬 듯 홀연히 세상을 떠난
다. 이후 사법고시를 10년째 패스하지 못한 채 틈틈이 입시 과외 알바를 하며 지긋지긋한 고
시생 생활을 이어간다. 혼기가 꽉 찬 정도는 부잣집 딸 진경과 교제 중. 그녀와 결혼할 수 있
는 필수 조건은 사시 패스다. 사시만이 유일한 성공임을 잘 알고 있지만 마음처럼 사시공부
에만 전념할 수 없다. 궁핍한 경제적 상황뿐 아니라 엎친 데 덮친 격으로 폐암 투병중인 아버
지 재웅의 병원비까지 감당해야 한다. 정들었던 고향집마저 팔아야 하는 상황. 정도는 언제
나 뻔뻔하게 외도를 일삼았던 아버지가 못마땅하기만 하다. 아버지는 정도에게 눈엣가시 같
은 존재다. 그런 정도 앞에 재웅의 옛 애인 은경의 딸, 경희가 찾아온다.

# CHARACTER & CAST

### 정도(정겨운)

중학교를 중퇴한 후, 엄마의 극성으로 수많은 과외를 거듭한 끝에 서울 법대에 당당히 합격한다. 그러나 10년 동안 고시 패스를 하지 못하고 유일한 희망 진경만 바라보게 된다.

정겨운 프로필 : 1982년 06월 28일생. 출연작 〈버려진 바다〉(2013), 〈원더풀 마마〉(2013), 〈쌀리만 초한지〉(2013), 〈로맨스 타운〉(2013), 간첩(2012), 〈더 리플렉션〉(2012), 〈싸인〉(2011) 등

### 재웅(정인기)

정도의 아버지. 정도의 어린 시절부터 잘나가던 공사 일은 내팽개치고 한 동네 두 집 살림의 꿈을 몸소 실현한 위대한 중년 카사노바. 아내의 치료비마저 감당할 능력이 없어 먼저 하늘로 떠나보낸 남자. 그럼에도 철없이 멋만 부리다 폐암으로 죽어가는 시한부 인생.

정인기 프로필 : 1966년 04월 13일생. 출연작 〈더 파이브〉(2013), 〈스파이〉(2013), 〈미스터 고〉(2013), 〈투윅스〉(2013), 〈상어〉(2013), 〈주리〉(2013), 〈이웃사람〉(2012), 〈연가시〉(2012) 등

### 경희(윤승아)

재웅의 애인이었던 은경 아줌마의 딸. 좌절만 거듭하는 정도 앞에 필연처럼 나타난다.

윤승아 프로필 : 1983년 09월 29일생. 출연작 〈황금의 제국〉(2013), 〈판다양과 고슴도치 〉(2012), 〈해를 품은 달〉(2012), 〈굿바이 마이 스마일〉(2011), 〈고사 두 번째 이야기: 교생실습〉(2010) 등

### 만기(임현성)

정도의 유일한 친구. 학창시절 왕따의 아픔을 고스란히 간직한 터라 정도가 하는 것이라면 모든 것을 함께 해야 한다는 신념을 가지고 있다. 공무원 시험을 핑계로 정도와 고시원 생활을 함께 하고 있는, 진정한 왕따의 길을 초연히 걷고 있는 선구자.

임현성 프로필 : 1979년 04월 21일생. 출연작 〈하울링〉(2012), 〈지갈이 온다〉(2012), 〈도가니〉(2011), 〈비스터 보이즈〉(2008), 〈쌍화점〉(2008), 〈용서받지 못한 자〉(2005) 등

### 진경(이지연)

정도의 애인. 사법고시 합격을 전제로 정도를 만난다.

이지연 프로필 : 1984년 11월 20일생. 출연작 〈이것이 우리의 끝이다〉(2013), 〈비바라비다〉(2012) 등

DIRECTOR

한승훈
감독의
이야기

# 01
## 내가 진짜 하고 싶은 이야기는 무엇일까

돌이켜 보면 아카데미에 들어가기 전까지 나는 장편에 대해 진지하게 고민해 본 적이 없었던 것 같다. 단편작업에 마냥 익숙해 있었고 단발적인 상황만 꾸준히 표현해 왔다. 다시 말하면 이야기를 확장하고 심화시키는 데 익숙하지 않았다. 이것은 아마 많은 단편영화 감독들이 겪는 문제 중 하나일 것이다. 좋은 소재가 생각나면 그 상황을 둘러싼 몇몇 신들만 떠오를 뿐, 그 소재가 가진 본질적인 의미와 이야기를 파악하지 못하는 경우가 많다. 이야기를 확장할수록 한계가 보였고, 그러다 보니 그 이야기에 자신이 없어졌다. 쉽게 결정하고 포기하는, 소재에 대한 책임감이 결핍된 상태였다.

이런 상황이 반복되자 아카데미 멘토링 수업 때마다 소재가 바뀌는 당황스러운 일이 벌어졌다. 선생님들은 '이건 또 뭐야?' '전에 냈던 소재는 어쨌어?'라는 질문을 많이 했다. 내 대답 역시 당황스럽긴 마찬가지였다. '그건 개발하기 어려운 것 같아서' '이야기가 안 될 것 같아서' 등 스스로 피해갈 수 있는 대답만 계속 만들어 냈을 뿐이다. 심지어 그전에 안 될 것 같다던 소재를 다시 들고 나타나 진행해보고 싶다고 말한 적도 있다. 좋은 소재가 생각날 때마다 그 이야기가 장편에 가장 적합한 것처럼 느껴졌고,

이전 소재들은 스쳐지나가는 이야기처럼 아련해졌다.

그러다 보니 멘토로 참여해 주신 박헌수 감독님은 결국 나에게 되물었다. "너는 하고 싶은 이야기가 없는 것 아니야?" 정말 그런 건가? 나는 정말 하고 싶은 이야기가 없는 것일까? 점점 깊은 늪에 빠져들어가는 기분이었다. 아카데미에서 진행하는 최종 프리젠테이션이 다가올수록 이 증상은 더욱 심해졌다. 그렇게 마지막 프리젠테이션을 어쩔 수 없이 정한 귀신 이야기로 마무리지었다. 이럴 땐 '어쩔 수 없이'라는 표현이 딱 적당하다. 프리젠테이션을 마치고 마지막 시나리오 제출 기한이 다가올 때까지 이게 맞는 것인지 고민을 많이 했다.

장편제작연구과정 시나리오 제출 기한이 2주 앞으로 나가왔을 때 나는 조급한 결단을 내렸다. 기존에 쓰고 있던 이야기를 엎고 새로운 이야기를 다시 쓰기로 했다. 물론 새로 찾은 이야기가 확실하다는 보장은 없었다. 그래서 좀 더 차근차근 접근해 보기로 했다. 일단 내가 예전부터 기록해 왔던 노트와 파일을 꺼내 모두 읽어 보았다. 무엇을 써왔는지, 무슨 생각을 하며 살아 왔는지 점검해 볼 필요가 있었다.

산발적으로 쓰여 있는 기록들을 찾아 읽었다. 무언가 큰 기대를 했지만, 결과는 허무했다. 도움이 될 만한 무언가를 찾지 못했다. 역시 현재와 비슷한 단발적인 소재들만 나열되어 있을 뿐이다. 그런데 뜬금없게도 그것들이 나에게 무언가 쓰게 만들었다. 단발적인 소재였지만 그것은 대부분 가족 이야기였고, 이런 공통

점이 나에게 어떤 자극을 주었다.

　내가 지금 속해 있는 가족과 앞으로 내가 만들어 갈 가족. 좀 추상적이긴 하지만 갑자기 그런 가족의 이야기가 하고 싶어졌다. 그래서 완성한 것이 지금의 〈이쁜 것들이 되어라〉 초고다. 그렇다고 이 소재가 장편에 딱 어울린다고 생각하는 것은 아니다. 장편다운 소재를 찾지 못했던 내가, 가장 장편에 근접할 수 있는 이야기를 찾아냈을 뿐이다.

솔직히 처음에는 캐스팅이 이렇게까지 근사하게 진행될 줄 몰랐다. 저예산 영화니까 기성배우 한 명 정도 붙는다면 다행이라고 막연히 생각하고 있었다. 그런데 이병삼 프로듀서의 생각은 달랐다. 기성배우들에게 시나리오를 돌려보지도 않고 오디션만으로 배우를 뽑는 건 옳지 않다고 생각했다. 사실 이 말을 처음 들었을 때만 해도 그냥 반신반의했다. 해봐서 손해 볼 것은 없지만 큰 희망은 갖지 않았다.

프로듀서는 지인에게 소개받은 매니지먼트사에 시나리오를 돌리기 시작했다. 자세한 진행 사항은 잘 모르겠지만 아마 평소 눈여겨봤던 배우의 소속사 페이스북을 통해서도 시나리오를 여럿 돌린 것 같다. 예산의 한계 때문에 지레 겁먹고 좋은 배우를 놓칠까봐 고군분투하는 모습이 놀랍고 고마웠다.

현재 우리 영화의 주연 배우들이 속해 있는 매니지먼트와 처음 미팅을 가질 때만 해도 나는 실현 가능성에 대해 의구심이 있었다. 모르긴 몰라도 멘토링을 해주셨던 감독님들도 다들 비슷한 생각이었을 것이다. 확신을 했던 건 오직 프로듀서뿐이었다. 적어도 이병삼 프로듀서는 적은 예산으로 좋은 배우를 구하는 것이 불가능한 것만은 아니라는 입장을 고수했다. 그는 계속 미팅을 다녔고 우리와 매니지먼트사의 입장 차이를 조금씩 줄여 나갔다.

결국 그렇게 '정겨운'이라는 배우를 만났다. 이 캐스팅의 모든 것은 이병삼 프로듀서가 만들었다고 해도 과언이 아니다. 영화에서 가장 중요한 정도가 정해진 후 경회 역의 윤승아 씨, 만기 역의 임현성 씨, 재웅 역의 정인기 선배가 순차적으로 캐스팅되었다. 오디션을 통해 해결하지 못했던 것들이 모두 자연스럽게 해결되었다.

그 외의 배역 캐스팅은 주로 오디션을 통해 이루어졌다. 진경, 병록, 슬예, 은선, 아역들이 오디션을 통해 선발된 배우들이다. 먼저 조연출과 스크립터가 A4 박스 안에 수북이 담겨 있는 프로필들을 추린 다음 그걸 토대로 회의를 거쳐 오디션 볼 배우를 정했다. 인원이 많았지만 가능한 많은 배우를 만났고, 한 배우당 되도록 많은 시간을 할애했다. 혹시 오디션을 보러 온 배우가 위축되거나 캐릭터를 다르게 이해하지 않도록 시간을 많이 주고 싶었다. 배우들의 생각을 최대한 많이 물었다. 특히 아역의 경우, 오래 볼수록 생각이 많이 달라졌다. 처음엔 보통 부모님이 준비를 해오는 경우가 많아서 전혀 다른 대사들을 뱉어내기도 했다.

이런 작업을 통해 정말 소중한 배우들을 만났다. 많은 배우들을 만나고 신중하게 결정했다고 생각하지만 문제가 아주 없었던 것은 아니다. 일정이 틀어져 갑자기 못하게 된 배우도 있었고, 심지어 매니지먼트와 계약이 끝나 영화 촬영을 코앞에 두고 포기를 선언한 배우도 있었다. 후자의 경우가 진경을 연기하기로 한 배우다. 그녀는 촬영 일주일을 남겨 놓고 불참 통보를 보냈다. 발등에 불이 떨어진 상황이었기 때문에 모든 진행을 멈추고 새로운 진경을 구하는 데 매달렸다. 설상가상으로 2,3순위로 생각해 놓았던 여배우들도 스케줄이 맞지 않았다. 결국 촬영을 일주일 뒤로 미뤄야 하는 사태까지 벌어졌다. 오디션을 통해 새로운 진경(이지연 씨)을 캐스팅했고, 모든 일이 마무리된 것은 2차 크랭크인을 고작 이틀 남겨둔 시점이었다. 촬영 이틀 전에 모든 캐스팅을 마친 덕에 전체 리딩 한 번 하지 못하고 촬영에 들어갔지만 좋은 배우들과 함께 할 수 있다는 것에 마냥 감사했다.

# 03
## 판단은 되도록 빨라야 한다

우리에겐 두 달 가까운 프리 프로덕션 기간이 있었다. 꽤 충분한 시간이라고 생각했지만 그 시간이 어떻게 지나갔는지 모르게 빨리 지나갔다. 건성으로 보낸 날이 하루도 없었는데 끊임없이 시간이 부족했다. 뭐 그리 준비할 게 많은지, 하나가 지나면 다른 하나가 시작되고, 하나의 문제를 해결하면 또 다른 문제가 발생했다. 막연하게 생각했던 것들이 구체화되면서  준비 기간이 턱없이 짧게만 느껴졌다.

진행 과정에서 장편 과정의 프리 프로덕션은 정확한 계획을 가지고 시작하는 것이 중요하다는 것을 새삼 느꼈다. 정확한 기한 내에 주어진 일을 끝내지 못하면 다른 진행에 어김없이 차질이 빚어진다. 단편 때는 순간 대응력으로 문제해결이 가능하지만 장편은 그렇지 않았다. 다루는 분량과 양이 많기 때문이다.

예를 들어 헌팅 장소 중 마음에 들지 않는 곳이 있어 픽스를 하지 못하면 제작부와 연출부는 다른 것을 진행해야 할 시기에 장소를 찾는 일에 매달려야 한다. 그러다 보면 일이 계속 미뤄진다. 확정 헌팅 및 각종 서류작업, 조단역 오디션 등이 계속 지연된다. 최악의 경우, 촬영 때까지 결정이 미뤄지기도 한다. 다른 것에 신경을 쓰다보면 아무도 장소 섭외에 신경 쓰지 않는 시점이 생기고, 촬영에 닥쳤을 때 그제야 장소 섭외를 안 했다는 사실을 인지한다. 이렇게 되면 정말 문제가 커진다. 제작팀이 촬영 승낙을 받을 수 있는 충분한 시간이 주어지지 않기 때문이다.

〈이쁜 것들이 되어라〉 촬영 때도 이런 상황 때문에 늦게 정해진 장소가 하나 있었다. 정도와 경희가 처음 만나는 곳이다. 시나리오상으로는 병원 옆 골목이었지만 막상 시간에 쫓겨 결정한 장소는 상암 사무실 근처 작은 공원이었다. 심지어 촬영 전날 밤에 헌팅을 마쳤기 때문에 낮에 이루어지는 공사나 유동 인구에 대한 파악이 제대로 이루어지지 않았다. 그 결과 막상 촬영장소에 도착했을 때 혼란이 빚어졌다. 이런 것들은 전적으로 내 책임이 크다고 생각한다. 원하는 형태의 장소가 없다고 판단했을 때는 되도록 빨리 대안을 제시해야 한다. 생각해 둔 이미지를 좀 더 현실에 맞게 바꿔야 한다. 없는 것을 찾아오라고 마냥 기다리는 것은 옳은 판단이 아니다. 적절한 시기, 확실한 판단을 내리는 것이 무엇보다 중요하다는 것을 배웠다.

심장이 뛴다, 영화가 뛴다

# 04
## 스케줄은 좀 더 계획적이어야 한다

스케줄 표를 보고 이런 생각을 했다. '그래, 할 수 있어. 다 찍을 수 있어.' 아마 촬영감독도 같은 생각을 하고 있었던 것 같다. 옆에서 '찍어야지'라는 말만 되풀이했던 걸로 봐서. 지금 생각해 보면 이것은 정말 위험한 발상이다. 촬영장에서는 굳은 다짐으로도 안 되는 일이 수두룩하다. 그런 의미에서 프리 프로덕션 때 프로듀서, 조연출과 일정에 대한 합의가 먼저 이루어져야 한다. 하루에 찍을 수 있는 컷 분량과 상황에 대한 정확한 파악이 있다면 좀 더 여유롭게 촬영을 진행할 수 있다. 스태프들이 새벽까지 계속되는 촬영을 지켜보며 '또 속았다'고 생각하는 일도 훨씬 적었을 것이다.

몇 가지만 확실히 지키면 시간 내에 컷을 따는 것은 가능한 일이다. 그 중 한 가지가 확인 헌팅이다. 처음엔 확인 헌팅에서 모든 동선과 콘티를 정할 거라고 다짐했다. 그런데 언제부턴가 나도 모르게 장소만 확인하고 돌아오는 경우가 많았다. 원칙이 언제부터 무너졌는지는 나도 잘 기억하기 어렵다. 다만, 이를 놓친 것에 대한 후회가 촬영 내내 계속됐다. 확인 헌팅을 제대로 진행하면 촬영과 미술, 조명에 대해 좀 더 심도 깊은 아이디어를 짜낼 수 있다. 피곤하다는 핑계로 장소만 확인하는 헌팅은 아무 의미가 없다. 그런데 아쉽게도 나는 그 의미 없는 헌팅을 너무 자주 반복했다.

또 하나는 스스로에 대한 파악이 미비했다는 것이다. 어느 정도 촬영이 진행되면 하루에 찍을 수 있는 컷 분량이 대략 나온다. 거기서 더 찍어 봐야 몇 컷 차이 나지 않는다. 같은 시간이 주어졌을 때, 하루에 30컷을 찍던 사람들이 다음날 갑자기 50컷을 찍는 일은 없다. 그렇다면 이때 스케줄 표를 다시 확인하고 주어진 컷 수와 시간대를 한 번 정리해야 한다. 보름이나 한 달 전에 계획한 것을 그대로 실천하려 했다는 것이 실수라면 실수였다. 물론 중간에 일이 틀어져 스케줄 표에 계속 손을 대기는 했지만 그때는 이미 시간이 너무 지연된 상황이라 합리적인 일정을 짜기 어려웠다.

# 05
## 쓸데없는 욕심은 줄여야 한다

연출자는 보통 시간 개념이 다른 스태프들보다 떨어진다. 어느 순간 보면 해가 떨어져 있고, 점심시간이 훌쩍 지나있다. 그동안 나는 한 신, 한 컷에 매달리고 있는 경우가 많다. 더 잘 나올 수 있다는 기대감과 더 많은 컷들이 필요할 거라는 생각 때문이다. 그런 의미에서 나는 촬영장에서 끊임없이 욕심을 부렸던 것 같다. '내가 원래 이렇게 테이크를 많이 갔던 사람인가?' 촬영 내내 자주 들었던 생각이다. 테이크를 줄여 보겠다고 다짐해 보지만 채 3분을 못 갔다. 다음 컷에서도 여지없이 많은 테이크를 가고 있었다. 점점 얼굴이 굳어가는 스태프들의 표정을 보면서 스스로 생각해 보았다. 내가 지금 왜 이렇게 테이크를 많이 가는지. 아무리 고민을 해봐도 카메라 워킹이나 빛 때문이 아니었다. NG 컷들을 보면 대부분 연기에 대한 욕심이 과했기 때문이다. 배우들이 연기를 못해서가 아니다. 오히려 잘하면 잘할수록 욕심이 났다. 작은 뉘앙스 차이일 뿐이지만 그래도 포기할 수 없었다. 이 영화는 커다란 사건이 없는 드라마이고, 사건보다 각 인물들의 감정이 중요하다고 생각했기 때문이다.

프리 프로덕션 때 더 많은 것들을 맞춰봐야 했지만 이미 촬영은 시작됐고 상황을 되돌릴 순 없었다. 고생스럽지만 되도록 리허설과 테이크를 많이 가서 연기자와 호흡을 지속적으로 맞추고 더 좋은 것을 끌어내기 위해 노력했다. 이런 현상은 촬영 초중반까지 이어졌는데, 중반쯤 넘어가니 다들 지치기 시작했다. 프리프로덕션 때 쏟아야 할 에너지를 촬영 때 쏟고 있으니 당연한 일이었다. 다행히 회차가 거듭될수록 배우들과 호흡이 잘 맞았다. 다들 배역에 잘 녹아들고 있었다. 어느 순간 배우들과 촬영을 하는 게 즐겁다는 생각이 들었다. 그들이 연기를 하고 스토리가 진행될수록 점점 진짜 영화를 만들고 있다는 생각이 들었다.

하지만 이런 생각을 하면 할수록 촬영시간은 점점 길어졌다. 이러면서 촬영 마지막, 급할 때 몰아 찍는 상황이 반복됐다. 앞서 얘기한 계획적이지 못한 습관들이 촬영장에서도 어김없이 이어졌다. 앞부분을 공들여 찍는다고 급하게 찍은 뒷부분의 문제가 수습되는 건 아니다. 뒷부분까지 공들여 찍지 못할 바에 적절한 시간 배분을 했어야 했다. 혹시라도 후반 촬영분이 그 신에서 가장 중요한 장면이라면 더 최악으로 갈 수 있는 상황이다.

마지막 촬영을 마치고 뒤풀이 때 조명감독님이 건넨 말이 있다. 조명팀이 시간을 아껴 촬영팀에 시간을 넘겨주면, 촬영팀 역시 그 시간을 아껴 감독님께 드린다고. 그러면 감독은 그 시간을 충분히 쓰고 다시 나눠줘야 하는데, 그렇지 못하고 있다고. 조명감독님의 이 말이 내 깊숙한 곳을 찔렀다. 이 영화에 욕심을 갖고 있는 사람이 나만은 아닐 텐데, 나 혼자 과욕을 부린 것 같아 부끄러웠다. 촬영이 끝났지만 이 점은 내가 반드시 고쳐야 할 부분이다. 전체를 보지 못하고 균형을 맞추지 못한다면 좋은 연출자가 될 수 없다. 그런 의미에서 처음 장편 연출을 맡은 사람이 제일 경계해야 할 것은 쓸데없는 욕심을 버리는 일이다.

# 06
## 공들여서 촬영했던 장면들

프로덕션에 들어가기 전 촬영 시 가장 잘 표현해야 할 부분은 총 세 부분이라고 생각했다. 영화의 기반이 되는 초반 몽타주와 중반 포인트가 될 수 있는 병원 신, 그리고 경희와의 멜로 신이다. 이는 프로듀서와 촬영감독 모두 동의했던 부분이다. 그래서 콘티부터 장소까지 세 부분에 신경을 곤두세웠다.

초반 몽타주의 경우, 한옥집 회차를 4회차나 잡았을 만큼 각별히 신경썼다. 물론 다른 신들에 비해 컷 수가 많은 이유도 있지만 몽타주이기 때문에 매 컷마다 미장센과 배경 장소가 달라야 했다. 그만큼 손이 많이 가고 시간이 오래 걸리는 시퀀스였다. 미술팀도 소품과 세팅에 공을 많이 들였다. 오픈세트와 다름없는 폐가였기 때문에 더 손이 많이 갔을 것이다.

나는 이 신에서 어린 정도와 엄마의 관계를 좀 더 탄탄하게 잡아주고 싶었다. 귀엽고 재미있는 것도 중요하지만 정도와 엄마의 추억이 끈끈해지지 못한다면, 정도가 성장했을 때 동력을 발휘하기 힘들 거라는 생각이 들었다. 그래서 단지 억척스러운 엄마가 아닌, 어린 아들을 사랑하는 마음이 잘 전달되길 바랐고, 엄마와 어린 정도를 이어주는 선 같은 것이 보이길 원했다. 이를 표현하는 데 걱정스러웠던 점은 사실 엄마가 등장하는 신이 그렇게 많

심장이 뛴다, 영화가 뛴다

지 않다는 것이다. 다행히 이선주 선배님이 그런 우려를 말끔히 씻어주었고 우리는 이를 잘 담기만 하면 됐다. 또 그에 못지않게 중요한 것은 어린 정도가 과외 선생님을 향해 품고 있는 동경이 잘 담겨 있어야 한다는 점이다. 얼굴 안에 서울대에 합격하기 충분한 표정이 담겨 있기를 바랐다.

촬영 중에도 문제는 많았다. 연달아 3일이나 촬영장소를 빌려줄 병원은 많지 않았다. 아니 없었다고 보는 게 맞다. 물론 우리가 상업영화이고 제작비가 많았다면 쉽게 찾을 수 있었겠지만, 제작비 6천만 원의 저예산으로 촬영장소를 구하는 일은 쉽지 않았다. 장소를 구한 것만도 거의 기적이라고 생각한다. 사정상 미리 미술 세팅을 할 수 없었고 촬영도 급하게 진행했다. 아쉽지만 우린 미장센을 포기했다. 신마다 상당히 많은 컷들을 소화해야 했기 때문에 시간 내에 다 찍을 수 있는 것을 목표로 삼았다. 비중을 두었던 시퀀스라 아쉽긴 했지만 이것이 가장 현명한 선택이었다고 생각한다.

촬영이 시작되고 방대한 컷들을 소화하기 시작했다. 대사도 많고 좁은 공간에 인물도 많았다. 컷들이 헷갈리고 엉킬 수 있는데 촬영감독이 중심을 잡고 잘 담아 줬다. 최대한 같은 앵글을 잡지 않으려고 노력하는 모습에서 그가 얼마나 이 영화에 공을 들이고 있는지 여실히 느낄 수 있었다. 이후 편집 조언을 해주셨던 김상범 기사님이 좁은 병실에서 앵글을 무척 다양하게 잡았다며 칭찬을 많이 해주신 것도 같은 맥락이라고 생각한다.

정도와 경희의 멜로 신 중 특히 버스 신은 생각보다 힘든 촬영이었다. 도로 상황이 생각보다 안 좋았고, 움직여야 할 버스는 툭하면 멈추었다. 촬영 구간을 미리 정해놨기 때문에 짧은 촬영을 끝내고 다시 스타트 지점으로 돌아가야 하는 시간도 필요했다. 날씨는 좋았지만 한 공간에 많은 스태프들이 모여 있으니 공기도 안 좋고 땀이 많이 났다. 스태프나 배우들이 힘들어 하는 모습이 역력했다.

하지만 이것은 외적인 조건일 뿐이다. 버스가 촬영구간에 들어서고 카메라 앵글에 배우들이 잡혔을 때, 난 이 더운 날씨와 빛에 정말 감사했다. 우리가 최적의 계절에 영화를 찍고 있다는 것을 느꼈다. 포근함이 둘의 감정을 풍성하게 만들어 줄 것 같은 느낌이 들었다. 나중에 들은 이야기지만 그 빛을 얻기 위해 촬영감독과 스크립터 지영이가 시간과 장소, 운행구간을 신중하게 골랐다고 한다.

추가 촬영을 포함해 총 28회차에 촬영을 모두 마무리했다. 돌이켜보면 어떻게 지났는지 모를 정도로 짧은 시간이었다. 작은 사건 사고들도 있었지만, 정도라는 캐릭터를 너무 잘 연기해 주었던 정겨운 씨를 비롯해 많은 배우들과 언제나 옆에서 힘이 되어준 프로듀서, 촬영감독, 스태프들이 있었기에 영화를 무사히 마칠 수 있었다.

# 07
## 조금만, 조금만 더

처음 가편집본 러닝타임이 2시간 20분이나 나왔을 때는 머릿속이 아찔했다. 이걸 어떻게 줄여야 하나 걱정이 앞섰다. 대략 100분짜리 영화를 만들기 위해서는 40분 가까운 시간을 줄여야 했기 때문이다. 무엇이 영화의 호흡을 늘어지게 하는지 알고 있었지만 막상 들어내기로 결심하는 것은 쉽지 않았다. 더욱이 초반 편집을 해줬던 편집자(김태영)가 다른 일정으로 빠지자 편집 방향이 엉뚱한 곳으로 흘러갔다. 프로덕션 때 내가 범한 실수를 감추는 쪽으로 편집이 이루어지고 있었다. 인물의 감정이나 이야기의 흐름을 중요하게 생각하고 편집을 시작하지만, 결국 내 치부를 가리는 편집을 하고 있는 모습을 발견하게 됐다. 나는 점점 객관성을 잃어가고 있었다.

그와 별개로 편집심사는 계속 이루어졌다. 편집 방향에 대해 감독님들의 아낌없는 조언이 이어졌지만 항상 이를 해결하지 못 하고 다음 심사에 임하는 느낌이었다. 결국 영화를 많은 사람들(시나리오를 보지 않았던)에게 보여 주기로 결심하고 여러 가지 의견을 수렴하기 시작했다. 동시에 새로운 편집자(손연지)를 영입했다. 편집자는 객관적이지 못했던 내 시선을 다시 객관화시켜 주었고, 미처 보지 못한 부분을 가다듬어 주었다.

가편집에 대한 코멘트를 들었을 때 관객들이 이 영화 안에서 멜로 감정을 많이 느낀다는 것을 알았다. 하지만 문제는 그런 감정이 너무 늦게 시작된다는 것이다. 한마디로 경희의 등장이 너무 늦다. 그래서 일단 경희 분량을 조금 앞으로 가져오는 구조의 변화를 시도했다. 아쉬운 신들이 많이 잘리긴 했지만, 이로 인해 이야기의 흐름이 조금 빨라지는 느낌이 들었다. 여기에 정지우 감독님의 조언이 더해져 버스 신과 병원 사이에 경희의 컷들을 보강함으로써 멜로를 좀 더 심화시켰다. 흐름에 숨통이 트이자 가편집 때 빠졌던 신이나 컷들이 다시 살아나기도 했다. 아쉬웠던 부분을 보강하면서 정도 위주의 편집이 시작되었고, 그렇게 조금씩 영화가 정리되는 느낌이 들었다.

 이 영화를 만들면서 '조금만, 조금만 더'를 마음속으로 수없이 외쳤던 것 같다. 촬영, 편집, 믹싱, 음악에 이르기까지 '조금만 더'라는 단어는 내 마음을 온통 지배하고 있었다. 그렇게 1년이라는 시간이 흘렀다. 이제는 그 단어가 내 마음 속에 없지만 또 누군가의 마음을 지배하게 될 거라고 생각한다. 아카데미 장편연구과정은 정말 긴 시간과의 싸움이다. 지금까지 경험하지 못한 노력과 열정을 모두 그 시간 안에 쏟아부어야 한다. 어쩌면 고통스럽고 힘들었던, 시작부터 끝까지 스스로 모든 것을 헤쳐 나가야 했던 이 값진 경험은 어디서도 다시 경험하지 못할 것 같다. 도움을 주신 모든 분들에게 진심으로 감사의 인사를 전하고 싶다. 그리고 더 나은 모습, 더 멋진 영화로 그 분들의 은혜에 보답하고 싶다.

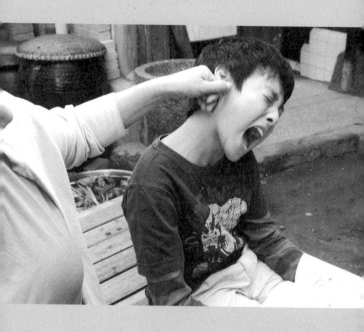

이쁜 것들이 되어라

# 박찬희
## 촬영감독의
### 이야기

# 01
## 시나리오의 첫 느낌은 영원하다

많은 우여곡절 끝에 장편제작연구과정에 합류했다. 잘됐다는 마음 한편에 쓸쓸함이 공존했다. 이런저런 복잡한 마음을 뒤로하고 시나리오를 좀 더 자세히 들여다보기 시작하면서 하나의 이미지가 떠올랐다. 일본 여가수 보니 핑크(Bonnie Pink)의 'It's Gonna Rain'의 뮤직비디오였다. 이유는 잘 모르겠지만 지금 생각해보면 슬픈 노래 가사와 어울리지 않게 리듬이나 화면이 밝아서 오히려 더 아이러니컬하고 슬프게 다가 왔던 것 같다. 이 시나리오 안에 담겨 있는 정서가 바로 이런 느낌이 아닐까.

〈이쁜 것들이 되어라〉 시나리오에서 가장 큰 장점은 정서적인 면이다. 유머러스한 대사와 비주얼로 포장되어 있지만 사실은 세심하게 인물의 감정을 건드리고 있다는 느낌이 들었다. 물론 세심함에 비해 이야기의 큰 갈등이 없다는 것이 가장 큰 약점이기도 했다. 이렇게 시나리오상에 사건이 없는 경우, 매 수정고마다 내용이 크게 달라지는 경향이 있다. 억지로라도 사건을 만들기 위해 구조를 바꿔 보고 새로운 캐릭터를 등장시키기 때문이다.

역대 장편제작연구과정 시나리오들이 흔히 그랬던 것처럼 완성고에 가까워질수록 처음 시나리오 구조로 되돌아온다. 촬영자로서 장편제작연구과정을 준비하면서 가장 큰 압박이 시나리오가 계속 바뀐다는 것이었다. 하지만 명심해야 할 것은 시나리오가 바뀌더라도 감독이 지향하는 감정이나 영화의 톤앤매너는 크게 바뀌지 않기 때문에 촬영자는 이를 유의하면서 일주일에 한 번이라도 감독을 만나 이미지에 대해 대화를 나누는 것이 중요하다. 감독이 이야기에 대해 고민할 시간을 충분히 주고, 촬영감독은 혼자 비주얼 콘셉트를 차근차근 잡아 나가는 것이다.

# 02
## 영감을 얻기 위한 노력

본격적으로 작품을 준비하기 전인 3, 4, 5월은 초초한 시간이자 나에게는 무척 값진 시간이었다. 이 시기, 아무 부담없이 접했던 영화와 사진들이 시나리오를 이미지화하는 데 적지 않은 도움이 되었기 때문이다.

첫 번째로 가장 큰 영향을 미쳤던 작품은 고레에다 히로카즈 감독의 작품들이다(특별히 그의 영화를 참고하려고 했던 건 아니었다. 마침 그의 특별전이 아트시네마에서 진행되고 있었다). 본 작품도 있고 새롭게 접한 작품도 있는데, 그 작품을 보면서 인물들의 상황과 감정 변화들이 장르만 다를 뿐 크게 봤을 때 우리영화와 다르지 않다고 생각했다. 단, 깊이와 진지함에서 차이가 있을 수 있다. 그의 영화는 큰 사건이 일어나지 않는데도(물론 그전에 주인공들은 엄청난 일들을 겪었다) 이야기가 끝도 없이 확장되어 인간의 삶 자체에 대해 고민하게 만든다. 그리고 마침내는 삶과 죽음에 대한 성찰을 이끌어 낸다.

비교하기는 조금 그렇지만 〈이쁜 것들이 되어라〉 또한 과거를 살아온 아버지와 지금 현재를 살아가고 있는 아들의 과거, 현재를 통해 계속 반복되는 세대 간의 이야기를 하고 있다. 이것은 인생이 하나의 끈으로 연결되어 있으며 이는 개인과 개인의 관계에서 세대와 세대의 관계로, 나아가 역사의 순환으로 확장될 수 있다. 우리 영화도 그런 모습을 보여줄 수 있지 않을까 하는 기대가 생기기 시작했다. 또 화면을 구성할 때 주목한 것은 카메라의 위치와 인물과의 거리다. 그의 영화에서 카메라는 전혀 서두르지 않는다. 마치 한 편의 시처럼 공간을 부유하며 인물들에게 조용히 다가간다. 정확하게 계산된 위치에서 공간 속 인물을 잡아내고 있다는 느낌이다. 그것은 이야기를 충분히 이해하고 있어야만 가능한 촬영이다.

두 번째로 영감을 얻었던 곳은 여러 사진전이었다. 그 중에서도 가장 우리 영화와 맞닿아 있고 특별했던 것은 마크 리부의 사진전이었다. 어떤 식으로 화면 안에 한 사람의 삶을 담아낼 수 있을까 고민하고 있던 터라 더 세심하게 사진들을 들여다보았다.

사진을 보면서 한 가지 깨달은 게 있다. 마크 리부는 공간 안의 선들을 묘하게 이용하고 있다는 것이다. 특히 에펠탑의 페인트공들을 찍은 사진에서 기하학적 건물의 선을 이용한 인물 표현은 풍자가 곁들여져서 묘한 정서를 풍겼다. 이 사진들을 보면서 정도의 한옥집이 떠올랐다. 에펠탑의 기하학 무늬와 한옥의 기둥들은 무엇이 다를까. 어떻게 보면 인물들을 압박하고 있는 하나의 선 개념이라는 공통분모를 가지고 있다. 계급적인 측면을 강조하는 데 이 선을 재미있게 이용할 수 있을 것 같았다. 이것은 실제로 영화상에서 한옥집 안 프레임과 앵글을 선택할 때 적지 않은 영향을 미쳤다. 무엇보다 사진 안에 한 사람의 삶이 보이고 더 나아가 그 시대의 아픔이 고스란히 담겨 있어 주인공 정도라는 인물의 성장하는 모습, 과거와 현재의 아픔이 치유되는 과정을 단순한 화면의 나열이 아닌 마크 리부의 사진처럼 통일성 있는 화면으로 담아낼 수 있도록 많은 영감을 주었다.

# 03
## 인물별로 비주얼 콘셉트 잡기

본격적으로 촬영 준비를 하면서 실제 영화 안에 적용할 수 있는 이미지를 고민하기 시작했다. 장편 작업에서 전체 비주얼 콘셉트를 짠다는 것은 어떻게 보면 각 인물의 특징을 만드는 것인데, 나는 전체적인 그림을 먼저 그리기보다 개개인의 그림을 먼저 그리고 그것들의 조합을 통해 큰 그림을 맞추어 나가는 방식을 택했다.

다음은 인물별로 콘셉트를 잡았던 나의 제작 노트 중 일부다.

### 정도

| | |
|---|---|
| 인물 분석 | 자신의 진짜 삶을 살지 못하지만 마침내 진정한 행복을 찾아가는 인물. |
| 색 | 자기 자신만의 색이 없는 인물. 하지만 나중에는 자기만의 행복의 색을 갖게 된다. 초반에는 화이트(백광), 그레이(무채색)로 시작해 블루, 그린으로 나아간다. |
| 참고 문구 | '흰색은 가능성 가득한 침묵이다'-칸딘스키 |
| 노트 | 이런 식으로 일단 접근해 조명과 프레임에 대한 생각을 확장해 나가자. 의상과 공간을 통해 콘트라스트(Contrast)를 만들고, 소프트 라이팅(Soft Lighting) 만들기. 아라키 |

노부요시(《센티멘탈 여행》) 사진이 정도의 캐릭터를 설명해 줄 듯하다.

## 어머니

**인물 분석**  자신의 삶을 포기하고 아들을 위한 삶을 살아왔다. 정도 어머니의 진정한 모습을 우리는 잘 알지 못한다. 다만 색(의상, 공간)을 통해 우리는 그녀의 마음을 알 수 있다.

**색**  블랙, 따뜻한 옐로, 차가운 블루.

**참고 이미지**  툴루즈 로트레크의 〈밤의 빛을 사랑한 화가〉 중 '치장하는 여인'

**노트**  블루는 이 여인이 처한 신분, 가난함을 그대로 드러낸다. 하지만 옐로로 인해 그 느낌이 다른 식으로 전달되기도 한다. 초월적인 힘을 가진 블루는 '마리아'의 색으로 통한다.

## 아버지

**인물 분석**  외적인 성격은 밝고 활발하다. 하지만 내면을 들여다보면 사회에서 밀려난 피해자이며 아픔을 안고 살아가는 캐릭터다.

**색**  블루, 그레이

**참고 이미지**  고야의 〈지푸라기 인형〉

**노트**  그림과 아버지의 캐릭터가 정확하게 들어맞진 않지만 자신의 삶을 살지 못하고 불행한 삶을 살아온 느낌은 비슷하다.

## 경희

인물 분석    진경과는 다른, 우아하고 절제된 내적 아름다움을 가지고
            있다.

색          그린, 옐로

참고 이미지   라파엘로의 〈성모자와 아기 성요한〉

노트         그린은 원래 중립을 내포하고 있지만 경희에게 투영된 녹
           색의 이미지는 좀더 강렬한 감정의 억제로 그려내고 싶다.


## 진경

인물 분석    삶에 대한 구체적 목적이 없으며 남에게 보여 주기 위한
            삶을 살아간다.

색          레드와 다크 그린

참고 이미지   로렌조 로토의 〈루크레치아로 분장한 귀부인상〉

노트         대각선의 불안한 구도, 꾸밈없는 얼굴이 진경과 닮았다.
           의상들과 화려한 액세서리 또한 진경의 허영심과 닮은 듯
           하다.

# 04
## 콘티는 촬영 전 모두 완성해야

공간이 정해져야 인물들의 동선이 생기고 카메라가 움직일 수 있는 방향이 정해진다. 그런 의미에서 헌팅이 빨리 진행되어야만 감독과 촬영자가 자유롭게 동선을 생각하고 그림을 만들어 나갈 수 있다. 장편제작연구과정을 하면서 가장 큰 어려움 중 하나는 로케이션 섭외였다. 특히 우리 영화에서 메인이라고 할 수 있는 한옥, 병원, 고시원 섭외는 너무나도 제약이 많았고 섭외 자체가 어려웠다. 그래서 공간을 미리 예상하고 콘티를 진행했던 경우가 많다. 현장에서 바뀔 것임을 뻔히 알면서도 무모한 콘티작업을 계속 진행할 수밖에 없었다. 이 과정을 겪으면서 프리 단계에서 헌팅이 완벽하게 이루어지지 않으면 공간에 대해 깊이 고민할 시간이 줄어든다는 것을 깨달았다.

이는 콘티작업을 할 때 특히 문제가 된다. 잘못된 동선을 짜고 인물들의 감정 흐름을 지문으로만 생각하기 때문에 단선적인 화면만 채우게 된다. 물론 아직 정해지지 않은 로케이션의 경우 프로덕션을 진행하면서 변화의 여지를 염두에 두고 콘티를 완성하는데 생각했던 것보다 여의치 않은 상황이 많다.

막상 촬영에 들어가면 빡빡한 촬영일정 때문에 현장에서 창의적이고 새로운 콘티를 짠다는 것은 사실상 불가능하다. 하루 동안 정해진 분량을 찍어내야 한다는 것이 이번 프로젝트의 과제이고, 이를 어기면 예산의 압박이 가해지기 때문에 촬영자는 긴장을 늦출 수 없다. 그래서 콘티는 프리 프로덕션 단계에서 모두 완성되어야 한다는 것을 다시 한번 절감했다.

# 05
## 전체적인 룩을 결정하기 위한 테스트 촬영

알렉사라는 카메라 자체가 소프트한 룩을 가지고 있기 때문에 알렉사를 메인 카메라로 결정한 뒤 그에 맞는 룩을 찾기 위해 테스트 촬영을 진행했다. 물론 수업시간에 카메라 테스트를 진행했기 때문에 어느 정도 메커니즘을 이해하고 있긴 했지만 보다 정확한 것은 직접 찍어보는 것이라고 생각했다.

테스트를 통해 결정할 수 있었던 사항은 이렇다.

### 감도 정하기

카메라가 권장하는 기본 감도는 800이다. 하지만 테스트 결과, 감도 400에서 입자들이 더 깨끗하게 보였다. 그래서 낮에는 감도를 400으로 하고, 밤에는 800(조명의 여건상)으로 찍기로 했다. 물론 ISO400으로 찍으면 하이라이트 값의 손해가 있지 않을까 염려했지만 400으로도 많은 정보를 담아낼 수 있는 것이 알렉사 카메라의 장점이다.

### 필터 테스트

처음부터 소프트 필터를 쓰겠다고 생각했다. 그래서 모든 소프트 필터를 가지고 테스트를 진행해 본 결과, 과거 신에는 블랙 프로미스트(Black Promist)를, 현재 신에는 블랙 네트(Black Net) 필터를 사용하기로 했다. 블랙 프로미스트의 경우 옐로의 따뜻함을 살려주면서 화사한 느낌이 나고, 블랙 네트 필터는 화사한 느낌보다 약간 블루시한 느낌이 들어 현재 정도의 상황과 맞아 떨어진다는 생각이 들었기 때문이다. 그렇다고 날카로운 느낌은 아니라서 화면 안에서 더 효과를 극대화시킬 수 있다고 생각했다.

# 06
## 숏과 시점에 대한 결정

시점은 프리 프로덕션 때부터 가장 큰 고민거리였다. 시점이라는 것은 두 가지 의미를 가지고 있는데 하나는 '보는 이의 관점과 비슷한 것'과 또 하나는 '어떤 시기의 시간'이다. 그 문제는 객관적인 OS숏이나 주관적인 숏들의 결정에 중요한 문제이기 때문에 더 깊은 고민을 하게 됐다.

  개인적으로 카메라의 시점 변화가 영화에 큰 영향을 미친다고 생각하기 때문인지도 모른다. 가장 대표적인 예로 난니 모레티의 〈나의 즐거운 일기〉의 카메라는 주인공이 스쿠터를 타는 뒷모습을 따라가다가 주인공이 오른쪽으로 빠지면 주인공을 따라가지 않고 이탈리아의 역사적 건축물과 공간들을 보여 주며 과거와 현재를 연결시킨다. 그 순간, 영화는 개인적 여행 시점에서 이탈리아의 역사를 보여주는 전지적 시점으로 변한다(이 모든 것이 한 숏 안에서 보여진다). 이처럼 영화 안에서 한 숏만으로 영화가 얘기하고자 하는 것을 보여 주는 것은 모든 촬영감독이 꿈꾸는 것이 아닐까. 자연스러운 시점 변화와 더불어 말이다. 하지만 한 가지 간과했던 것이 있다. 바로 감독의 생각이다. 이런 숏 촬영이 가능하기 위해서는 감독이 어떤 것을 보여 주고 싶은지가 명확해야 한다. 연출자가 보여 주고 싶은 것이 명확하지 않으면 시점은 존재

이쁜 것들이 되어라

하지 않을 뿐더러 이야기와 시점이 우리가 알지 못하는 방향으로 흘러가는 경우가 많다. 그런 의미에서 감독과의 끊임없는 대화가 필요하다. 나 자신이 그것을 잘 해냈는지는 모르겠지만 감독의 시점에 다가가려고 부단히 노력했던 것만은 사실이다.

# 07
## 실내 신과 대화 신은 어떻게 찍어야 할까

촬영에 들어가기 전 수많은 실내 신과 대화 신을 어떻게 찍어야 할지 고민했다. 다음은 각 공간별 촬영 및 조명 설계다.

### 한옥집(과거)

조명에 가장 공을 들였던 공간이다. 어머니와의 추억이 담겨 있으며 정도의 정서를 결정지었던 곳이기 때문에 빛이 가득하고 따뜻했으면 좋겠다고 생각했다. 그래서 낮에도 텅스텐 라이트만 쓰고 싶었지만 여건상 HMI를 쓸 수밖에 없었다. 단 6K발전기 2대를 풀가동해서 낮에 지붕에 2.5K 2대를 올려 비닐로 거르고 자연광과 함께 베이스를 확보. 인물 라이트는 1.2K를 가지고 조절했다. 밤에는 키노 램프 대신 실바니아 램프를 사용해 밝기를 더 확보할 수 있었다.

## 병원(현재)

4층이라 밖에서 라이트를 할 수 있는 공간이 아니었다. 그래서 탑에 키노 2×4를 달아서 베이스만 올리고 자연광 위주로 촬영했다. 인물 단독 숏들은 플로피로 콘트라스트만 만들 수밖에 없었다.

대화 신이 가장 중요했고 커버리지가 많이 필요했다. 각 신별로 감정적 변화와 인물 간의 관계성에 따라 OS와 단독 숏이 결정되었으며 그 원칙을 철저히 지키면서 촬영을 진행했다.

## 고시원(현재)

화면 안에 램프가 보이는 곳이라 인물 숏들만 키노 라이트를 하고 넓은 숏들은 형광등을 그대로 사용했다.

기본적으로 우리 영화는 대화 신에서 미디엄 숏을 사용해야 한다고 생각했다. 때문에 1.85대 1로 촬영해서 숏을 결정했다. 인물과 인물 간의 OS숏을 찍을 때, 감정의 흐름에 따라 카메라의 각이 90도에 가까울 때가 있고 45도에 가까울 때가 있으며 단독을

심장이 뛴다, 영화가 뛴다

결정해야 하는 순간도 있었다. 이때 사이즈 선택에 있어 후회는 없었던 것 같다. 특이할 만한 것은 정도와 만기의 대화 신을 주로 2숏으로 보여 주기로 했는데 이는 두 캐릭터의 호흡을 위해 정한 선택이다. 두 사람의 제스처와 대화의 밀고 당김을 통해 어떤 시너지를 보여줄 수 있을 거라고 생각했다.

심장이 뛴다, 영화가 뛴다

이쁜 것들이 되어라

심장이 뛴다, 영화가 뛴다

이쁜 것들이 되어라

# 08
## 고통의 시간을 지나서

〈이쁜 것들이 되어라〉의 기본 색이 옐로와 화이트였기 때문에 전체적인 톤을 유지하는 것이 후반작업의 중요한 화두였다. 단, 이야기의 흐름과 장소의 특수성을 고려해 신별 차별화를 만들어 낼 수 있도록(가령 병원 복도, 형광등 특유의 그린이 화면 안에 보이는 것) 그레이딩 작업을 구상해 나갔다.

CJ파워캐스트 DI실에서 이정민 팀장님과 작업을 하게 되었는데, 팀장님은 작업 전 시나리오와 작품의 톤앤매너를 완벽하게 이해하고 있었을 뿐만 아니라 이야기적인 측면에서 컬러를 접근해 주어 작업할 때 또 다른 동지를 얻은 기분이었다.

찍을 때부터 색을 결정하고 작업한 작품이라 모니터로 보이는 (REC709)조건과 비슷한 룩업을 가지고 작업을 시작해 현장에서 찍을 때의 느낌을 유지할 수 있었고 조금은 가벼운 느낌이 드는 화면 안에 무게감 있는 채도와 콘트라스트를 만들어 주었다.

운동선수들이 뼈를 깎는 고통이라고 자주 말하는데 나에게 이런 경험은 첫 장편작업을 했던 7~8개월의 시간이었다. 그만큼 정신적으로나 체력적으로 고통스럽고 힘든 나날이었다. 특히 단편작업에 익숙해져 있었던 나는 촬영 전체 콘셉트를 구상할 때

긴 크게 보지 못하고 한순간의 이미지에 집착했던 것 같다. 그래서 유기적으로 얽혀 있는 장편영화는 너무 큰 압박이자 도전이었다. 또 시나리오를 분석하고 비주얼 콘셉트를 만들어 가면서 이것이 맞는 것인지 틀린 것인지 확신이 들지 않았다. 직접적인 결과물이 없다 보니 불안감이 컸던 게 사실이다. 하지만 하나의 목표가 있었기에 곁에 있는 연출과 프로듀서, 스태프들에 대한 믿음을 가지고 작품에 임할 수 있었다. 내가 이 작품을 통해 성장했는지는 아직 잘 모르겠다. 하지만 심장이 뛸 만큼 영화가 좋았던 시절의 나와 마주할 수 있었다. 영원히 돌아오지 않을 것 같았는데 말이다.

이쁜 것들이 되어라

PRODUCER

이병삼
프로듀서의
이야기

# 01
## 도대체 무슨 작품을 골라야 하지?

한 편의 영화는 수많은 이들의 열정과 헌신을 통해 만들어진다. 특히 해마다 제작되는 한국영화아카데미 장편제작연구과정의 작품들은 어떤 예외도 없이 돈의 가치로 따질 수 없는 열정과 땀, 물리적인 시간, 에너지, 헌신을 기반으로 만들어질 것이다. 너무나도 뻔한 이야기를 '굳이' 언급하는 이유는 한 가지다. 장편제작연구과정에 참여한 연구생으로서, 나아가 한 작품을 만들어낸 프로듀서로서 이 영화에 책임감 있게 임했는지, 스스로 반성의 기회로 삼고 싶기 때문이다.

'초저예산 장편영화'를 표방하는 한국영화아카데미 장편제작연구과정의 영화들은 대략 5천만 원에서 6천만 원 내외의 제작비로 제작된다. 따라서 어떤 외부 스태프도 기본적인 인건비, 혹은 최소 생활비를 온전히 보장받을 수 없는 예산 구조로 제작, 운영될 수밖에 없다. 상황이 이렇다 보니 장편제작연구과정에 참여한 연출, 촬영, 프로듀싱 전공 스태프들은 실질적인 제작 주체로서 외부 스태프들의 열정과 헌신이 헛되지 않도록 작품에 대한 책임감을 가져야 한다.

그런 의미에서 나는 '제작백서'라는 이름으로 출간되는 이 글이 한국영화아카데미 장편제작연구과정을 맹목적으로 두둔하거나, 미화하거나, 구구절절 반성만 가득하지 않도록 최선을 다해 솔직한 이야기를 써보고 싶다.


　장편제작연구과정을 2년제 과정으로 입학한 28기들은 1년 과정을 채 마무리 짓기 전 4쿼터(2년 과정은 총 8쿼터 학제로 나뉜다)를 기점으로 장편 아이디어 피칭이라는 심사과정을 거친다(28기는 기존 장편제작연구과정 선발 과정처럼 다른 기수 졸업생들과 무한경쟁하지 않았다). 전체 기수들은 입학 당시부터 자신의 장편에 대한 고민과 준비를 병행하고 있었다.

　1년이라는 시간이 지난 후 다시 장편 패키징 당시를 떠올리려고 하니 너무 고통스럽다. 이 고통스러움은 기억력의 쇠약에 따른 고통이라기보다 당시 어떤 작품을 선택할지 고민하던 순간의 압박감이 되살아나기 때문이다.

　입학 후부터 영화에 대한 고민을 함께 나눠 왔던 친한 프로듀싱 전공 동기가 장편제작연구과정에서 스스로 포기를 선언했고, 입학 후 1년 동안 모든 작품을 함께 작업해온 연출 형 또한 아카데미 장편제작연구과정에 작품이 선정되었지만 작품 스케일이 다르다는 이유로 선정작을 포기해 버렸다. 프로듀서 입장에선 연출 전공 중심의 작품 선정과정이 조금 불편했고, 관심 가는 작품을 쉽게 찾지 못한 채 시간이 흘러갔다.

　당시 이지승 교수님이 해주셨던 말씀이 큰 위안이 되었다. "누가 프로듀싱을 하느냐에 따라 작품은 완전히 달라진다." 단순한

심장이 뛴다, 영화가 뛴다

논리지만, 연출이든 촬영이든 누가 참여하느냐에 따라 작품은 완전히 달라진다. 더욱이 아카데미 장편의 경우는 여러 가지 면에서 프로듀서가 해볼 만한 것들이 너무 많다.

# 02
## 이쁜 작품이 되어라

원래 영화 현장은 갈등을 담보로 한다. 연출, 촬영, 조명, 미술, 각자의 입장이 첨예하게 대립하는 일이 비일비재하다. 하지만 한 국영화아카데미 장편제작연구과정은 매우 신사적인 현장이라고 내심 자부한다. 연출, 촬영, 프로듀싱 전공들이 각자 자신이 성취하고자 하는 목표를 이해하고 서로 배려하면서 제작이 이루어지기 때문이다. 누구 하나 이 작품을 자신만의 것으로 생각하지 않는다. 덕분에 서로 간의 시너지 효과가 만만치 않다.

어렴풋한 기억이긴 하지만 이 작품의 처음 제목은 〈내리사랑: 이쁜 것들이 되어라〉였다. 기본적으로 개성 있고 영화적 콘셉트가 분명한 이야기를 주로 쓰는 한승훈 연출과 아카데미 동기 중 상업영화 현장 경험이 제일 많은 박찬희 촬영. 이 둘을 믿고 작품을 선택하게 된 것이 돌이켜 보면 나에게는 가장 큰 축복이었다. 두 명 모두 연배는 나보다 형이지만 영화 앞에서는 사실 그런 게 따로 없다. 프로듀서는 언제나 작품 안에서 그들이 최선을 다할 수 있도록, 마음껏 뛰어놀 수 있는 환경을 창조하는 사람이다.

입학 초반 동기들과 술자리를 가지면 아카데미 전형 당시에 관한 이야기가 자주 화제에 오른다. 최종 면접을 보던 순간에 관한 이야기는 술자리의 주요 안줏거리다. 당시 28기를 선발하신 장현

수 원장님은 모든 학생들에게 똑같은 질문을 던졌다. "졸업하면 독립영화 할 거야? 상업영화 할 거야?" 각자 답변의 차이는 있었지만, 서로의 기억을 종합해 보니 대부분이 상업영화를 하고 싶다고 마치 죄를 짓는 것처럼 속내를 털어놓았던 것 같다. 최종 선발된 28기들의 기본 성향과 향후 작품 노선은 그 질문과 답변 속에 이미 결정되어 있었는지도 모른다.

장편제작연구과정은 이후 멘토링 제도를 도입했다. 아마도 온전한 멘토링 제도의 수혜를 누린 이들이 바로 지금의 6기일 것이다. 멘토링 제도는 작품을 개발하는 데 큰 영향을 미쳤다. 각 작품별로 한 명의 교수님이 전담 멘토로 참여했고, 자신의 노하우와 조언을 아끼지 않는 든든한 후원자가 되어 주었다. 단언컨대 지금의 〈이쁜 것들이 되어라〉는 멘토이신 박헌수 교수님의 강력한 입담과 범접할 수 없는 재치, 위트 덕분에 갈피없이 흔들리던 미약한 스토리가 중심을 잡고 이렇게 재정립될 수 있었다.

멘토링 수업에는 주어진 형식이나 절차가 따로 없다. 자유롭게 멘토 교수님과 약속을 잡고 어느 공간에서든 만나 작품의 방향에 대해 이야기를 나눈다. 그러면서 혼도 나고 질책도 당한다. 이 와중에 서로의 아이디어를 주고받으며 작품의 길을 찾아 나간다. 이토록 가감 없이 주고받은 흥미로운 브레인스토밍 덕분에 멘토링이 거듭될수록 〈이쁜 것들이 되어라〉는 교육적이고, 계몽적이고, 시대착오적이고, 특별할 것 하나 없는 전형적인 스토리에서 조금씩 벗어나기 시작했다(그 결과물은 가까운 영화관이나 IPTV 유료결제를 통해 직접 보고 판단해 주길 바란다).

　프로듀싱 전공자로서 나는 연출에게 항상 내가 해석한 트리트먼트를 선물(?)하는 버릇이 있다. 좀 더 객관적으로 이 스토리에거는 기대, 혹은 새로운 스토리의 가능성을 전해 주기 위해서다. 단순한 참고에 그쳐도 무방하지만, 실제 거듭되는 시나리오 회의에서 단선적인 품평만 이뤄지는 것은 의미가 없다고 생각했기 때문에 이번에도 내 생각을 확실하게 전달하고 싶었다. 이 작업은 역시나 연출이 가지고 있는 영화에 대한 생각과 내 생각을 조율하는 데 큰 도움이 되었다. 작품에 대한 이해도를 높인 후 예산에 관한 고민을 시작했다.

　장편제작연구과정 작품들은 제작예산이 동일하다. 주어지는 제작기간(5주~6주)도 같다. 따라서 '비용 대비 효과'의 차이가 확연히 드러난다. 주어진 시간, 공간, 인력들은 모두 예산과 직결된다. 따라서 모든 촬영을 소화해 낼 수 있는 가장 효율적인 회차 운영과 예산 카운트 능력은 프로듀서가 갖춰야 할 가장 기본적인 능력이다. 우리는 제작 초반 상암 KGIT센터 10층에 프로덕션 공간을 꾸렸다. 너무 감사하게도 기존 장편제작연구과정 사무실 중 최고의 환경이었다. 3~4평 남짓의 파티션으로 나뉜 공간을 배정받고 가위, 바위, 보를 통해 다시 각자의 위치를 정했다. 〈이쁜 것들이 되어라〉의 프로덕션 공간이 생기던 날, 나는 퇴근 직전 화이트보드에 이런 문구를 적었다. "이쁜 작품이 되어라!"

# 03
## 상업영화 전략, 스타를 캐스팅하자!


한국영화아카데미 장편제작연구과정에 들어가면 프리 프로덕션에 앞서 지난한 제작기획서 심사과정을 거친다. 제작기획서에는 이 작품의 중요 정보들이 고스란히 녹아 있다. 기본적인 작품 개요와 연출 의도, 촬영 조명 계획, 캐스팅, 로케이션, 신 리스트, 촬영일정, 콘티, 제작예산서, 스태프 리스트, 최종 시나리오까지. 다른 영화들도 이런 험난한 과정을 거치겠지만 한국영화아카데미만의 철저한 운영 시스템이라는 것이 분명 존재한다. 이 과정을 따라가면서 촬영 준비를 해나가는 것이 여간 어려운 일이 아니다.

촬영 직전까지 시나리오 완고를 내놓지 못하는 감독, 확정할 수 없는 콘티로 인해 신 셋업을 모두 현장에서 바꿔야 하지 않을까 불안에 떠는 촬영감독, 로케이션과 예산안을 항상 가안으로 만들어야 하는 나까지, 모든 사람들이 각자의 영역에서 고민을 거듭하다 보니 갈등이 빚어지는 건 당연한 일이었다.

세 명이 패키징된 초반 무렵, 영화의 방향성을 놓고 긴 이야기를 나눴다. 우리는 이 영화가 영화제용 영화인가를 두고 진지하게 대화했다. 한국영화아카데미 장편들은 대부분 작품성이 뛰어난 것으로 알려져 있지만, 연출을 맡은 한승훈 형이나 촬영감독인 박찬희 형, 프로듀서인 나는 애초부터 작품성이 뛰어난 장편을 만들 자신이 없었다. 더욱이 코미디라는 장르에 매력을 느껴 최종적으로 이 작품에 합류한 나로서는 영화제용 영화를 꿈꿔 본 적이 전혀 없다. 그래서 우리는 매우 쿨하게 의견을 모았다. '상업영화 시장에 나가자.'

지금 돌이켜 보면 우리는 참 단순하기 그지없었다. '부모님의 내리사랑'이라는 주제를 가지고 변용할 수 있는 스토리는 생각보다 많지 않다. 최초의 스토리 라인이 가지고 있는 미덕은 캐릭터들의 맹랑함이었다. 최소한의 자산을 가지고 능력껏 모든 것을 쏟아내 멋진 상업영화를 만들어 보자는 데 의견이 모아졌다. 캐스팅도 기성배우들을 기용하기로 했다.

이런 발칙함이 부메랑처럼 비수가 되어 우리에게 돌아오는 데는 그리 오랜 시간이 걸리지 않았다. 기획서 심사를 거듭하면서 실로 대단한 캐스팅을 고수하던 우리는 결국 교수님의 노여움을 불러일으켰다. 웃기지도 않은 허무맹랑함은 다행스럽게도 시나리오에 더욱 집중할 수 있는 계기가 되었다. 프로듀서로서 매니지먼트사들의 냉대를 조용히 감당하면서 현실의 냉혹함을 체감했다. 지금까지 내가 감당한 경험치의 8할은 '냉대'였다고 해도 과언이 아니다. 설상가상 시간에 쫓겨 조연급 캐스팅부터 오디션을 진행할 수밖에 없었다. 이런 상황에 봉착하면서 결국 갈등이 없을 것 같던 우리 팀에도 갈등이 일어나기 시작했다.

게다가 '아카데미 시스템'이라는 또 다른 이름의 압박이 육체적, 정신적 여유를 모조리 앗아가 버렸다. 아무리 강조해도 부족함이 없지만 캐스팅은 정말 메인부터 시작하는 게 맞다. 메인 캐스팅부터 난항을 겪게 된 것은 애초에 대단한 캐스팅을 추구했기 때문에 벌어진 너무도 자명한 현실이었다. 그렇다고 프로듀서로서 메인 캐스팅에 대한 기대치를 포기하는 것은 작품 자체를 포기하는 것이나 다름없었다.

지금 생각해 봐도 아찔하지만, 침몰 직전의 〈이쁜 것들이 되어라〉를 늪에서 건져준 사람은 프로듀싱 전공 장편제작 수업을 진행해 주셨던 최선중 교수님이다. 실낱같은 희망으로 교수님을 통해 국내 최대 매니지먼트사에 소속된 지석환 팀장님 번호를 넘겨받았다. 메인스트림에서 활동하는 그들에게는 전혀 장점이 없는 초저예산 학생 장편영화가 우습게 보였을지 모른다. 하지만 허술하기 짝이 없는 시나리오의 진행과정을 직접 확인하며 관심을 가져주었다. 덕분에 매니지먼트사 대표의 캐스팅 승낙을 받았고 결국 미팅이 성사됐다.

메인 캐스팅이 확정되고, 이후부터 저예산 학생영화로는 감히 꿈꿀 수 없는 캐스팅이 일사천리로 이루어졌다. 이 작품에 함께한 배우뿐 아니라 지원을 해주고 오디션에 참여해 주었던 많은 배우들에게 글로나마 진심으로 감사의 말을 전하고 싶다. 주연 여배우가 크랭크인 열흘 전 갑자기 하차를 선언하는 바람에 난리가 난 적도 있지만, 그 또한 더 좋은 배우를 발굴할 수 있는 계기가 되었기 때문에 감사하다. 주연 배우 교체 해프닝이 일단락된 후 우리는 비로소 촬영을 시작하게 되었다.

# 04
## 스태프는 가족이다

열 손가락 깨물어 안 아픈 손가락이 없다지만 〈이쁜 것들이 되어라〉에 참여한 스태프들은 어느 하나 모자란 사람이 없을 만큼 애착이 많이 간다. 학생영화 혹은 저예산 독립영화 틀 안에서 머무를 수밖에 없었던 운명의 작품이지만, 참여한 스태프만큼은 가히 최고라고 자부한다. 그들의 능력을 메인스트림의 그것과 비교하자는 것이 아니다. 평생 어느 현장에서도 만날 수 없는 가족 같은 사람들, 열정으로 가득 찬 사람들을 너무 많이 만났다. 이런 감정의 교류를 나눌 수 있었던 것 자체가 우리에겐 큰 축복이었다. 영화 현장에서 이런 가족적인 분위기가 만들어지는 것은 절대 쉬운 일이 아니다.

〈이쁜 것들이 되어라〉의 외부 스태핑은 모두 박찬희 촬영감독의 명품 인맥 덕분에 이루어졌다. 그들의 프로필과 파트별 스킬은 메인스트림 인력과 크게 다르지 않다. 왜냐하면 이미 그들은 상업 작품으로 잔뼈가 굵었고, 이 작품을 통해 입봉을 하거나 입봉을 한 직후인 사람들이기 때문이다. 막 자신의 이름을 걸고 일을 시작한 사람들은 두려움과 열정을 동시에 가지고 있다. 영화에 대한 열정이 모두 비슷했기 때문에 〈이쁜 것들이 되어라〉 현장은 늘 에너지가 넘쳤다. 이 작품을 입봉작으로 선택해 준 유석문 조명감독, 〈남자사용설명서〉를 통해 갓 입봉을 마치고 우리 작품에 참여한 최임 미술감독 등. 이들이 있었기에 우리 작품은 한층 업그레이드될 수 있었다.

앞서 이야기했듯, 프로듀서는 스태프가 각자 자신의 역량을 마음껏 펼칠 수 있도록 환경을 만들어주는 사람이다. 하지만 아카데미가 구비하고 있는 조명 장비 수준, 아카데미가 축적한 미술 재료, 소품, 넓지 않은 스튜디오 공간으로 모든 것을 해결하는 것은 쉽지 않았다. 장비나 예산의 한계는 차치하고라도 그 외의 부분에서 좋은 퀄리티를 추구할 때 기대치에 부합하지 못하는 것이 늘 안타까웠다.

우리 스태프들은 주어진 장비 이상, 공간 이상을 넘어서는 경험치와 스킬을 갖추었기 때문에 명확한 목표의식을 가지고 현장에 참여했다. 더욱이 제한된 예산을 넘어 자신들의 인맥과 사비까지 소진해 이 작품에 모든 것을 쏟아부었다. 그들의 열정과 에너지가 한국영화아카데미 연구생들의 열정과 멋진 시너지를 이뤄냈다. 시너지 넘치는 현장을 한 발짝 떨어진 곳에서 지켜볼 수 있었던 것 또한 프로듀서로서 느낄 수 있는 큰 감동이었다.

장기간 진행했던 한옥집 촬영에서 한승훈 감독이 거듭 부탁했던 세팅 분위기가 있었다. 공부를 못하던 어린 정도가 과외 선생님과의 수업 도중 엉뚱한 방식으로(?) 문제의 정답을 풀면서 성적이 향상되기 시작하는, 시나리오 전개상 아주 중요한 장면을 촬영하는 날이었다. 감독은 조명이 매우 신비로운 분위기로 연출될 필요가 있다고 강조했다. 전날에도 늦은 새벽에 촬영이 끝났지만 유석문 조명감독은 고급 샹들리에 끝에 매달려 있을 법한 펜던트 뭉치들을 손수 준비해 왔다. 그런데 모든 스태프들이 빡빡한 일정을 거듭하는 바람에 체력 자체가 고갈된 상황이었다. 정교함을 요하는 촬영 자체가 정황상 불가능했다. 조명감독은 여러 번 감독이 요구하는 조명을 연출하기 위해 시도했지만, 준비해온 펜던트로는 적합하지 않았다. 이런 상황에서 조명 스태프들을 독려하며 끝까지 포기하지 않고 최적의 조명을 시도하는 열정에 놀라지 않을 수 없었다.

또 최임 미술감독이 지휘하는 미술팀은 현장에서 마술팀이라 불렸다. 홍상원 팀장님과 의진 씨까지, 세 명의 인력으로는 도저히 해낼 수 없는 일들을 턱없이 부족한 예산으로 뚝딱 만들어 냈다. 한 치의 착오 없이 연출이 원하는 콘셉트를 만들어 내는 작업이 신기하기도 했다. 미술감독 스스로 만족할 만한 미술을 구현하기 위해 몇 명 없는 미술팀을 자유자재로 운용하며 정확한 시간 내에 임무를 완수했다. 어떠한 경우에도 준비 부족으로 현장을 어수선하게 만든 적이 없다.

제목에 따라 작품의 운명이 결정된다는 설이 있는데, 이 예쁜 스태프들을 보며 다짐하게 된 것이 하나 있다. 작품을 만드는 이들이 먼저 '책임'을 다해야겠다는 것. 책임은 영화를 만들 때 아무리 강조해도 지나침이 없다. 영화는 절대 혼자 만드는 것이 아니다.

# 05
## 시스템을 넘어서라!

한국영화아카데미만의 강력하고 무시무시한 강점이자 원동력은 절대적인 시스템이다. 비유하자면 〈반지의 제왕〉 시리즈의 핵심 원동력이 '절대반지'였듯, 한국영화아카데미에는 절대(?)적인 시스템이 있다. 프로듀서 입장에서 가장 증오스러웠던 것도 시스템이지만, 또 가장 큰 무기로 활용할 수 있었던 것도 시스템이었다. 한국영화아카데미가 단순한 영화교육기관의 차원을 넘어 일종의 제작사 역할로 변모할 때, 프로듀서는 제작자 입장에서 팀원들을 스케줄링하고 압박(?)을 가해야 한다. 이때 시스템은 너무나도 중요하다.

시나리오, 콘티, 촬영 조명 계획서 등 전공별로 마감 일정들이 미뤄지는 것을 막기 위해, 나는 어떤 팀에나 이 시스템을 무기 삼아 독촉했다. 혼자만의 착각일지 모르지만, 이 절대 시스템에 맞춰 나가다 보면 결국 힘은 들지만 도태되거나 나태해지지는 않는다.

매년 전 작품에 공평하게 주어지는 예산과 기간은(이 또한 각 작품별로 최소한의 여지가 없는 것은 아니다) 다년간 축적된 시스템 데이터의 노하우임을, 또 매년 달라진 시의성까지 계산한 결과임을 의심치 않는다. 하지만 이를 토대로 현장에 나가보면 언제나 예측하지 못한 변수들을 만나게 된다. 그래서 끝내 시스템을 저주하지 않을 수 없다. 천재지변과 사고, 혹은 아무도 의심하지 않았던 섭외 상황들이 한순간 현장에서 틀어지는 경우 등. 여러 가지 변수들이 너무 많았다.

훨씬 더 추운 기간에 촬영에 임해야 했던 B슬롯 팀들(6기의 장편제작연구과정의 극영화는 총4편이고, 보유하고 있는 장비수량 관계상 2팀씩 기간을 나눠 촬영에 들어간다)에게는 여전히 미안한 마음을 가지고 있지만, 항상 무언가에 쫓기듯 겨우 심사에 통과하고, 준비가 온전치 못한 상황에서 누군가에게 등 떠밀리듯 촬영에 들어갈 수밖에 없었다. 특히 주연 여배우 하차 문제로 촬영을 일주일 연기한 것은 정말 어려운 결정이었다.

울며 겨자 먹기로 준비 시간을 더 가진 후 크랭크인하기로 했다. 2보 전진을 위한 1보 후퇴였다고 위로를 하려고 해도 마음이 불안했다. 프로덕션 기간 중 부득이하게 일이 꼬이거나 체력이 떨어질 경우 휴일로 쓰기 위해 확보해뒀던 일정이 모두 바닥났기 때문이다. 황금 같은 여유 시간을 촬영 초반 준비기간으로 써야 된다는 것은 제살 깎아먹기와 다름없었다. 그럼에도 이런 선택을 할 수밖에 없는 상황이 닥친 것이다.

그렇다고 무턱대고 크랭크인부터 서두르기엔 무리가 많았다. 그렇게 준비에 박차를 가하고 촬영이 시작되었지만 상황이 변한 건 없었다. 모두가 만족할 만한 준비는 이미 포기한 상황. 그나마 다행인 것은 현장에서 한승훈 감독과 박찬회 촬영감독이 모두 적당한 포기와 최선의 방향이 무엇인지를 아는 사람들이었다는 것이다. 크랭크인이 늦어져 자연히 늘어나게 된 프리 프로덕션 예산을 고스란히 껴안고 가야 하는 내 입장도 난감하긴 마찬가지였다(프리 프로덕션 진행예산은 오히려 프로덕션 휴차보다 많을 수밖에 없다).

늦게 촬영을 시작한 만큼 편한 컨디션을 유지하며 찍을 수 있을 거라는 발상은 누구도 하지 않았다. 초짜 독립장편 프로듀서는 언제나 실망에 익숙해 있다. 그런데 회차를 거듭할수록 연출과 촬영이 기적을 만들어 내기 시작했다. 그들은 초인적인 집중력을 보여 주었다. 빡빡한 회차가 거듭되면서 심각하진 않지만 사고들이 자주 발생했고, 매일 해가 떨어지는 시간과 사투를 벌이며 촬영에 임했다. 이러한 관점에서 보면 〈이쁜 것들이 되어라〉가 현장 경험 많은 배우들과 작업할 수 있다는 것은 더 없는 축복이다.

촬영 막바지 즈음 밤샘 촬영이 예정된 새벽 현장에 갑작스레 눈이 내리기 시작했다. 일기예보도 예측하지 못한 눈이 내렸지만 쉽게 촬영을 접지 못했다. 급하게 촬영 조명 장비들을 가려줄 비닐 천을 구하러 뛰어다녔고, 그립팀 선배가 먼 곳에서 도착해 크레인까지 준비하는 시점이라 마음속으로 진심어린 기도를 올렸다. 아무것도 할 수 없는 내 처지가 너무 한스러웠다. 10회차 분량이 남았지만 휴차를 할 수 있는 기간은 고작 하루 이틀 정도. 급기야 감독마저 조심스럽게 촬영 포기를 제안했지만 20분 정도 더 버텼다. 일정상 똑같은 세팅을 한 번 더 한다는 건 예산상, 시간상 불가능했다. 그때까지 나는 입버릇처럼 혼자 읊조렸다. "내가 촬영 나간 날, 날씨 때문에 촬영을 접어본 적이 없다." 경험상 거짓말은 아니지만, 그만큼 상대적으로 미천하기 짝이 없는 작품 수를 되뇌었다. 그런데 정말 거짓말처럼 눈이 그쳤다. 우리는 새벽까지 예정된 모든 분량을 다 찍고 돌아왔다. 약 1시간가량 지체했지만, 이 날을 계기로 우리는 이후의 모든 분량을 정해진 기간 내에 찍고 장비를 반납할 수 있었다.

일촬에 있어서만큼은 국내 최고 수준이었던 조감독 형슬우 덕분이다. 기적 같았던 일촬 소화력. 변수투성이 상황을 미리 예측하고 짜낸 그의 일촬 능력 덕분에 우리는 무사히 촬영을 마칠 수 있었다.

# 06
## 못난 것들에 대한 반성

한 작품을 끝내고도 아직 반성보다 치기어린 추억만 써 내려가고 있는 내가 부끄럽다. 이 작품을 위해 진심으로 함께 고민해 주고 나아가야 할 방향을 제시해 주신 교수님들께 진심어린 감사와 사과의 말씀을 전한다. 마지막 편집심사를 끝으로 외부 작품을 평계 삼아 이후 후반작업을 함께 하지 못한 것도 미안하다. 묵묵히 홀로 후반작업에 임하고 최종 결과물을 완성시켜 준 한승훈 감독님에게 진심어린 사과와 감사의 마음을 전한다.

우리 영화는 2012년 10월 09일 크랭크인해 같은 해 11월 15일 크랭크업했다. 보충 회차 포함 27회차를 촬영한 〈이쁜 것들이 되어라〉는 1년이라는 기간에 걸쳐 완성되었고, 2014년 상반기 즈음 관객들을 만날 예정이다. 영화제용 영화를 바라지 않았지만 아무런 영화제에도 가지 못한 것은 내심 섭섭하다. 그래도 또 다른 행운이 깃들길 기대하며, 이제 이 영화를 우리 손에서 떠나보내려 한다.

말도 안 되는 영화, 말도 안 되는 제안에도 불구하고 흔쾌히 이 작품에 참여해 준 정겨운, 정인기, 윤승아, 임현성, 이지연 배우를 비롯해 작품에 참여해 주신 모든 배우, 그리고 기꺼이 열악한 영화에 참여해 크레디트에 이름을 올린 모든 스태프들. 이 작품이 있기까지 부족한 28기를 이끌어 주신 아카데미 교수님들과 전직원 여러분께 평생 감사하는 마음을 잊지 않겠다.

〈이쁜 것들이 되어라〉가 개봉되는 가슴 떨리는 순간을 기약하며 소망 한마디를 보태고 싶다. 〈이쁜 것들이 되어라〉, 넌 꼭 '이쁜 작품이 되어라!'

# 〈이쁜 것들이 되어라〉 제작비 내역서

| 항목 | 세부내역 | 금액 (단위 원) |
|---|---|---|
| 제작/연출/촬영/조명 | 진행비, 인건비 | 14,350,000 |
| 연기 | 배우 출연료 | 6,599,300 |
| 프리 제작진행비 | 식대 및 진행 | 2,845,900 |
| **프리 프로덕션** | | **23,795,200** |
| 촬영 | 차량대여비 | 990,000 |
| 조명 | 조명소모품 | 184,300 |
| 미술 | 인건비와 세트제작비 | 8,240,000 |
| 동시녹음 | 인건비와 재료비 | 1,438,920 |
| 소품 | 구입 및 대여비 | 889,660 |
| 무술 | 인건비와 대여비 | 200,000 |
| 분장 | 인건비와 재료비 | 1,745,500 |
| 의상 | 인건비와 구입 및 대여비 | 2,500,000 |
| 운송 | 차량 및 기타 운반 | 2,130,000 |
| 로케이션 | 유류대 및 식대, 숙박, 진행비 | 16,960,769 |
| **프로덕션** | | **35,279,149** |
| CG/음악/사운드 | 인건비와 진행비 | 1,700,000 |
| **포스트 프로덕션** | | **1,700,000** |
| 보험 | 기자재 보험비 | 925,200 |
| **기타 프로덕션** | | **925,200** |
| **총합계** | | **61,699,549** |

보호자 Guardian

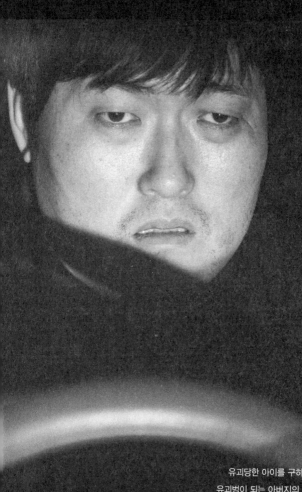

유괴당한 아이를 구하기 위해
유괴범이 되는 아버지의 이야기.

217
· 보호자

심장이 뛴다, 영화가 뛴다

# DATABASE

**각본, 연출** 유원상

**촬영** 강민우

**프로듀서** 고대석

**출연** 김수현 고서희 이준혁 배성우 유해정 노강민 염준혁

**제공** KAFA Films

**제작** KAFA Films

**공동제공 • 배급** CGV 무비꼴라쥬

**공동제공 • 마케팅** (주)프레인글로벌

**해외배급** CJ 엔터테인먼트

**제작지원** CJ CGV, (재)한국영화아카데미발전기금

**러닝타임** 88분

**포맷** HD

**화면비율** 2.4:1

**사운드** 5.1

**제작연도** 2013년

**웹사이트** www.kafa.ac

# STORY

아내와 어린 아들, 딸과 함께 꽃집을 운영하는 전모. 가족은 화목하다. 그러던 어느 날 학원
에 갔던 전모의 딸이 유괴를 당한다. 유괴범의 요구대로 돈을 들고 약속 장소로 향하는 전모.
그러나 전모는 약속 시간에 계속 늦는다. 유괴범은 계속 장소를 바꾸고 그때마다 전모는 지
각한다. 계속 늦는 전모에게 유괴범은 벌칙을 주겠다고 한다. 유괴범은 전모가 상상하지 못
했던 벌칙을 던진다. 다른 아이를 유괴해서 딸과 맞바꿈하자는 것. 사건은 점점 꼬이기 시작
한다.

영화제초청내역
18회 부산국제영화제 한국영화의 오늘 비전 부문

심장이 뛴다. 영화가 뛴다

# CHARACTER & CAST

### 전모(김수현)

꽃집을 운영하며 아내와 예쁜 아들, 딸과 함께 살고 있다. 어느 날 딸 희정이가 유괴되자 유괴범의 요구에 끌려 다닌다.

김수현 프로필 : 1970년 2월 20일생. 출연작 〈잠 못 드는 밤〉(2012) 〈부당거래〉(2010) 〈주먹이 운다〉(2005) 등

### 지연(고서희)

전모의 아내. 모성애가 엄청나다.

고서희 프로필 : 1977년 2월 28일생. 출연작 〈차우〉(2009) 〈살인의 추억〉(2003) 〈부당거래〉(2010) 등

### 진수(이준혁)

석주의 아버지. 희정을 유괴했다.

이준혁 프로필 : 1972년 3월 19일생. 출연작 〈미스터 고〉(2013) 〈늑대소년〉(2013) 〈광해〉(2012) 등

### 성혁(배성우)

이 모든 사건을 꾸민 장본인.

배성우 프로필 : 1972년 11월 12일생. 출연작 〈공정사회〉(2012) 〈의뢰인〉(2011) 〈남자 사용 설명서〉(2012) 등

### 정식(노강민)

전모와 지연의 아들. 장난꾸러기.

노강민 프로필 : 출연작 〈무서운 이야기2〉(2013) 〈26년〉(2012) 〈무서운 이야기〉(2012) 등

### 석주(염준혁)

진수의 아들.

염준혁 프로필 : 2005년 12월 6일생.

### 희정(유해정)

전모와 지연의 딸. 진수에게 유괴 당한다.

유해정 프로필 : 2000년 10월 9일생. 출연작 〈다슬이〉(2011) 등

유원상
감독의
이야기

# 01
## 나는 보결이었다

'나는 보결이었다.' 비장한 문장으로 글을 시작했으니 '보결로 시작했지만 끝은 창대했겠지'라고 예상하겠지만 반전 없이 그저 '보결'이라는 의미다. 나는 장편제작연구과정 6기에 보결로 들어 갔다.

첫 신부터 아마존이 배경인 시나리오를 쓴 동기의 포기 선언 덕분이었다. 보결로 선정되었다는 소식을 듣고 '그런다고 내가 꼭 해야 하나?' 쿨한 제스처를 취하긴 했지만 거절할 마음은 없었다. 카페에서 커피를 마시면서 은근히 콧노래를 흥얼거렸다.

## 02
### 시나리오는 문제투성이, 마음은 느긋

트리트먼트가 나오고 나니 수천 가지 문제점이 보였다. 초고를 쓰기 전까지 한 달여가 남았다. 초고를 쓴다는 핑계로 제주도에 내려갔다. 이런 말하기 부끄럽지만 참 좋았다. 정말 좋았다. 그래서 초고는 까맣게 잊었다. 달력을 보았다. 초고 마감일까지 48시간이 남았다. 계획을 다시 세웠다. 1시간에 2신. 48시간에 98신. 중간에 축구만 안 봤어도 98신을 완성했을 텐데 아쉽게 계획이 틀어졌다. 초고 제목은 'Night of the Creeps'. 오래된 영화에서 그대로 따왔다. 트리트먼트에 있는 문제점이 하나도 개선되지 않은 시나리오였다.

원체 느긋하고 낙천적인 성격이라 계속 쓰다 보면 꽤 재밌는 이야기가 될 거라는 막연한 생각이 있었다. 비록 말이 안 되는 지점이 많았지만 영화를 처음부터 끝까지 끌고 갈 수 있는 확실한 캐릭터의 열망이 있었고, 이야기 중간부터 어디로 튀어도 이상하지 않은 특이한 장점을 가지고 있었다. 교수님들마다 시나리오를 가지고 모두 다른 이야기를 하는 느낌을 받았다. 정말 이상한 시작이었다.

장편제작연구과정에는 멘토 시스템이라는 것이 있다. 첫 번째 멘토는 강이관 감독님이었다. 캐릭터 위주의 시나리오 작업을 두

세 달 이어가고 있을 무렵, 시나리오가 서서히 자리를 잡아 가고 있다고 느껴질 찰나, 강이관 감독님이 미국으로 떠났다. '그래 맞아. 시나리오는 혼자 쓰는 거야'라며 마음을 다독일 즈음 새로운 멘토 선생님이 나타났다. 오승욱 감독님이었다. 존경하는 감독님 두 분을 연이어 멘토로 모시게 된 나는 정말 행운아였다. 오승욱 감독님과 처음부터 다시 시나리오 작업을 시작했다. 머쓱하지만 본격적으로.

# 03
## 재능 없음을 깨닫는 건 유쾌한 일

유괴가 일어나고, 유괴가 유괴를 낳고, 연쇄 유괴가 일어난다. 기본은 연쇄 유괴 이야기였다. 연쇄유괴라는 건 꽤나 그럴듯해 보였다. 알고 보니 그건 함정에 빠진 것이다. 나의 모든 노력은 연쇄 유괴를 타당하게 만들기 위한 궁색한 변명에 지나지 않았다. 인물의 정서나 감정 따위가 들어올 틈이 없었다. 그저 어떻게 하면 이 스토리의 구멍을 안 들킬 수 있을까 정도였다.

나는 시나리오를 쓸 때 비교적 스트레스를 덜 받는 타입이다. 그런데 이 아이템을 잡고 처음이자 마지막으로 안 좋은 생각이 들었다. 정체기에서 벗어날 수 있었던 것은 첫 신부터 아마존이 나오는 시나리오를 쓴 동기 녀석의 한마디 덕분이다. "야 이거 맞유괴 어때?" 그는 별 생각 없이 맞유괴라는 단어를 던졌고 나는 역시 쿨하게 "그게 뭐가 재밌냐!"라고 받아쳤다. 그리고 다시 시나리오를 고치기 시작했다. 연쇄유괴가 아닌 맞유괴 시나리오로. 그제야 인물의 감정이 만들어지기 시작했다. 역시 아마존 시나리오를 쓴 친구는 위대했다.

한국영화아카데미에는 몇 주 간격으로 신랄한 비판이 오가는 시나리오 심사기간이 있다. 무더운 여름이 지날 때까지 시나리오 심사의 주된 테마는 '그래서 왜 그 나쁜 놈이 이런 짓을 하는 거냐!'였다. 반년이 넘도록 성혁의 범행 동기가 모호한 시나리오로 시나리오 심사에 나가는 나도 성혁만큼이나 무책임한 놈이었다. 사실 성혁의 범행 동기는 관심 밖이었다. 마지막에 그냥 그럴 듯한 이유를 붙이면 되는 문제로 여겼다. 성혁의 범행동기만 생각하면 머리가 아파서 시나리오를 옆에 제쳐 두었다. 강이관 감독님이 말했다. 아이디어가 중심이 된 시나리오는 힘들다고. "아이디어라는 것은 시간이 지난다고 나오는 게 아니다. 쥐어짠다고 나오는 것도 아니다." 그런 시나리오를 쓴다는 것은 고통스럽다. 그러나 너무 멀리 왔다. 돌아 갈 수도 없다. 우선 범행동기 만드는 일을 더 미뤄보기로 했다.

유괴를 가지고 코미디를 하겠다는 마음이 있었다. 그러나 자식을 찾기 위해 울부짖는 부모를 이용해서 웃음을 유발시키다 보니 시나리오를 쓰면 쓸수록 나쁜 영화가 되어가고 있다는 판단이 들었다. 두려웠다. 자연스럽게 이야기는 가볍고 유쾌한 맛을 잃어가고 진지하고 처절하게 변해 갔다. 시나리오는 스릴러 장르에 가깝게 변하고 있었다. 그러나 스릴러에서 스릴을 찾을 순 없었다. 그때 알았다. 긴장감으로 관객을 쥐락펴락하는 재능은 나에게 없다는 것을. 그리고 영화의 구조를 가지고 궁금증을 만들어내고 관객을 영화에 몰입시키는 능력도 없다는 것을. 그건 내가 할 수 없는 영역이다. 아직까지는.

선택의 순간이 다가왔다. 긴장감 없는 스릴러를 밀고 나가야 하는 것인가. 아니면 위트와 블랙 유머로 채워진 시나리오로 다시 선회해야 하는 것인가. 선택의 순간이라는 문구를 썼지만 벌써 마음은 후자 쪽으로 기울어 있었다. 오승욱 감독님은 후자의 경우가 훨씬 힘들고 고난의 길이라며 호불호가 갈리는 영화가 될 거라고 말씀하셨다. 얼마나 아름다운 말인가. 호불호. 난 아주 신이 났다.

날이 추워지면서 시나리오 작업도 마지막을 향해 달려가고 있었다. 마지막 멘토링 시간, 몇 시간에 걸쳐 오승욱 감독님과 시나리오를 함께 읽었다. 몇 가지 문제점은 있었지만 그런대로 만족할 만한 시나리오라고 말씀해 주셨다. 이제 잘 찍는 것만 생각하라고 했다. 장편제작연구과정을 겪고 영화를 완성해 놓은 지금 생각해 보면 오승욱 감독님과 몇 달간 멘토링 수업을 진행한 것이 내 부족함을 깨닫는 좋은 기회가 되었던 것 같다. 제일 많이 배운 시간이었고, 인생에서 두 번 다시 만날 수 없는 아름다운 순간이었다.

# 04
## 식구의 탄생

시나리오에 제목도 붙지 않았던 시절. 그러니깐 그저 '유괴범'이라는 제목으로 불리던 시절, 크랭크인 날짜가 대략 잡혔다. 이때부터는 시나리오에만 매달릴 수 없는 상황이었다. 우선 프로듀서가 없는 상황이기 때문에 온갖 방법을 동원해 능력 있는 프로듀서를 수소문했다.

어느 날 지인의 소개로 고대석 프로듀서를 만났다. 얼굴 잘생긴 사람에 대한 근거 없는 불신과 악감정이 있었지만, 그는 잘생긴 외모치고는 성격이 참 괜찮았다. 그는 얼마 전 엎어진 영화 때문에 힐링이 필요한 시기라고 했고, 나는 사람을 힐링시키는 데 일가견이 있다고 답했다. 고대석 프로듀서와 한 팀이 된 우리는 거칠 것이 없었다. 준비된 게 하나도 없었지만 왠지 모르게 든든했다. 고대석 프로듀서를 중심으로 차근차근 문제를 풀어 나갔다. 그는 참 괜찮은 사람이었다.

촬영감독은 아카데미 동기 강민우가 맡기로 했다. 그는 너무 장시간 준비만 해서인지 따분함이 극에 달한 것처럼 보였다. 반년을 시나리오 모니터링 요원(?)으로 활동한 사람답게 그의 모니터링은 예리했고 정확함을 더해갔다. 조금이라도 말이 안 되는 부분은 없는지 알고 싶으면 일단 그를 찾으면 됐다. 그는 참 괜찮

왔다.

대학 후배들을 반강제적으로 불러 연출부를 꾸렸다. 제작팀과
촬영팀, 미술팀 등 영화 제작실에 식구들이 하나둘 늘어갔다. 푸
드 코트에서 함께 6천 원 이하의 밥을 나눠 먹으며 차근차근 영화
제작을 준비했다. 날씨가 점점 추워지고 있었다.

# 05
## 듣기만 해도 소름 돋는 아역 캐스팅

시나리오 특성상 아역 캐스팅이 영화의 성패를 좌우한다고 해도 과언이 아니다. 비중 있는 아역 세 명이 등장하기 때문에, 또 역할 자체가 쉽지 않기 때문에 아역 캐스팅에 공을 들였다.

원체 대충 넘어가기 좋아하는 성격임에도 불구하고 희정, 정식, 석주 세 명을 캐스팅하는 과정만 보면 어느 누구보다 예민하고 예리했다. 희정 역할에 관해서는 별로 걱정하지 않았다. 유해정 양이 있었기 때문이다. 예전에 유해정 양이 주인공인 영화에서 연출부를 했기 때문에 해정 양이나 해정 양 부모님을 잘 알고 있었다. 물론 오디션에서 많은 아이들을 보긴 했지만 역시나 유해정 양만큼 임팩트 있는 아역배우를 찾는 것은 어려웠다. 실은 시나리오 쓸 때부터 대사나 움직임까지 유해정 양을 떠올리며 쓰기도 했다. 희정 역은 더 이상 고민할 것도 없이 유해정 양이었다.

정식 역은 시나리오 단계까지만 해도 굉장히 똑똑한 캐릭터였기 때문에 상황을 이해하는 아이가 있으면 좋겠다고 생각했다. 하지만 역시나 그것은 무리였다. 일곱, 여덟 살 아이들을 하루에 수십 명씩 오디션하다 보면 개개인마다 실력 차이가 있다고 해도 아이들이 하는 연기는 거의 똑같다. 나중에는 누가 잘하고 못하는지 헷갈린다. 아이들은 배운 것을 그대로 하기 때문에 우는 연기를 해놓고 왜 울었냐고 물어보면 그냥 어디서 배웠다고 대답한다.

그래서 몇 명을 추려 2차 오디션을 볼 때는 즉흥적으로 다른 것을 시켜봤다. 그런 과정을 거쳐 정식 역의 노강민 군을 발견했다. 워낙 경험도 많았던 친구라 우리를 홀리는 법을 알고 있었고, 무엇보다 말귀를 잘 알아들었다. 너무 감동스러웠다. '이렇게 한 번 해볼래?'라고 물으면 자신의 의견을 얘기하고 이를 연기로 뱉어냈다. 정말 유일무이한 아역이었다. 노강민 군과는 말 그대로 소통할 수 있었다. 노강민 군은 현장에서도 모든 스태프들의 마음을 빼앗았다. 무서운 친구였다.

석주 캐스팅은 어려웠다. 전모(주인공) 다음으로 많은 회차에 출연해야 하며 거의 모든 회차에서 우는 연기를 선보여야 한다. 연기의 90퍼센트가 우는 연기라고 해도 과언이 아니다. 눈물 연기에 능한 아이들은 오디션에서 무척이나 많이 만났다. 그냥 우는 아이들이었다. 역할 자체가 유괴를 두 번이나 당한 아이였기 때문에 슬퍼서 서럽게 우는 얼굴이 아닌 경기를 일으킬 정도로 강한 연기를 선보이는 아역배우를 찾았다. 없었다. 당연한 일이다. 사실 있을 수가 없었다.

염준혁 군은 연기 경력이 전무하다시피 했고 오디션 시간에는 치어 리딩을 보여줬다. 그 치어리딩에 반한 건 아니지만 왠지 마음에 들었다. 정확히 얘기하자면 염준혁 군은 슬퍼 보였다. 촬영 현장에서도 집에 두고 온 동생이 보고 싶다며 슬픈 얼굴의 석주를 맘껏 연기했고, 그런데도 게임기만 들면 동생을 하나도 안 보고 싶어 했다. 아역배우를 이해하기엔 확실히 내 깜냥이 부족했다.

아역배우 캐스팅을 잘하는 비법은 따로 없는 것 같다. 시간이 많다면 무조건 많은 아이들을 오디션 하는 것이 좋겠지만 우리는 항상 시간과 사투를 벌이는 형편이라 무턱대고 오디션만 볼 수는 없는 노릇이다. 다시 저예산 장편영화에 비중 있는 아역을 캐스팅해야 하는 순간이 온다면 이를 어떻게 풀어갈 것인가. 나의 대답은 능력 있는 프로듀서에게 기대는 방법이 제일인 것 같다. 다른 영화에서 놀라운 연기를 펼친 아역을 캐스팅하고 싶다고 해봤자 이루어지지 않는다. 아역 캐스팅이 마무리되고 나니 영화가 끝난 것 같은 후련함이 들었다. 그러나 언제나 그랬듯 아직 우리는 영화를 시작도 못했다. 크랭크인이 점점 다가오고 있었다.

# 06
## 모든 문제는 콘티 없는 부분에서

부끄러운 이야기지만 단편을 여러 편 찍으면서 제대로 콘티작업을 해본 경험이 없다. 이번엔 처음으로 장편을 준비해야 하니까 콘티 없이 현장에 나가는 것은 상상만 해도 무서운 일이었다. 촬영감독과 함께 세세하게 콘티작업을 하기로 했다. 그러나 콘티작업을 시작한 지 얼마 지나지 않아 콘티가 문제가 아니라 시나리오가 문제라는 것을 깨달았다. 거의 다 됐다고 믿었던 시나리오가 콘티를 그리다 보니 발등을 찍었다. 콘티작업을 멈췄다. 다시 시나리오를 고치기 시작했다.

결과적으로 콘티에 투자하기로 한 시간을 다시 시나리오에 투자했고, 콘티에는 반 밖에 시간을 쓰지 못했다. 콘티 없는 신이 있었지만, 어쩔 수 없이 크랭크인을 맞이했다. 물론 대책은 있었다. 중간 중간 촬영이 없는 날 모여 콘티작업을 하자고 계획을 세웠다. 물론 자신이 있었다. 그러나 촬영 현장은 너무 피곤했다.

회차가 없는 날 콘티작업을 하겠다는 계획이 판타지처럼 아련하게 느껴질 즈음 드디어 '콘티 없이' 촬영하는 날이 찾아왔다. 물론 그려진 콘티가 없다는 말이지 어떻게 찍을지는 나와 있었다. 문제는 나와 촬영감독만 알고 있다는 것이다. 그나마 촬영감독이 재기를 발휘해 찍을 컷의 순서를 즉석에서 잘 짜냈지만 다른 스태프들과의 소통에 문제가 많았다. 콘티가 명확히 없다는 것은 스태프들을 수동적으로 만들고 당연히 촬영속도가 느려진다. 못 찍는 컷이 생긴다. 또 치밀하게 디자인이 안 되어 있는 신들은 결과적으로 재미가 없다. 한숨이 자주 나오고 오늘 뭘 찍었는지 스스로에게 질문을 던지는 시간이 많아진다.

크랭크인 전날 한숨도 못 잤지만 컨디션은 최상이었다. 첫 컷은 전모가 첫 번째 유괴에 실패하고 슈퍼 앞에서 물을 마시는 장면이 었다. 온갖 사건을 치르고 잠시 쉬어가는 신. 부담 없는 장면이라 생각했기 때문에 첫 회차로 잡아 놓았다. 테이크 몇 번 안가고 진 행하리라 다짐했지만 앞으로의 고난을 예고하듯 오케이 컷은 한 참 걸렸다. 두 컷을 찍는 데 세 시간이 소요됐다. 이제부터 진짜 전쟁이었다. 자연재해를 제외하고 절대 회차가 늘어나면 안 되기 때문에 잠시도 멈출 수 없었다. 빠른 결단이 요구되었다.

빠른 결단으로 해결 안 되는 것은 '눈'이었다. 제작백서를 쓴다 고 했을 때 주변에서 '눈' 얘기만 해도 1백 장은 쓰겠다고 말하는 사람이 많았다. '눈'이 발목을 잡았다. 촬영시간 절반을 눈 치우는 데 허비한 날도 있었고, 촬영시간 절반을 눈에 빠진 트럭을 꺼내 는 데 쓴 적도 있었다.

이래서 스태프를 잘 만나야 한다. 우리 스태프들은 '파이팅'이 넘쳤다. 피곤한지 아닌지 파악하지 못할 정도로 밝고 체력이 좋 았다. 원체 긍정적인 내가 지옥에 들어간 표정으로 돌아다닐 정 도로 피곤한 상황이었지만 우리 스태프들은 항상 '파이팅'이 넘 쳤다.

날씨가 스케줄을 맞추는 데 방해가 되긴 했지만 제작에 문제되지 않는 한에서 촬영이 진행되고 있었다. 그러나 의외로 내 체력에 문제가 생기기 시작했다. 이것을 체력이라고 해야 할지 모르겠지만 점점 판단력이 흐려지고 있었다. 빠른 판단이 요구되는데 멍한 상태가 지속되는 상황이 종종 발생했다.

장편영화를 처음 작업하는 연출자는 국제 대회에 첫 출전한 야구팀의 신인 포수 같다. 뭔가 열심히 하지만 전체를 보지 못하고 투수가 던지는 공을 받는 것도 버거운 상태다. 허둥대고 있다는 것을 들키면 상대팀에 약점이 잡힌다. 모든 에너지를 총동원해 태연하게 보이도록 노력해야 한다.

현장에서 가장 힘든 것은 감당이 안 된다는 생각이 스스로 들 때였다. '내가 지금 뭘 찍고 있지?' 스스로 묻게 되는 상황이 몇 차례 있었다. 대개는 준비가 덜 되어 있거나 확신이 없는 신을 촬영할 때 이런 현상이 빚어지곤 한다. 모든 신에 확신을 가지고 생각한 그림을 현장에서 찾으면 좋겠지만 찍어 봐야 아는 신들이 있기 마련이다. 더 나아가 편집을 해봐야 알 것 같은 느낌이 들 때도 있다. 정신은 놓았지만 촬영은 진행되고 있다. 감당이 안 될 땐 '스톱'을 외치고 잠시 촬영을 중단시키라고 배웠지만 궁지에 몰린 연출자가 이를 선택하는 건 어려운 일이다. 편집실에서 후회는 극대화된다. 그때 왜 '스톱'을 외치지 못했는가.

# 08
## 영화는 편집의 예술

촬영이 끝나고 한계를 맛보았던 싱크 맞추기도 끝났다. 열흘 정도 후에 첫 번째 편집심사가 기다리고 있었다. 첫 편집본을 보면 대개 이 영화의 운명을 알 수 있다. 물론 다듬어지지 않아 거친 편집본이지만 최종 편집본까지 이어지는 과정에서 영화에 대한 인상 자체가 달라지는 건 아니다. 첫 번째 심사에 맞춰 편집본이 나왔다. 러닝타임 2시간 40분. 시나리오 순서대로 이어 붙인 말 그대로 순서편집본이었다.

상영이 끝나고 불이 켜졌다. 소극장 안은 욕설 섞인 웃음소리로 가득했다. 신기한 경험이었다. 욕설과 폭소가 공존하다니. 나는 모두에게 지옥을 경험하게 해준 것이다. 기억나는 심사평 몇 마디만 적자면 '15분으로 줄이자', '죽이고 싶다', '추운데 고생했다' 등등. 결국 여기까지인가, 좌절감이 앞섰다.

보통 이 정도의 반응을 받은 연출자는 좌절감에 허덕이기 마련이지만 나는 워낙 낙천적이다. 다음날부터 다시 편집실에서 살기 시작했다. 시나리오 단계부터 잘못되어 있던 부분이 발견되었고, 촬영 시 잘못 찍은 것도 상당했다. 연기가 어색한 부분이 많았고, 한마디로 버릴 부분 투성이었다. 이제부터 진정한 편집의 시작이다.

나는 누가 독립장편영화를 찍는다고 하면, 또 그 작품이 유작이 아니라는 확신이 든다면, 꼭 편집을 직접 해보라고 권하고 싶다. 특히 나처럼 자신이 영상에 약하다고 생각하는 감독이라면 강력하게 직접 편집하는 것을 권한다. 편집을 직접 해서 작품이 더 좋아지는 것은 아니다. 그러나 장기간의 편집과정에서 배울 수 있는 것들이 너무 많다. 장편영화를 몸에 익히기 가장 좋은 방법이다. 시나리오 작업과 촬영에서 예상하고 기대했던 부분이 편집에서 어떻게 망가지는지 낱낱이 보고 느낄 수 있다. 다음에 다시 작품을 하게 된다면 시나리오에서 예상했던 부분과 실제 편집이 끝났을 때의 결과물 사이, 간극을 좁힐 수 있겠다는 자신감이 생긴다. 편집을 직접 안 했다면 다음에 작업할 때 지금 아는 것을 모르고 또 다시 작품을 찍고 있을 것 같아 오금이 저린다.

나는 지옥에서 편집을 시작했다. 이 영화가 태어나지 못할 것 같다는 생각이 많이 들었다. 매일매일 자괴감과 싸웠다. 그리고 절망 속에서 어떤 길이 보이고 맨땅에 헤딩하는 자세로 시도하고 실패했다. 이 과정이 얼마나 값진 일인가는 더 이상 말하지 않아도 좋을 것 같다. 지금은 쿨하게 이야기하지만 그 당시에는 정말 고된 일이었다. 이런 과정을 통해 영화를 비로소 지옥에서 건져 냈다.

# 09
## 영화는 영상 반 소리 반

우여곡절 끝에 편집작업을 마무리하고 음악 작업과 사운드 믹싱 작업이 남았다. 음악은 프리 프로덕션 때부터 같이 작업하기로 했던 이은정 음악감독이 맡았다. 편집 때 내가 너무 자괴감과 싸워야 했던 터라 음악에 신경을 못 쓴 것이 큰 실수였다. 몇 차례 편집본이 음악감독에게 넘어가고 미팅을 했지만 많은 이야기를 하기엔 시간이 턱없이 부족했다. 최종 편집본이 넘어가고 얼마 지나지 않아 음악이 하나씩 나오기 시작했다.

영화를 만들어 본 사람이라면 공감하겠지만 편집을 할 때 흔히 가이드 음악을 넣어 진행한다. 그리고 착각을 한다. 원래부터 영화에 나오는 음악이라고. 수천 번 들었기 때문에 음악도 너무 좋게 느껴진다. 대형기획사의 전법 같은 것이다. 그렇기 때문에 막상 음악감독이 만든 음악을 들으면 낯선 느낌을 받는다. 갑자기 판단력이 흐려진다.

음악감독과의 대화는 가이드 음악을 중심으로 풀어내는 것이 가장 좋은 것 같다. 그렇지 않으면 각자 느낌을 맞추는 데 한참 걸린다. 음악작업을 할 때 즈음 되면 데드라인의 압박 속에서 촉박하게 작업이 이루어지기 때문에 뜬구름 잡는 시간을 줄이자는 의미다. 안타깝게도 나와 음악감독은 뜬구름 잡는 소리를 너무 많이 했다.

음악은 계속 만들어졌지만 내가 생각했던 것과 너무 달랐다. 이 간극을 좁히기 위해 많은 시간을 썼다. 그러다 보니 마감시간에 쫓겼다. 이대로 진행하다가는 마감시간을 못 지킬 것이 분명했다. 나는 결단을 내렸다. 다른 음악감독을 영입해 분업을 제안했다. 곤란한 제안이었지만 받아들여 주었다. 그래서 긴급히 영입하게 된 사람이 구본춘 음악감독이다.

구본춘 음악감독은 꽤 오래 전부터 알던 사이였고, 나의 절실한 부탁을 들어줬다. 타이밍이 절묘했다. 그는 막 〈잉투기〉 작업을 끝낸 상황이었다. 두 음악감독과 작업할 때의 장점은 음악감독 각자의 장점을 살려 적재적소에 퀄리티 높은 음악을 만들어낼 수 있다는 것이다. 반대로 단점은 음악의 통일성이 깨지는 것이다. 〈보호자〉의 경우는 음악의 통일성에서 얻을 수 있는 것이 비교적 적다고 판단했다. 책임감 강한 두 명의 음악감독과 작업한 것은 결과적으로 영화에 큰 이득이 되었다고 생각한다.

사운드 믹싱 작업은 충남 테크노파크 송영호 기사님과 함께 했다. 유쾌한 첫 인상. 믹싱 작업이 끝날 때까지 믹싱실에선 웃음이 끊이지 않았다. 믹싱실이 약간 멀리 있다는 것 빼고는 모든 것이 완벽했다.

나는 사운드 믹싱을 할 때 믹싱 기사의 의견에 귀를 기울이라고 강조하고 싶다. 믹싱하는 분마다 스타일이 다른데 말이 없으신 분이라면 계속 질문을 하고 말이 많은 분이라면 그 이야기를 잘 듣는 것이 좋다. 믹싱하는 분들이야말로 가장 영화를 객관적으로 본다. 그들의 말을 잘 듣고 취할 수 있는 것들은 최대한 자기 것으로 만들어야 한다. 나는 특히 사운드 부분에서 아는 것이 없었고 의견 자체가 모호해서 믹싱기사님 의견을 최대한 반영했다.

어쩌다 보니 몇 신 정도 동시 사운드를 잃어버린 부분도 있었다. 영화 전체가 거의 전화통화로 이루어져 있다시피 했기 때문에 믹싱 작업을 거치고 나니 새 옷을 입은 느낌이었다. 약간 아쉬운 점은 사운드에 대한 정확한 디자인과 견해가 있었다면 영화가 좀 더 달라지지 않았을까 싶었다. 영화는 영상 반 소리 반인데 반쪽에 대한 고민이 너무 적었다는 반성을 많이 했다.

# 10
## 시작과 끝은 항상 같은 출발점

이제 빼도 박도 못하게 되었다. 완성이다. 후련함은 없었다. 아쉬
움도 없었다. 너무 장기간 편집을 진행했더니 현장 기억도 가물
가물했다. 원체 추위를 안 타는 스타일이지만 촬영 때는 동상에
걸리기도 했다. 그리고 너무 더운 날 에어컨이 고장난 녹음실에
서 녹음을 한 적도 있다. 시나리오 작업부터 프리 프로덕션을 할
때까지 나는 나이를 두 살이나 더 먹었다. 아카데미에 입학할 때
부터 장편제작연구과정을 꼭 하고 싶었고 결국 그 과정을 거쳤
다. 스태프들, 배우들과 함께 〈보호자〉를 보았다. 그간의 추억을
이야기하는 자리도 마련됐다. 모든 게 다 추억이었다.

한국영화아카데미 장편제작연구과정은 꽤 매력적인 프로그램
이다. 멘토링과 심사는 이곳 아니면 쉽게 경험할 수 없고 이 과정
을 통해 얻는 것이 너무 많다. 혹시 이 글을 읽는 사람 중 장편제
작연구과정을 염두에 두는 사람이 있다면 꼭 도전해 보라고 강력
하게 권하고 싶다. 그만큼 괜찮은 과정이다. 그러나 어느 정도 욕
먹을 것도 각오해야 한다. 그래도 어차피 유원상보다는 욕을 덜
먹을 것이 확실하다.

# 강민우
## 촬영감독의
### 이야기

# 01
## 연출의 마음을 이해하다

처음 만난 장편 시나리오의 제목은 'Night of Creeps'였다. 영화
제목을 차용한 시나리오에는 참으로 표현하기 어려운 내용이 들
어 있었다. 2012년 2월, 이 영화를 찍기로 하고 연출자 유원상에
게 전화를 걸었다.

아이를 유괴당한 아버지가 유괴범에게 휘둘리면서 벌어지는
이야기를 담은 이 시나리오에는 표현해야 할 요소들이 너무 많았
다. 5천 만 원의 예산으로 가능한 것인가, 의구심이 먼저 들었다.
하지만 그 안에서 느껴지는 아이러니와 인간적인 느낌이 너무 좋
았다. 연출자와 이야기를 많이 나눈 부분도 바로 그 지점이다. 스
릴러 구조를 가지고 있지만 장르적인 부분을 강조하지 말자고,
너무 감정에 빠져 억지를 자아내는 영화는 만들지 말자고 합의했
다. 여러 가지 요소를 많이 담고 싶었던 시나리오는 갈수록 어려
워지는 느낌이었고, 공간이나 레퍼런스에 관한 이야기는 조금 뒤
로 미루고 시나리오에 대한 이야기를 많이 나눴다.

한국영화아카데미 장편제작과정으로 채택된 것이 3월인데 첫
스태프 회의는 거의 9월 중순에 들어갔다. 기나긴 6개월의 시간
동안 가장 도움이 되었던 것은 오승욱 감독님과 함께 한 멘토링
수업이었다. 사실 연출자는 시나리오 멘토링을 받고 촬영자는 촬

영 멘토링을 받는 게 보통인데, 이제 와서 생각해 보면 내게 가장 도움이 되었던 수업은 시나리오 멘토링이었다. 시나리오 멘토링 수업에 연출자와 함께 참여하면서 이 시나리오가 가지고 있는 본질적인 모습과 연출자가 정말 하고 싶은 이야기를 파악하는 데 도움이 됐다. 어설프게 레퍼런스를 찾거나 그림에 대해 이야기하고 싶은 욕망을 누르고 프리 프로덕션에 들어가기 전까지 끈질기게 연출자와 시나리오 이야기를 많이 나눴던 것이 이후 〈보호자〉를 촬영하는 데 큰 도움이 되었던 것 같다. 하지만 촬영자로서 6개월의 시간을 마냥 기다리는 건 솔직히 힘든 일이다. 얼마나 조바심이 많이 일었는지 모른다. 그만큼 기대가 크기도 했다. 혼자 레퍼런스나 여러 영화들을 찾아보았다. 영화를 찍으려면 체력이 좋아야 한다는 생각으로 헬스장도 다녔다.

영화의 골격은 거의 그대로였지만 제목은 바뀌었다. 'Night of creeps'에서 '유괴범'으로, '유괴범'에서 다시 '창백한 피'로, 그리고 몇 번의 제목을 거쳐 결국 '보호자'로 안착했다. 당시에는 거의 한 달에 한 번씩 제목을 바꿨던 것 같다. 그런 산고 끝에 〈보호자〉가 내 인생 첫 장편영화의 제목이 되었다. 지금 컴퓨터 앞에서 부산국제영화제에 보낼 첫 장편영화 〈보호자〉의 DCP를 만들며 이 글을 쓰고 있다. 한없이 부끄럽고 부담스러운 영화를 이제 보내줘야 할 것 같다.

## 02
### 지루하지 않은 롱테이크 만들기

긴 시간 시나리오를 연구하면서 이 이야기는 어떤 구조를 가지고 있나, 어떤 장르가 적당할까, 촬영은 어떻게 접근하는 것이 좋은가, 끊임없이 많은 생각을 했다. 연출자의 필모그래피 중 〈910712 희정〉이라는 영화가 있다. 개인적으로 너무 인상 깊게 본 영화인데, 그 영화에서 느껴지는 느낌과 〈보호자〉의 스타일 차이가 커서 고민을 많이 했다.

기본적으로 연출자는 인물 묘사를 통해 감정에 자연스럽게 들어가는 방법을 선호한다고 느꼈다. 그러나 특정한 사건이 벌어지고, 누군가 유괴당하는 큰 사건이 있는 우리 영화에서는 장르적인 문법을 조금은 따라갈 필요가 있었다. 단, 뻔한 방법을 따라가는 것은 너무 일차원적으로 접근하는 것이라고 생각했다. 오히려 장르적인 문법을 최소화하고 인물과의 거리를 두면서 고전적인 방법을 택하는 것이 이 시나리오에 제일 적합할 것 같았다. 커버리지보다 마스터 숏(Master Shot 신 전체를 똑같은 각도와 화면 크기로 컷 없이 찍는 것)에 더욱 신경을 쓰면서 숏의 길이를 짧지 않게 가기로 했다. 또 시간이 촉박할 때는 두 대의 캠을 이용하기로 했다.

연출자는 자연스러운 연기를 끌어내기 위해 컷을 쪼개지 말고 원 신 원 컷 같은 느낌으로 가기를 원했다. 컷 길이가 길어지는 게 다소 걱정되기도 했지만, 나 또한 롱테이크가 이 영화와 잘 어울린다고 생각했다. 다만 신 길이가 길어지면 영화의 호흡 자체가 늘어질 수 있기 때문에 걱정이 많았다. 이 부분을 가장 신경 쓰면서 촬영했기 때문에 트랙을 적극적으로 사용한 측면이 많다. 대사가 많은 시퀀스에서 같은 OS숏이 반복되지 않게 계속 흐르는 트랙을 사용했고, 인물들이 가만히 앉아 대사를 치고 카메라는 옆으로 흐르는 느낌을 주었다. 인물들은 의식하지 못하는데 상황이 계속 진행되는 듯한 느낌을 살렸다. 커버리지를 따로 촬영하지 않으면서 인물들의 다양한 동선과 행동을 보여 주려 했는데, 멈추지 않는 트랙 숏은 영화 속 인물들의 아이러니한 상황을 표현하는 데 도움이 되었다.

제일 고민을 많이 했던 장면은 통화 신이었다. 〈보호자〉에는 유난히 통화 장면이 많다. 그 많은 통화 장면을 어떻게 표현해야 할까, 고민이 많았다. 영화 속 통화 장면만 따로 찾아보기도 하고, 다른 새로운 촬영은 없을까 고민하기도 했지만 특별히 뾰족한 수는 없었다. 통화 장면을 표현하기 위해 다양한 컷과 앵글을 고민했는데 영화의 방향과 맞지 않는다는 생각이 들었다. 아예 원 신 원 컷으로 통화 장면을 찍는 것이 맞다고 생각했고, 너무 긴 통화 신은 사이즈를 한두 개 정도 나눠 커버리지로 찍기로 했다.

보호자

# 03
## 최고의 팀을 만나다

결국 영화는 사람이 만드는 것이다. 이런 독립영화 사이즈에선
한 사람 한 사람이 정말 중요하다. 한 사람이 더 다양한 부분에서
활약하고 힘을 써줘야 하기 때문이다. 그래서 저예산 영화를 만
들 때는 영화와 사람을 대하는 마인드가 가장 중요하다. 촬영팀
을 꾸릴 때도 나와 한 달 넘게 동고동락하며 즐겁게 촬영할 수 있
는 팀을 찾기 위해 노력했다. 다행히 내가 가장 즐겁게 일할 수
있는 멤버들을 구하는 데 성공했다. 나중에 다른 영화에 참여할
때도 이 멤버로 계속 갈 수 있으면 좋겠다는 생각을 많이 했다.
포커스를 해준 조형래는 아카데미 한 기수 선배일 뿐 아니라 제
작연구과정 5기 때 〈누구나 제 명에 죽고 싶다〉를 촬영한 경험이
있다(그때는 내가 포커스풀러로 참여했다). 이미 경험해 본 과정을
다시 하는 것이라 열정이 떨어질 수 있는 상황인데 자기 작품처
럼 열심히 도와준 조형래에게 고마움을 많이 느꼈다. 또 촬영부
는 건대 출신의 정지윤, 박예솜으로 꾸렸다. 둘은 우리 영화에 정
말 큰 힘이 되어 주었다. 항상 즐거움을 잃지 않고 최선을 다하는
모습을 보면서 배우들까지 두 사람을 칭찬했다. 특히 지윤이는
촬영팀 세컨드를 하면서 그립을 도맡아 했고, 카메라 2대를 운영
할 때는 직접 촬영까지 하면서 여러 가지 상황에 따라 나를 잘 도

와주었다. 예솜이는 현장 분위기를 이끌고, 막내로서 할 일과 데이터매니저 역할을 동시에 하면서 바쁘게 동분서주했다. 아마 세 사람이 없었다면 대체 촬영을 어떻게 진행했을지 상상이 안 된다.

이 영화에는 다양한 무브먼트가 필요하다고 생각했다. 콘티상에도 거의 매일 그립 신이 있었기에 그립팀을 상주시키고 싶었지만, 그럴 만한 예산이 없었다. 그래서 꼭 필요한 날만 선택해서 그립팀을 부르기로 했다. 예전에 같이 현장에 있었던 그립광의 박찬희 팀장님에게 전화를 걸었고, 팀장님은 흔쾌히 참여를 허락해 주었다. 현장에는 주로 민경만과 정광훈이 나왔는데, 둘 다 다른 스케줄이 없을 때는 계약한 것보다 많이 나와 도와주었다. 시나리오상 로케의 어려움이 있었던 숲속과 굴다리 장면에선 그립팀이 없었다면 다양한 무브먼트 연출이 불가능했을 것이다.

가장 고민했던 부분은 조명감독을 섭외하는 일이었다. 당연히 좋은 조명감독을 섭외하는 것이 좋겠지만, 장편제작연구과정은 조명기사에게 가장 최악의 여건이라는 느낌이 들었다. 장편인데 공간마다 찍을 분량이 많기 때문에 조명을 칠 시간도 없을 뿐더러 예산 때문에 발전차를 부를 수도 없다. 미안한 마음을 가지고 조명감독을 섭외하던 중에 어렵게 유석문 조명감독을 만났다. 이미 현장에서 오랜 경험을 쌓았을 뿐 아니라 장편제작연구과정의 다른 프로젝트를 끝내자마자 〈보호자〉에 합류하게 되었기 때문에 이 프로젝트에 대해 누구보다 잘 이해하고 있었다.

유석문 조명감독과 함께 신을 분석하고 콘셉트에 대해 이야기를 나눴던 것은 굉장히 즐거운 경험이었다. 아쉬웠던 것은 프리 프로덕션을 함께 할 수 있는 시간이 많지 않아 디테일한 부분까지 상의하지 못했다는 것이다. 다행히 우리 영화는 낮 신이 많았고, 조명감독이 나보다 경험이 많은 편이라 의지하면서 갔던 부분이 많다. 디테일하고 작은 조명보다 우리가 가지고 있는 조명 안에서 크고 하드하게 조명한 부분들이 마음에 들었다. 또 이런 설정이 우리 영화와 잘 맞았다. 짧은 프리 프로덕션 때문에 힘들었지만, 시나리오와 현장을 잘 이해해 준 유석문 조명감독 덕분에 힘을 낼 수 있었다.

# 04
## 알렉사, 오 마이 알렉사

개인적으로 나는 카메라의 성능보다 카메라의 개성을 중시하는 스타일이다. 학교 측이 가지고 있는 여러 가지 카메라 중 내가 마음에 들어했던 것은 알렉사였다. 알렉사는 풍부한 색감과 좋은 감도를 가지고 있을 뿐 아니라 전체적으로 따뜻한 색감과 소프트한 느낌을 유지한다. 시나리오는 유괴에 관한 어두운 이야기이지만, 아이러니에 대해 다루는 영화이기도 하기 때문에 전반적으로 화면이 따뜻해 보이기를 원했다. 눈이 많이 나오는 부분은 후반작업에서 차갑게 바꾸는 것이 좋을 것 같다고 생각했다.

시나리오상에서 두 인물이 다른 공간, 같은 상황에 처하는 신들이 몇 개 있는데, 공간 자체가 주는 매력이 많지 않아 카메라를 다르게 가면 재미있을 것 같다는 생각이 들었다. 그래서 영화의 전체적인 촬영은 알렉사로 진행하면서 전모의 딸을 납치한 진수가 나오는 장면은 레드 카메라로 진행하기로 했다. 원래 시나리오대로 짧은 교차편집을 진행했다면 카메라의 특성과 질감이 더욱 날카롭게 다가왔겠지만, 아쉽게도 교차편집이 이뤄지지 않아 조금 다른 느낌만 남은 것이 아쉽다.

A캠 카메라의 선택은 쉽고 단순했지만 알렉사로 촬영할 때 B캠으로 운영할 수 있는 카메라를 찾는 것이 문제였다. 레드 카메

라는 학교에 MX와 스칼렛이 있었기 때문에 A, B캠으로 사용하는 것에 아무 문제가 없었다. 알렉사와 레드 MX로 촬영하고 후반작업 때 톤을 맞추는 방법이 있었지만 공간마다 카메라를 다르게 촬영했는데 또 다른 카메라가 섞인다는 것이 별로 마음에 들지 않았다. 그러다가 학교에 있는 F23카메라의 S-Log라는 감마가 알렉사의 Log-C와 잘 맞을 것 같다는 생각이 들었다. F23카메라는 알렉사보다 하이라이트가 짧고 비디오 같은 느낌이 강했지만, 갖고 있는 감마의 느낌이 비슷했다. 알렉사와 레드를 섞는 것보다 좋은 결과물이 나올 거라고 생각했다. 물론 레드 카메라는 다른 팀에서 사용 중이었기 때문에 서로의 스케줄을 맞춰가며 사용할 수 있는데, 가끔 우리 촬영팀은 나의 이런 결정 때문에 카메라 4대를 동시에 들고 다닌 적도 있다. 돌이켜 보니 참 미안한 마음이 든다.

촬영자로서 알렉사의 가장 큰 장점은 밸런스라고 생각한다. 카메라 자체가 촬영자에게 주는 편안함은 생각보다 중요하다. 특히 핸드헬드 촬영을 할 때 알렉사의 밸런스는 환상적인데, 특별히 어느 한 곳에 힘을 주지 않아도 내 몸처럼 움직일 수 있다. 특별히 이지릭이나 다른 장비를 쓰지 않아도 어깨에 견착되는 앞뒤 밸런스가 완벽하다고 생각한다. 또 알렉사의 하이라이트는 너무 훌륭하다. 특히 차 신에서 보이는 많은 하이라이트들을 잡을 수 있었고, 몇몇 부분에서 배경 그림이 좋지 않아 억지로 날리기도 했다.

촬영 스케줄이 12월 초에서 1월 중순까지였는데, 야속하게도 해가 너무 짧았다. 해가 높게 뜨지 않아 좋은 점도 있지만, 4시 반만 되면 아파트나 산에 걸리는 그 놈의 태양을 얼마나 저주했는지 모른다. 다행히 알렉사의 고감도와 풍부한 색감은 이런 상황에서도 원하는 룩을 만들어 주었다.

확실히 레드 카메라의 장점은 4K라는 해상도였는데, 편집과정 중 조금 더 공격적인 리사이징을 할 수 있다는 장점도 발견했다. DCP로 마무리되는 장편제작연구과정에서 1080p였던 알렉사의 해상도가 조금 아쉬웠지만, 그럼에도 불구하고 알렉사의 느낌이 이 영화에 잘 어울렸다는 생각에는 변함이 없다(현재 알렉사는 2K로 업그레이드되었고, 코덱스(Codex)나 XT 기종을 쓰면 더 좋은 해상도를 얻을 수 있다).

시나리오를 구체화하면서 가장 어려웠던 장면은 차 시퀀스였다. 우리 영화에 나오는 차종이 1톤 트럭이었기 때문에 보닛이 존재하지 않았다. 보통 차 신에서는 렉카나 카메라 리깅을 이용하는데, 렉카를 부를 수 없는 예산이기 때문에 리깅을 선택할 수밖에 없었다. 보닛이 존재하지 않는 차종의 리깅은 생각보다 손이 많이 가고 앵글에도 한계가 많다. 고민 끝에 그립팀장님에게 자문을 구했고, 그립팀장님은 흔쾌히 트럭에 리깅할 수 있는 방법을 찾아 주셨다. 완성된 모습의 트럭을 보고 환호를 질렀는데, 우리는 그것을 '맘모스'라 불렀다.

쉽게 표현하면 단관 기계 파이프(흔히 '아시바 파이프'라고 부른다) 10개로 만든 보닛이다. 파이프로 차 밑부터 옆면까지 고정해서 안전하게 카메라를 리깅할 수 있었고, 가끔은 내가 직접 파이프 위에 올라가 움직이는 차 위에서 오퍼레이팅하는 것도 가능했다. 단점은 세팅 시간이 길어 한 번 설치하면 차에서 찍을 수 있는 장면을 몰아서 찍어야 한다는 것이다. 처음엔 그립팀에서 세팅을 위해 장비를 들고 다녔지만, 나중에는 아예 1톤 트럭 뒤에다 싣고 다니면서 촬영팀이 직접 맘모스를 설치하곤 했다. 맘모스가 없었다면 영화에 나오는 모든 자동차 장면은 그냥 조수석에서 운전석 옆모습을 찍을 수밖에 없었을 것이다.

흘러가는 시간과 인물, 상황의 아이러니를 위해 여러 신에서 사이드 트래킹을 사용했는데, 영화의 반 이상이 집 내부라 트랙을 깔기 힘든 상황이었다. 그때 사용할 수 있도록 그립팀에서 슬라이드캠을 대여했다. 보통 1.2미터의 작은 헤드를 올릴 수 있는 슬라이드캠이 아니라 2미터의 길이에 150밀리미터 볼 헤드를 쓸 수 있는, 길이가 충분하면서도 폭이 좁은 슬라이드캠이었다. 보관과 운반에 애를 먹었지만 2미터 슬라이드캠은 굉장히 유용했다. 특히 공간이 좁은 아파트 내부에서 특별히 트랙을 깔고 달리를 설치하지 않아도 간단하게 사용이 가능했고, 오퍼레이팅에 조금만 신경을 써서 촬영하면 단시간 내에 트랙의 효과를 낼 수 있었다. 또 눈이 많이 내린 숲속과 산속에서 유용했다. 올해는 생각보다 폭우가 많이 내렸기 때문에 절대적으로 필요한 장비 중 하나였다. 만약 슬라이드캠이 없었다면 매일 눈과 싸워가며 트랙과 달리 등 장비들을 옮기다가 정작 촬영할 시간이 부족했을 것이다.

스테디캠은 정말 매력적인 장비다. 이번 영화에서 꼭 사용하고 싶은 장면이 네 번 있었는데 두 번은 정희성 촬영기사가, 나머지 두 번은 직접 스테디캠을 운영했다. 안정적인 화면이 필요한 장면은 기사님께 부탁하고 조금 러프한 장면들은 내가 직접 촬영했다. 스테디캠이라고 항상 인물의 앞면과 뒷면 등 안정적인 화면만 찍어야 하는 건 아니다. 인물 간의 거리에 변화를 주고 수평

이 틀어졌다가 다시 돌아오는 흔들리는 스테디 숏을 디자인했다. 그런 흔들리는 스테디와 핸드헬드로 찍은 화면을 동시에 교차로 쓰면 좋겠다고 생각했다. 결과적으로 극적인 효과를 만들어 내진 못했지만, 다른 느낌의 숏이 교차로 쓰인 몇몇 순간들로 인해 재밌는 시퀀스가 만들어진 것 같다.

# 06
## 1인당 2대 이상의 카메라를 활용하다

5주 동안 25회차. 찍어야 할 장면은 총 100신이었다. 찍을 것은 많고, 해는 짧고, 시간은 없었다. 멀티캠은 꼭 필요한 장면뿐 아니라 여건만 된다면 항상 사용하고 싶을 정도로 효과적이라는 생각이 들었다. 회차가 진행될수록 디테일한 부분들을 놓치고 간다는 생각이 많았다. 조금씩 B캠의 사용 빈도가 늘어났고, 나중에는 아예 카메라 2대가 항시 대기 상태였다. 나까지 촬영팀 4명을 2조로 나눠 카메라 2대로 앵글을 잡고 촬영을 시작했다. 나중에 몇 번 촬영팀이 자리를 비워 3명이 카메라 2대를 돌리기도 했다. 그럴 때마다 나 자신의 부족함을 많이 느꼈다. 카메라 2대를 더 공격적으로 운영해야 하는데 앵글 하나 맞춰 보는 것도 벅차하는 나를 보면서 아직 멀었다는 생각이 들었다.

차 신에서는 특히 카메라 2대를 항시 사용했다. A캠은 차 밖 맘모스 위에서 창문을 걸고 운전석을 촬영했고, B캠은 조수석에서 운전석을 촬영하는 세팅이 많았다. 또 2명의 아역 배우가 나왔기 때문에, 2명이 나오는 장면에선 되도록 카메라 2대를 세팅했다. 아역배우는 아무래도 같은 연기를 반복하거나 신이 길어지면 집중력이 떨어지기 때문에 한 테이크라도 덜 찍을 수 있게 한 번에 많은 푸티지를 찍어내는 게 좋을 거라고 생각했다.

B캠을 운영하는 것에는 찬성하지만, 쓰지도 않을 푸티지를 자꾸 만드는 것 같은 기분이 든 적도 있다. 정확히 계산하고 계획한 B캠이 아니라서 그랬을지도 모른다. B캠과 관련해 B카메라 촬영감독이나 촬영팀을 꾸리고, 앵글에 대해 프리 프로덕션을 거쳐 촬영했다면 훨씬 더 좋은 푸티지를 만들어 내지 않았을까 후회가 되기도 한다. 커버리지를 위해 없는 것보단 있는 게 좋겠지만, 필요도 없는데 찍는 것만큼 바보 같은 짓도 없다.

# 07
## 자연과는 싸우지 말자

촬영 중이었던 2012년 12월과 2013년 1월은 너무 추웠다. 촬영을 하러 갔던 파주에서는 콜타임 전에 핸드폰이 방전되어 서로 연락도 못하는 상황이 벌어졌다. 얼마나 추웠는지 3,4회차부터 모든 스태프들의 점퍼와 신발이 바뀌었던 기억이 난다. 나도 촬영이 끝나면 흥건해지는 신발 때문에 패딩부츠를 급하게 구입해 촬영 내내 신었다. 이후 폭우가 내리면서 모든 촬영장소가 눈으로 가득 차 패딩부츠가 흠뻑 젖는 상황도 벌어졌다. 4회차였던가. 간신히 허락받은 마트 주차장 신을 찍는데 위치가 옥상이었다. 옥상 전체가 눈으로 덮여 있었고, 차가 들어가기 힘든 상황이었다. 전 스태프가 삽을 들고 8시 콜타임부터 12시까지 눈만 쓸었다. 나와 연출자는 얼마나 멘붕이 되었는지 야속한 하늘을 바라보며 말 그대로 삽질을 했다. 얼마나 열심히 눈을 쓸어댔는지 오후에는 영하 10도 날씨에 전 스태프가 파카를 집어던지고 미친 듯이 촬영했던 기억이 난다. 결국 몇 컷 찍지 못했고, 마지막 클로즈업 때 해가 지는 상황이 벌어졌다. 얼마나 가슴이 아프던지.

그러나 아직 끝난 것이 아니었다. 영화의 마지막 클라이맥스를 찍은 옥천의 굴다리가 정말 압권이었다. 굴다리로 가는 길이 눈으로 뒤덮여 차가 미끄러졌다. 결국 카 체인이 벗겨졌다. 제작부가 현장에서 경운기를 부르고 소금을 구해 눈을 녹이면서 촬영 현장으로 전진했다. 7시부터 현장에 모였는데 촬영 시작은 11시. 더 웃지 못할 상황은 옥천의 날씨가 영하 22도를 넘은 것이다. 거의 모든 스태프가 현장에서 눈을 비비기 시작했다. 눈에 뭐가 들어갔나 싶었는데, 눈썹에 서리가 껴서 앞이 보이지 않았던 것이다. 거기다가 믿었던 알렉사마저 켜지지 않았다. 아마 그 카메라를 켜기 위해 거짓말 조금 보태 이 영화 중 가장 많은 조명을 썼을 것이다. 예전 상업영화 현장에서 촬영기사님이 했던 이야기가 생각났다. "영화 찍을 때는 자연이랑 싸우는 거 아니다. 특히 태양이랑 날씨!" 얼마나 그 말을 곱씹었는지. 우리는 거의 모든 회차에서 자연과 싸우며 지냈던 것 같다.

결국 가장 고생했던 것은 그 추위 속에서 집중하며 연기를 지속했던 배우들이다. 특히 마지막 우는 장면에서 선배님의 눈물과 콧물이 흐르다가 얼어붙는 장면을 보고 얼마나 미안하고 고마웠던지. 정말 사람 빼고는 아무것도 도움 받은 게 없다는 생각을 몇 번이나 했다.

# 08
## 조금이라도 풍성한 화면을 만들기 위해

알렉사의 최고 장점 중 하나는 'Shoot->Edit'기능이다. 알렉사는 S×S카드에 ProRes 4444로 찍혀 나온다. 찍은 소스 그대로 마스터 파일이 되고 파이널 컷 프로에 그대로 올려 편집을 시작하면 된다. 하지만 소스 양이 너무 많기 때문에 촬영 전체 분량을 720p의 프로레스 프록시 파일로 컨버팅해 편집하기 가벼운 소스로 만들었다. 컨버팅 과정에서 현장 때 봤던 룩업과 가장 비슷한 앤틀러(Antler) 룩업을 씌워 연출자가 현장에서 봤던 느낌 그대로 편집에 들어갈 수 있도록 했다. 레드 카메라보다 후반의 다양성은 조금 떨어지지만, 이렇게 즉각적으로 편집에 들어갈 수 있는 것 또한 알렉사의 큰 장점이다. 레드 카메라는 레드 감마 3를 입혀 편집용 소스를 만들었고, F23은 키 프로에 S-Log로 저장된 422HQ가 원본이기 때문에 살짝 색보정을 해서 다운 컨버팅했다. 전체 용량은 6테라바이트가 조금 안 되었다.

완성된 편집본을 들고 DI실을 찾았다. 내가 찾은 세방-스타이스트 디지털 랩은 상업영화를 할 때 몇 번 들린 적이 있지만, 내 작품을 가지고 간 것은 이번이 처음이라 조금 긴장이 됐다. 〈보호자〉의 DI는 김열회 팀장님이 맡아주셨는데, 다행히 김 팀장님은 상업영화 경험도 많고 제4기 장편제작연구과정 〈태어나서 미안해〉의 DI를 하셨던 경험이 있기 때문에 프로젝트에 대한 이해도가 높았다. 덕분에 내 의견과 당신의 의견을 적절히 조율하면서 색보정을 시작했다. 영화 전체가 12만 장 정도라 4만 장씩 나눠서 1차로 3번, 2차로 3번, 총 6번의 작업을 진행했다.

1차에서는 전체 톤을 맞추는 데 집중했고 특별히 어려운 부분은 없었다. 영화가 갖고 있는 드라마를 방해하면 안 된다는 생각에 1차는 평범하게 톤을 맞추는 데 집중했다. 너무 평범해지지 않을까 걱정했지만, 높은 채도나 세련된 색깔을 뽑아야 하는 영화는 아니었기에 그저 무거운 이야기에 어울리는 무게감 있는 화면과 아이러니하게 따뜻한 색감을 유지하기 위해 노력했다. 눈밭에서 이런 콘셉트를 유지하기는 조금 어려웠는데, 겨울이라 해가 살짝 따뜻한 색감이었던 것은 좋았지만 눈밭이 아예 따뜻한 느낌이 드는 건 원치 않았다. 그래서 암부에 살짝 블루를 넣어 눈 위의 그림자를 차갑게 만들었다.

2차 작업 때는 인물의 스킨 톤과 하이라이트 색깔에 집중했다. 배우들이 전체적으로 조금 어두운 피부 톤을 갖고 있어 피부 톤을 조금 살려야 했는데, 꽃집에서 스모그를 너무 많이 뿌리는 바람에 전반적인 톤에 비해 얼굴이 너무 어두웠다. 그래서 인물별로 키를 땄다. 독립영화를 찍을 때는 노출이 부족하기 때문에 조리개를 많이 열어 밤 신에서는 하이라이트 부분에 구멍이 나거나 색깔이 빠져 날아가는 경우가 많다. 특히 광원이나 간판 같은 부분들이 그런 편인데 화면이 너무 가벼워 보이지 않도록 그런 부분들도 키를 따서 밝기를 조금 낮추거나 색깔을 넣어 조금이라도 화면을 풍성하게 만들기 위해 노력했다.

## 09
### 괴롭지만 즐거웠던 순간들

영화 제작에 들어가기 전 얼마나 생각을 많이 했는지 모른다. 개인적으로 이 영화를 조금이라도 다르게 만들고 싶은 욕심이 있었기 때문에 준비를 많이 했는데 막상 촬영에 들어가니 매일매일 포기의 연속이었다. 촬영 데이터가 쌓여 갈수록 지은 죄가 많아지는 느낌이었다. 내가 지금 찍고 있는 것이 옳다는 믿음을 가지고 우직하게 찍어 나가는 수밖에 없었다. 현장에서 상황이 안 되어 포기하고 있는 것인지, 조금 더 노력할 수 있는데 미리 포기한 것은 아닌지, 분간하기 어려운 상황이 반복됐다. 그러나 야속하게도 영화는 당시 내가 느꼈던 고민 그대로 태어나고 완성되었다

언제쯤이면 내가 찍은 것을 보며 머리를 덜 쥐어 뜯을 수 있을까. 잘은 모르겠지만 방법이 따로 있진 않은 것 같다. 어쨌든 지금 백서를 쓰고 있는 내가 믿기지 않을 정도로 1년이라는 시간이 너무 빨리 지나가 버렸다. 아직도 내 첫 번째 장편영화 〈보호자〉가 끝났다는 사실이 믿기지 않는다. 아마 다음 현장에 나가 봐야 그 사실을 인지하게 될 것 같다. 다시 한 번 〈보호자〉를 위해 힘써 준 전 스태프들에게 감사드린다.

심장이 뛴다. 영화가 뛴다

# 〈보호자〉 제작비 내역서

| 항목 | 세부내역 | 금액 (단위 원) |
|---|---|---|
| 스태프 | 진행비, 인건비 | 22,700,000 |
| 연기 | 배우 출연료 | 8,300,000 |
| 프리 제작진행비 | 식대 및 진행 | 2,240,000 |
| **프리 프로덕션** | | **33,240,000** |
| 촬영 | 장비비 | 1,100,000 |
| 조명 | 촬영 조명 차량 및 장비비 | 1,200,000 |
| 미술 | 세트제작비 | 500,000 |
| 소품 | 구입 및 대여비 | 2,110,000 |
| 의상/분장 | 재료비 및 대여비 | 470,000 |
| 운송 | 차량 및 기타 운반 | 1,200,000 |
| 로케이션 | 유류대 및 식대, 숙박, 진행비 | 18,180,000 |
| **프로덕션** | | **24,760,000** |
| CG/음악/사운드 | 인건비와 진행비 | 500,000 |
| **포스트 프로덕션** | | **500,000** |
| 보험 | 기자재 보험비 | 1,500,000 |
| **기타 프로덕션** | | **1,500,000** |
| **총 합계** | | **60,000,000** |

Tinker
Ticker

사제폭탄을 만드는 생산자 정구,
자신의 폭탄을 사용해 줄 실행자 효민을 만나다.

심장이 뛴다, 영화가 뛴다

심장이 뛴다. 영화가 뛴다

심장이 뛴다. 영화가 뛴다

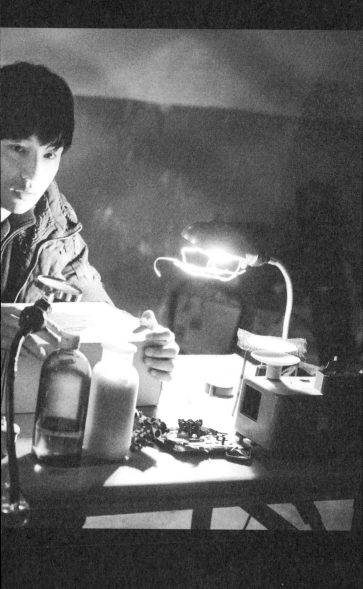

심장이 뛴다, 영화가 뛴다

심장이 뛴다, 영화가 뛴다

# DATABASE

**각본, 연출** 김정훈

**촬영** 박성훈

**프로듀서** 김성은

**출연** 변요한 박정민 김희창 오창경

**제공** KAFA Films

**제작** 한국영화아카데미(KAFA)

**공동제공 · 배급** CGV 무비꼴라쥬

**공동제공 · 마케팅** (주)프레인글로벌

**해외배급** CJ 엔터테인먼트

**제작지원** CJ CGV, (재)한국영화아카데미발전기금

**러닝타임** 102분

**포맷** HD

**화면비율** 2.39:1

**사운드** 5.1

**제작연도** 2013년

**웹사이트** www.kafa.ac

# STORY

억눌린 분노를 주체하지 못해 남몰래 사제폭탄을 만드는 취업준비생 정구. 고등학교 때 사제
폭탄을 터뜨렸다가 소년원에 갔던 기억 때문에 섣불리 폭탄을 터뜨리지 못한다. 대신 폭탄을
사용해 줄 만한 사람들에게 폭탄을 보내던 정구는 마침내 폭탄을 사용한 효민을 만나게 되고
둘은 파트너가 된다. 하지만 얼마 가지 않아 정구의 과거를 아는 오 형사가 수사를 시작하자
몸을 사리는 정구. 그런 정구가 답답하기만 한 효민은 점점 더 무모한 짓을 꾸미기 시작한다.

영화제초청내역
26회 도쿄국제영화제 아시아의 미래 경쟁부문

심장이 뛴다, 영화가 뛴다

# CHARACTER & CAST

**정구(변요한)**

정구는 어떻게든 사회에서 자신의 자리를 찾고 싶지만 세상이 녹록치 않다. 울분을 달래며 사제폭탄을 만들지만 터뜨릴 용기조차 없어 다른 사람에게 보내다가 이를 사용할 파트너 효민을 만난다.

변요한 프로필 : 1986년생. 한예종 연극원 재학. 출연작 〈노리개〉(2013), 〈감시자들〉(2013), 〈목격자의 밤〉(2012) 등

**효민(박정민)**

세상에 냉소적인 무정부주의자. 자신에게 폭탄을 보낸 정구와 계속 파트너로 남고 싶지만 사회에 편입하려 몸을 사리는 정구가 답답하다.

박정민 프로필 : 1987년생. 한예종 연극원 재학. 출연작 〈파수꾼〉(2011), 〈전설의 주먹〉(2013), 〈감기〉(2013) 등

# 김정훈
# 감독의
# 이야기

# 01
## 분노한다, 고로 생산한다

2011년 11월, 영화아카데미 장편제작연구과정에 지원하면서 제일 먼저 정한 것은 '사제폭탄'이라는 소재였다. 그 이유를 명확하게 설명하기 곤란할 정도로 나는 오랫동안 폭탄과 폭발에 매혹되어 있었기에, 자연스레 머릿속에 떠올랐던 것 같다. (사회적 맥락을 제거하고 본다면, 폭발은 그 자체로 정말 통쾌하고 심지어 아름답지 않은가?) 폭발을 제대로 구현하기 힘든 저예산의 압박이 있었지만, 영리하게 넘어가면 가능하지 않을까 싶었다. 지금 생각하면 정말 안일한 생각으로 이 소재를 밀어붙였던 것 같다.

시나리오를 쓸 때 가장 중점을 두었던 부분은 사제폭탄이 무척 장르적인 소재지만 현실적인 균형 감각을 잃지 않고 최대한 우리 주변에서 벌어질 수 있는 일로 만들자는 것이었다. 장르적인 쾌감이나 이야기의 재미를 주기 위해 사제폭탄이 갖는 의미나 힘을 과장하고 싶지 않았고, 어디까지나 현실적으로 다가가고 싶었다. 그리고 특정한 사상을 관객들에게 강요하는 교조적인 태도만은 피해야 한다고 생각했다.

내가 이야기에 담고 싶었던 것은 지금껏 살면서 나를 사로잡았던 생각과 감정들이었다. 그런 감정들을 통해 우리 세대나 현실과의 접점을 찾아보고 싶었다. 그렇게 얻어낸 중요한 키워드가

'분노'와 '무력감'이다. '세상이 크게 잘못되었다'는 '분노'가 20
대 중반까지 내 삶을 규정짓는 키워드였고, '세상을 움직이는 힘
은 따로 있고 결국 그것은 바뀌지 않을 것'이라는 '무력감'이 이
후의 키워드가 되었다. 두 키워드는 나뿐 아니라 우리 세대 전체
에 매우 유효한 것이라는 거창한 생각이 나를 사로잡았다.

## 02
### 내가 확신하는 이야기를 찾아야 한다

'엘리트 길만 걸어온 한 검사가 고등학생 폭탄 테러범의 영향으로 폭탄 테러리스트가 된다'는 것이 처음 잡은 시나리오의 줄기였다(뒤에 가면 밝혀지겠지만, 지금 만들어진 영화와는 전혀 다른 이야기다). 남들이 시키는 대로만 살아왔기 때문에 삶이 공허한 검사 정구와 자신의 분노를 영리한 방식으로 표출하는 엘리트 고등학생 효민. 다른 듯 닮은 두 인물이 서로 영향을 주고받으면서 동화되어 가는 이야기를 하고 싶다는 생각으로 시나리오를 써나가기 시작했다. 비록 나중에 이 이야기는 완전히 폐기되었지만, 모순적인 삶을 사는 정구와 자신의 분노를 솔직하게 표출하는 효민이라는 구도는 새로 만들어진 이야기에도 큰 영향을 미쳤다.

가장 큰 문제는 검사의 삶이나 고등학생 폭탄 테러범의 삶 모두 내가 전혀 모르는 세계라는 점이다. 그나마 고등학생 폭탄 테러범은 내가 경험한 학창 시절과 비슷하기 때문에 장르적인 폭탄 얘기로 적당히 버무릴 수 있지만 검사의 삶은 관심을 가져 본 적이 없기 때문에 그저 형사와 비슷한 수사관으로 접근할 수밖에 없었다. 그래서 대략의 트리트먼트를 완성한 뒤 곧바로 취재에 들어갔다. 지인을 통해 검사를 소개받고 검사의 삶을 전해 듣는 한편, 내가 졸업한 대학교 커뮤니티를 통해 사제폭탄에 대한 지식이 있는 사람을 수소문하기 시작했다. 다행히 물리학과를 졸업한 한 후배를 만나 사제폭탄에 관한 다양한 이론과 아이디어를 전해 들었다. 그때 얻은 지식은 영화 속 폭탄 디자인 등 폭탄과 관련한 모든 장면에 큰 영향을 미쳤다.

쥐어짜다시피 시나리오 초고를 완성했지만, 이야기의 모든 요소들이 잘 풀리지 않았다. 냉소적인 태도로 자신의 생각을 얘기하는 도발적인 고등학생 폭탄 테러범 효민의 캐릭터가 매력적이라는 것 외에 긍정적인 피드백을 받기 힘들었다. 내가 잘 모르는 검사의 세계를 다루는 것도 문제였지만, 나도 모르게 이야기의 스케일을 '구현 가능한' 수준으로 억제해 버린 것도 문제였다.

시나리오를 고칠 때마다 매혹을 느낄 만한 요소들을 하나씩 찾아내 수정해 봤지만, 점점 더 미궁 속으로 빠지는 기분이었다. 나 자신조차 이 이야기에 아무런 확신을 갖지 못한 상태였다. 작가가 확신을 갖지 못한 이야기가 관객에게 통할 리 만무하고, 이는 심사 때마다 교수님들의 혹독한 평가로 돌아왔다. 이대로 가면 장편제작연구과정에서 탈락해 영화를 찍지 못하게 될 것이라는 경고도 수시로 들었다. 감당하기 힘든 나날이었다.

# 03
## 실행자가 아니라 생산자를 상상하다

모든 상황이 극에 달한 2012년 5월, 포기하고 싶은 마음을 오기로 버티며 매일 시나리오에 매달렸지만 탈출구는 보이지 않았다. 커다란 전환점이 필요하다는 생각이 들었다. 그동안 써온 모든 시나리오를 버리고 새롭게 다시 시작하는 마음으로 '사제폭탄'이라는 소재만 남기고 원점에서 다시 생각하기로 했다. 동시에 내가 가장 만들고 싶은 분위기나 장면을 떠올려 보았다. 장면의 소소한 디테일부터 기획 의도나 거대 담론, 레퍼런스가 될 만한 영화 등 내가 좋아하고 추구하는 것들을 브레인스토밍하고 한데 모으기 시작했다.

그 결과 (원래의 이야기처럼) 범죄자를 수사하는 것보다 범죄자의 은밀한 행위들을 따라가는 것이 오히려 내가 원하는 방향에 가깝다는 걸 깨달았다. 자연스럽게 사제폭탄을 만들고 범죄를 저지르는 주인공을 떠올리게 되었다. 그렇지만 주인공이 폭탄 테러범이 되면 자신의 목표와 사상을 관철시키려는 사상범이 되는 것을 피할 수 없었는데, 자칫 교조적이 될까 두려웠다.

그런 과정에서 떠올리게 된 것이 폭탄 만드는 주인공이 직접 테러를 저지르는 것이 아니라 폭탄을 만들어 필요한 사람에게 판다는 콘셉트였다. 자연스럽게 주인공은 고등학교 때 폭탄을 통해 사건을 저지른 적이 있고, 지금도 억눌린 분노 때문에 폭탄을 만들지만 현실적인 제약으로 폭탄을 그저 만들기만 하는 인물로 설정했다. 새로운 플롯을 구성하는 동안, 마침 아카데미 동기들과 머리를 식히고 시나리오도 쓸 겸 1박 2일 대부도 MT를 떠나게 되었는데, 나에게는 그것이 황금 같은 기회였다. 그동안 시나리오와 관련해 많은 조언을 해주었던 (조)슬예와 상암동 사무실을 함께 지킨 (홍)석재와 새로운 콘셉트에 대해 이야기를 나누던 중, 폭탄을 만들지만 직접 터뜨리지 못한다는 설정이 현실적이라면서 〈프랑켄슈타인〉처럼 자신이 만든 결과물이 의도나 예상을 뛰어넘는 위험이 되어 자신을 위협하는 이야기로 만들면 어떻겠냐는 의견이 나왔다. 그 얘기를 듣는 순간, 무언가 막혀 있던 게 탁 풀리는 느낌이었다. 결국 이 방향으로 고민을 거듭해 지금의 이야기가 만들어졌다(이 자리를 빌려 두 사람에게 다시 한 번 고맙다는 말을 전하고 싶다).

## 04
### 내가 못하는 걸 해줄 사람을 찾자

스태프를 구할 때 가장 중점을 두었던 부분은 내 단점을 보완해 줄 만한 사람을 찾는 것이다. 김성은 프로듀서는 그런 면에서 여러모로 나에게 좋은 선택이었다. 우선 배우들까지 남자들만 가득한 현장의 분위기를 비교적 부드럽게 만들어 주었고, 폭넓은 인맥을 바탕으로 스태프도 훌륭하게 꾸렸다. 또 무엇보다도 파트간 커뮤니케이션 및 조율에 있어서도 탁월한 능력을 가지고 있었기 때문에 트러블이 생길 때마다 문제를 잘 풀어 주었는데, 그런 의미에서 커뮤니케이션 스킬이 부족했던 나에게는 꼭 필요한 존재였다.

조감독은 구하기 너무 어려워 후보를 딱 한 명 만나 보고 정했는데, 김민지 조감독이 결과적으로 나에게 큰 도움이 되었다. 일단 성격이나 취향 면에서 통하는 부분이 많아 얘기가 잘 됐고 시나리오 단계부터 수시로 의견을 나누면서 의지할 수 있었다. 비록 조감독 경험이 부족해 현장에서 다소 미숙한 부분도 있었지만, 나에겐 끝까지 의지가 되는 존재였다. 이건 후반작업 때도 마찬가지여서 본인이 나서서 편집을 도와주었고, 결국 폭탄 만드는 몽타주 신(여기 쓰인 속옷밴드의 음악은 민지가 가이드로 썼던 음악이 결국 최종본까지 들어간 경우다)이나 홍대 시퀀스까지 민지의 손길이 묻어 있는 부분이 꽤 많다.

연출부는 난생 처음 직접 면접을 보고 뽑은 사람들인데 지금 돌이켜 보니 생각보다 첫인상이 정확하다. 첫인상만 보고 짐작했던 장단점이 현장에서 고스란히 드러났다. 그리고 두 단편의 작업을 도와줬던 가장 친한 동아리 후배 창훈이가 마지막으로 현장 편집과 데이터매니저로 합류했다. 그 역시 정신적으로 많은 의지가 되었고, 클라이맥스인 압구정 옥상 신 시나리오를 수정할 때 큰 도움을 주었다.

## 05
### 원래 잘하는 사람을 찾자

캐스팅할 때 우선적으로 고려했던 사항은 첫째는 연기력, 둘째는 캐릭터였다. 나는 기본적으로 연기 연출에 크게 신경을 썼던 적이 없기 때문에 무조건 원래 잘하는 사람을 뽑아야 한다고 생각했다. 영화 데뷔작인 단편 〈세상의 끝〉부터 눈여겨 봤던 박정민은 효민 역할로 가장 먼저 연락을 취한 배우다. 자칫하면 현실에서 붕 뜬 캐릭터가 되기 쉬운 역할이라 박정민이 가진 현실적인 무게감이라면 효민을 땅에 붙일 수 있을 것 같았다. 그렇지만 본인은 정구 역을 원했고 나 역시 끝까지 정구냐 효민이냐를 놓고 고민했기 때문에 가능성을 열어놓고 나머지 조합을 맞춰 보았다.

정구는 더 까다로운 캐릭터였는데, 겉보기엔 소심하고 찌질해 보이지만 폭력적이고 어두운 본성을 감추고 있어야 했다. 예정된 크랭크인 날짜가 2주 앞으로 다가올 때까지 주인공을 확정짓지 않아 모두 똥줄이 탈 수밖에 없었다. 그러던 중 눈에 들어온 배우가 바로 변요한이다. 아카데미 동기 슬예의 단편 〈열일곱 그리고 여름〉에 깐족거리는 동네 양아치 캐릭터로 나와 효민 역할로 괜찮겠다는 생각이 들었고 일단 만남을 시도해 보았다. 그런데 놀랍게도 다음날 시나리오나 캐스팅 부분에 큰 도움을 주시던 정지우 감독님이 전화를 주셔서 변요한이라는 배우가 있는데 정구

역할로 괜찮을 것 같다고 하셨다. 〈열일곱…〉의 이미지만 뇌리에 박혀 있던 나에게는 의아한 얘기일 수밖에 없었는데, 변요한이 직접 봐달라고 보내준 〈목격자의 밤〉이라는 단편을 보는 순간 선입견이었다는 것을 알게 되었다. 착하고 평범한 고학생 역할을 맡아 불안한 심리를 훌륭히 표현해 냈다. 거기에 〈열일곱…〉의 캐릭터까지 결합되니 '이 사람이다' 싶은 마음이 들었다. 변요한-효민과 박정민-정구의 조합을 주장하는 사람도 많았지만 나는 자꾸 요한이가 정구를 하고 정민이가 효민을 하는 모습이 머릿속에 그려졌다. 크랭크인 일주일 전 주인공 캐스팅을 확정지었다.

다른 주요 캐릭터는 모두 기존에 다른 작품에서 보았던 캐릭터를 그대로 가져와서 캐스팅했다. 이것 역시 새로운 캐릭터를 끄집어 낼 자신이나 시간이 없었던 나에게 최상의 방법이었다. 동기 (홍)석재의 단편 〈필름〉에서 봤던 박성일 선배를 연구실 선배로 진즉에 확정지었고, 역시 석재의 아카데미 단편 〈Keep Quiet〉에서 본 김희창 선배를 백 교수로, 유대형을 필균 역으로 캐스팅했다. 한국예술종합학교(이후 한예종)에서 봤던 단편 〈다문 입술〉에서 형사 역할을 잘 소화했던 오창경 선배는 애초부터 염두에 두고 쓴 시나리오였고, 시원 역할도 마찬가지였다. 다만 대학교 연극 동아리 후배였던 (이)시원이는 연기에 대한 뜻을 품고 있는 줄 몰랐기 때문에 캐릭터만 가져왔다가 캐스팅까지 하게 된 케이스다.

# 06
## 매일매일이 위기

크랭크인 날짜는 다가오고 신경 쓸 게 많아지자 더 이상 시나리오에 집중하기 힘들었다. 문장 하나, 단어 하나를 볼 때마다 그것을 구현하기 위해 챙겨야 할 모든 파트가 머릿속에 한꺼번에 떠올라 머리가 터질 것 같았고 심할 때는 내가 쓴 시나리오 한 단락을 읽는데 세 시간이 걸렸다. 이 정도 규모의 장편 프로덕션에 대한 경험이 부족했고 무술, 특수효과, CG 등 필요 없는 파트가 없었기에 더욱 그랬다. 완고가 나오지 않은 상태에서 캐스팅마저 늦어지다 보니 프리 진행이 더딜 수밖에 없었다. 공간과 인물이 많아 아무리 챙기고 결정하고 조사를 해도 미진한 부분이 항상 남아 있었다.

애초에 정했던 크랭크인 날짜는 다가오는데 콘티는 절반도 진행되지 않은 상태. 크랭크인 연기를 두고 프로듀서와 약간의 줄다리기가 있었다. 만약 학교에서 프로덕션 진행에 문제가 있다고 판단해 크랭크인을 일주일 늦추지 않았으면 어떻게 됐을지 지금 생각해도 아찔하다. 그렇게 크랭크인을 일주일 늦췄음에도 결국 콘티를 1/3 가량 마무리하지 못했고, 의상이나 미술도 미진한 부분을 남겨둔 채 크랭크인 하게 됐다.

# 07
## 촬영은 언제나 불만족스럽다

그나마 프리 단계에서 얻은 가장 큰 수확은 서울대라는 공간이었다. 산 중턱에 있는 폐건물을 아지트로 정한 것도 좋았지만 서울대 수영장 폐건물이 아니었다면 과연 어디서 지금의 아지트 공간을 구할 수 있었을까 학교 안에 있을 것 같지 않은 공간들까지 모조리 서울대 내에서 찾을 수 있어 한결 짐을 덜었다. 서울대 영화 동아리 후배들의 도움으로 로케이션 섭외나 주차권 문제 등을 어느 정도 해결한 것도 큰 도움이 되었다. 식대와 주차비가 싼 서울대에서 로케이션의 40퍼센트 가량을 소화했기 때문에 제작비가 어느 정도 절약되었다.

단 하나의 문제는 날씨였다. 관악산에 위치한 서울대는 도심보다 기온이 2도 정도 낮다. 프로덕션 초반부터 강추위가 몰아닥치자 스태프들은 패닉이 되기 시작했고 촬영은 추위와의 전쟁으로 바뀌었다. 크리스마스 직전 6회차 촬영 때는 영하 16도(도심 기준)의 날씨에서 야외 촬영만 24시간 하게 되었는데 이날은 사람뿐 아니라 장비마저 모두 고장이 났다. 그나마 나는 연출이랍시고 모니터 앞에 앉아 있고 촬영 준비 때는 잠시 쉴 수 있었지만 끊임없이 몸을 움직여야 하는 촬영 조명 스태프들은 경이로운 정신력으로 상황을 이겨냈다. 이날 정구와 효민이 처음 만나 차 안에서 대화하는 장면을 밤새 찍었는데, 리딩과 리허설을 많이 해본 장면이었음에도 배우들이나 연출인 나조차 제정신이 아닌 상태로 찍었던 것 같다. 새벽 동이 터올 때 찍었던, 정구가 졸린 눈을 간신히 뜨고 차에서 내리는 새벽 장면은 실제로 자다가 깨서 찍고 테이크 사이에 다시 쪽잠을 자며 찍었기 때문에 우리끼리는 우스갯소리로 이 부분을 변요한 최고의 연기라고 부르기도 했다.

추위와 피로로 몸이 힘들기도 했지만 나를 가장 많이 괴롭혔던 것은 촬영이 끝나고 자리에 누울 때마다 잘못한 것이 필름처럼 스쳐간다는 것이었다. 잘 찍은 장면들은 거짓말처럼 하나도 떠오르지 않고, 오로지 내가 놓쳤던 것, 실수했던 것, 아차 싶은 것들만 생각났다. 흔한 표현처럼 자다가도 벌떡벌떡 깰 정도로 후회와 아쉬움이 나를 괴롭혔다. 내가 쓴 시나리오라고 콘티만 들여다 보다가 멀쩡히 시나리오에 있는 것들마저 놓친 적도 많았다. 내 자신이 정말 한심했지만, 이런 후회는 촬영이 끝날 때까지, 아니 보충촬영을 할 때까지 계속 됐다.

최악은 고깃집 촬영이었다. 촬영 후반, 몸이 지칠 대로 지친 상태였고 고깃집에 손님들이 완전히 빠져나가지 않은 상태에서 촬영이 시작된 터라 너무 산만했다. 전체 리허설 한 번 제대로 해보지 못하고 촬영에 들어가야 했기 때문에 자신이 없었다. 연출부의 착오로 김 전무 역할을 맡은 김종구 선배님이 현장에 없는 상태에서 촬영을 했기 때문이다. 미술팀에서 고기 굽는 장면 연출을 위해 고기를 잔뜩 준비했지만, 판단력이 흐려질 대로 흐려져 있던 터라 고기 굽는 소리도 거슬리고 연결 맞추기도 까다롭다고 주장하며 고기 없이 촬영을 진행했다. 하지만 이 때문에 시끌벅적한 회식 장면임에도 분위기가 죽었고, 넋이 반쯤 나가 있던 나는 불만족스러우면서도 뭐가 문제인지 모른 채 내리 찍기만 했다. 돌이켜 보면, 이날은 정말로 변요한이 정구 그 자체로 느껴졌던 것 같다. 아무런 디렉션도 주지 않았는데, 정구 숏을 잡으면 '아 이 영화가 정구의 영화였지'라는 생각이 들었다. 내가 초반부터 끊임없이 요구했던 어색하게 짓는 가짜 미소도 계속 정구의 입가에 맴돌았다. 촬영 때도 어렴풋이 짐작했지만, 편집 때 보니 고깃집 신이 순전히 배우들의 힘으로 지탱되었음을 느낄 수 있었다.

# 08
## 모든 것은 현장에서

현장에서 우스갯소리로 나를 '홍상수'라고 부르는 사람들이 많았다. 콘티는 물론 시나리오도 없이 촬영하는 신이 생기면서부터다. 완고를 내지 못한 채 촬영에 돌입했기 때문에, 대강의 상황만 있고 디테일도 하나 없는 신이 있었다. 가장 대표적인 것이 효민이 다스 집에서 폭탄 상자를 들고 나오는 장면이다. 다스 역할을 하기로 한 단역 배우가 당일 펑크를 내는 바람에 아카데미 프로듀서 전공 후배인 송민승을 촬영 세 시간 전 캐스팅했을 뿐 아니라, 효민이 다스 집에서 폭탄 상자를 들고 나오다가 다스와 맞닥뜨린다는 상황만 있고 아무런 디테일이 없었다. 어쩔 수 없이 현장에서 리허설을 해보고 배우들과 대화를 나누면서 대사를 구체화시켜 나갔다. 영화를 본 사람들이 다스 역할을 맡은 민승이와 이 신 자체를 재미있어 하는 게 나에게는 그저 신기할 따름이다.

시나리오와 콘티가 제대로 있는 경우에도 현장에선 무용지물이 되는 경우가 심심치 않게 있었다. 리허설을 해보고 난 다음 동선을 바꿨기 때문이다. 나도 내가 이토록 리허설을 중시하는 감독인지 미처 몰랐다. 요한이가 워낙 적극적으로 의견을 개진하는 편이기도 했지만, 다른 배우들도 '이런 식의 진행이 연기하는 입장에서 좋다'는 의견을 주면서 현장에서 콘티와 동선이 달라지는 경우가 많아졌다. 안타깝지만 그럴수록 콘티는 내 머릿속에만 있는 상황이 계속됐고 스태프들이 진행 상황을 모르기 때문에 현장이 눈에 띄게 둔해졌다. 이에 따른 스트레스는 고스란히 나에게 가중되었다. 그럼에도 촬영 직전 바꾼 동선이나 설정은 대부분 더 좋은 결과를 가져왔다. 아무래도 내가 머릿속으로만 생각했던 것보다 현장에서 인물을 연기하는 배우가 좀 더 생생한 결과물을 만들어 낼 수 있었던 것 같다. 물론 그건 내가 이 영화의 스타일을 꽉 쥐고 있기보다 자연스러운 형태로 열어 두었기 때문에 가능한 것이었다.

이런 식으로 현장에서 바뀐 것 중 압권은 촬영 한 시간도 남기지 않은 상황에서 촬영 로케이션을 바꾸어 버린 경우였다. 두 번 모두 촬영 직전 요한이의 전화에서 비롯된 것인데, 그렇게 즉흥적으로 로케이션이 바뀐 장면은 정구가 백 교수의 차 밑에 폭탄을 붙이는 주차장 신과 정구가 경찰한테 붙잡혔다가 풀려난 효민을 며칠 만에 다시 만나는 계단 신이다. 두 신 모두 기존의 로케이션은 정구가 항상 머무르는 주차장이었는데, 주차장이 너무 많이 나와 지겹다는 의견과 함께 정구가 백 교수와 같은 주차장에 차를 세운다는 설정이 조금 이상하다는 의견이었다. 촬영 직전 이런 의견을 내는 게 매우 곤혹스러우면서도 일리가 있다는 생각에 다른 공간을 찾아보기로 했다. 돌이켜 생각해 보면 두 신 모두 콘티와 동선 없이 촬영했음에도 애초의 계획보다 훨씬 좋은 결과물이 나온 것 같아 요한이에게 고마웠고, 좋은 배우구나 싶었다.

# 09
## 감독놀이

프리 단계에서 각종 회의에 참석하면 수많은 사람들이 나를 '감독님'이라 불렀다. 감독으로 불리는 게 낯간지럽기도 했지만 한편으로는 최종 결정권을 갖고 있다는 사실이 신나기도 해서 '감독놀이'라는 표현을 자주 썼다. 혹독하게 힘들었던 촬영현장에서도 가끔 '감독놀이'를 하는 것처럼 신이 날 때가 있었는데, 그건 바로 무술이나 특수효과 촬영을 진행할 때였다.

정구가 폭탄을 설치해 놓은 백 교수의 차량을 뒤쫓는 신은 서강대교에서 찍었는데, 슈팅카(기껏해야 카메라를 실은 스타렉스지만)와 화면에 담기는 소품 차, 그리고 안전한 촬영을 위한 엄호 차량까지 동시에 6~7대의 차량이 다리 위를 달려야 했다. 많은 차량이 대충 합을 맞춰 놓고 달리면서 내 무전에 따라 움직이는 방식으로 진행되었는데, 촬영 내내 사령관이 된 느낌이라 기분이 짜릿했다.

택배 트럭이나 마지막 아지트 폭발 장면을 찍을 때도 마찬가지였다. 폭발 장면 촬영은 사고의 위험이 높고 큰 소음에 의한 민원 등 여러 가지 제약 조건이 많아서 모든 스태프들이 극도로 긴장하고 집중한 상태에서 진행됐다. 두 번의 폭발을 합쳐 딱 세 테이크 밖에 가지 못했지만 눈앞에서 실제 폭발이 일어나는 것을 보니 묘하고 짜릿했다. 촬영본을 수십 번 돌려봤을 정도로 희열을 느꼈다.

독립영화에서는 매우 드문 호사를 누린 데에는 많은 사람들의 도움이 컸다. 우선, 〈도둑들〉의 무술을 맡았던 서울액션스쿨의 정윤헌 감독님이 김성은 프로듀서와의 인연으로 우리 팀을 도와주셨고, 특수효과로는 우리나라에서 독보적인 업체인 데몰리션의 정도안 대표님이 우리를 흔쾌히 도와주셨다.

그 외에도 특별히 기억에 남는 것은, 폭탄을 설치하기 위해 차 밑에 누워 있는 정구의 얼굴 위로 백 교수의 차가 출발해서 지나가는 장면이다. 백 교수의 차량으로 빌린 QM5는 생각보다 차체가 낮아서 실제 배우가 차 밑에 눕기 어려웠다. 설치하는 장면은 잭(JACK) 4개를 이용해 차체를 한 뼘 정도 들어 올린 채로 무리 없이 찍을 수 있었지만 문제는 차가 실제로 움직이는 장면이었다. 설사 배우가 실제로 차 밑에 들어갈 수 있다고 하더라도 시동을 걸고 차가 움직일 때 차체 밑에 옷이 끼거나 위급 상황이 발생할 수 있기 때문에 위험하다는 의견이 많았다. 이 장면을 포기하고 그린 매트를 이용해 합성을 해야 하나 고민을 하던 중, 이동화 조명감독님이 촬영현장에 있던 카니발 차량의 차체가 높은 것을 발견하고 시도해 볼 만하다는 의견을 주셨다. 요한이는 열의를 보였지만 걱정하는 사람이 많아 전부터 문제가 없을 거라고 호언장담했던 내가 직접 차 밑에 들어가 안전을 검증했다. 내가 차 밑에 누워 있는 상태에서 스태프들이 기어가 중립에 놓인 카니발 차량을 손으로 밀었고, 같은 방식으로 배우가 연기하는 장면을 무사히 촬영할 수 있었다.

# 10
## 클라이맥스를 고치다가 생긴 최대의 위기

압구정 빌딩 옥상에서 벌어지는 클라이맥스 부분은 효민이 정구에게 '리모컨 버튼을 누르면 동호대교가 폭파된다'고 협박하다가 정작 정구가 버튼을 누르자 엉뚱한 곳에서 폭탄이 터져 다스가 죽는다는 설정이었다. 작은 사제폭탄으로 동호대교의 커다란 기둥을 폭파하겠다고 협박하는 것도 우스울 뿐만 아니라 다스가 죽는다는 설정도 엉뚱해서 클라이맥스로는 부적절했다. 이를 수정해야 한다고 늘 생각하고 있었지만 결론을 내지 못한 채 눈앞에 닥친 장면들만 꾸역꾸역 찍어 나가던 차였다. 크리스마스나 설 때 촬영을 많이 쉬었음에도 나는 결국 새로운 클라이맥스를 쓰지 못 했고, 그런 채로 클라이맥스 바로 다음 신인 마지막 아지트 폭발 신을 찍었다. 결국 촬영 전날 이대로는 안 되겠다는 생각이 들어 촬영을 하루 쉬기로 했다. 하지만 역시 시나리오는 써지지 않았다. 프로듀서와 통화 후 하루 더 쉬기로 했다.

다음 날 나는 클라이맥스를 제대로 쓰지 못한 채 마지막 아지트 폭발 신만 바꿔 스태프들에게 쪽 대본을 나누어 주었다. 처음 보는 장면에 촬영감독이나 배우 모두 혼란스러운 상황. 진행은 해주었지만 동의하는 눈빛은 아니었다. 결국 새로운 엔딩에 대한 이야기를 하다가 집합 후 거의 다섯 시간이 흘렀고, 멍하니 기다리던 스태프들은 불만을 토해 냈다. 겨우 동선을 맞추고 촬영에 들어갔지만 반밖에 찍지 못한 채 밤은 훌쩍 지나가 버렸고, 떨어진 현장의 사기를 살리기 위해 한 번도 하지 않았던 회식을 잡았다.

회식 후 나는 고민 끝에 엔딩을 원래대로 되돌리기로 하고 다음 날 촬영 직전 이를 공지했다. 결국 원래 시나리오대로 엔딩을 찍기 위해 4일 정도 허비하게 된 셈. 물론 이런 과정 때문에 나중에 클라이맥스를 새로 쓸 때 많은 도움이 되기는 했지만 촬영 현장은 이날 이후 돌아올 수 없는 강을 건넌 것 같았다. 스태프들의 불만도 불만이지만 아지트 촬영이 예정보다 일주일 가까이 미뤄지면서 남은 일정 중 휴식을 하루도 쓸 수 없는 상황이 되었다. 덕분에 남은 일정 16회차를 하루도 쉬지 못하고 달려야 했고, 스태프들은 점점 더 예민해졌다.

# 11
## 외로운 보충촬영

그렇게 후반 16회차 촬영을 끝낸 후 1차 크랭크업을 했지만 여전히 클라이맥스 신과 에필로그는 찍지 못한 상태였다. 제대로 된 시나리오도 없는 상태에서 빽빽한 현장을 견디며 새로운 클라이맥스를 쓸 수 없었고 이를 2월 보충촬영 때 소화하기로 미뤄졌다. 하지만 대부분의 스태프들이 이런 납득할 수 없는 상황에 불만을 가졌고, 계약 기간도 1차 크랭크업 때 모두 끝난 상태였다. 다행히 스태프들은 모두 책임감이 강하고 성품도 좋은 편이었기에 1차 크랭크업 2주 뒤로 잡아놓은 보충촬영을 모두 도와주기로 했다. 눈 깜짝할 사이 열흘이 지나갔고, 나는 다시 급하게 시나리오를 고쳤지만 확신은 갖지 못한 상태였다. 결국 촬영감독과 미팅 후 보충촬영마저 일주일을 미루게 되었다.

스태프들은 냉담할 수밖에 없었고, 나는 일일이 연락을 돌려 스케줄을 체크했다. 시간이 되지 않아 현장에 올 수 없는 스태프들이 많았고, 그렇기에 새로운 대체 인력 역시 구해야 하는 상황. 갈등과 스트레스는 극에 달했다. 게다가 CG마저 추가해야 했기에 더더욱 계획을 세우기 힘들었다. 이런 우여곡절 끝에 탄생한 것이 지금의 압구정 옥상 클라이맥스 신이다. 3월이 코앞인데도 다시 한파가 닥쳤던 그날, 결국 촬영은 끝났다.

# 12
## 지리멸렬했던 편집과정

〈들개〉의 첫 번째 편집본 러닝타임은 120분이었다. 최종 완성
본이 102분이니까 다른 팀에 비해 그리 긴 편은 아니었는데, 이
는 애초에 편집을 해보지도 않고 버린 신들이 꽤 있었기 때문에
벌어진 현상이다. 편집을 하다 보니 필요 없는 게 너무 명백한 신
을 왜 그렇게 고생해서 찍었는지 허탈한 웃음이 날 정도였다.

편집 초기에 가장 큰 문제로 지적된 것은 주인공 정구의 욕망
이 무엇인지, 정확히 어떤 캐릭터인지 불명확하다는 것과 초반부
가 지루하다는 것이었다. 그 문제를 해결하는 데 정지우 감독님
의 조언이 결정적이었다. 그 중 하나는 프롤로그인 고등학교 시
퀀스 이후 제일 처음 등장하는 현재 시점의 신을 면접 신으로 바
꾸자는 것이었다. 폭탄이 등장하는 프롤로그에 이어 바로 면접
신이 나오면 정구의 모순적인 욕망이 더 선명하게 드러날 것 같
다고 했다. 또 하나는 처음 아지트에 도착해 폭탄 실험을 하는 정
구와 편의점에서 폭탄을 보내는 정구 신을 교차해 몽타주 시퀀스
로 묶는 것이었는데, 결과적으로 초반 리듬감을 확실히 잡아줄
수 있는 좋은 선택이었다.

〈들개〉는 대체로 주인공 정구를 따라가는 영화라서 구성을 바
꿀 여지가 많지 않았지만, 디테일을 다듬느라 편집에 장장 5개월

이 넘는 시간이 소진됐다. 시나리오 단계부터 체력이 완전히 방전되어 버린 탓에 편집에 게으름을 피운 까닭도 컸다. 하지만 아무리 휴식을 취해도 어느 순간부터 영화가 객관적으로 보이지 않았기 때문에 편집 모니터링을 적극 활용하는 것이 효율적이지 않았을까 아쉬움이 남는다.

편집을 하다 보면 왜 중요하지도 않은 신의 촬영에 이렇게 시간을 많이 허비했을까 싶은 생각이 드는 한편, 찍어내기 바빴던 신들이 실은 영화의 성패를 좌우할 만큼 중요했다는 생각이 들기도 한다. 그런 의미에서 편집은 장편영화의 흐름과 큰 그림을 머릿속에 집어넣는 데 큰 도움이 되는 과정이었다.

# 13
## 모든 것은 커뮤니케이션의 문제

촬영이 고된 것도 문제지만 결국 수많은 스태프들이 참여하는 영화 제작에서 가장 중요한 것은 커뮤니케이션이라는 진리를 다시 한 번 확인했다. 커뮤니케이션을 충분히 한 배우, 스태프들과는 좋은 결과물을 얻었지만, 그렇지 않은 파트에선 갈등이 많았다. 이는 후반작업 때도 마찬가지였는데, 특히 음악의 경우 작곡에 대한 경험이 없었기 때문에 상당히 난항을 겪었다. 서로 추상적인 차원에서 얘기를 진행하다가 엇나가기 일쑤였고, 들인 시간에 비해 결과물이 원하는 대로 나오지 않았다. 마감이 임박하자 다급한 마음에 디테일한 수정만 거듭했고 결국 어느 정도 만족할 만한 결과물을 얻었다.

프리 단계에서부터 촬영감독과 더불어 나와 가장 많은 얘기를 나눈 조감독 민지가 편집과정에 참여한 것은 나로서는 엄청난 행운이었다. 혼자 붙들고 있으면 진도가 나가지 않고 확신을 가지기 힘든 게 편집작업이다. 다행히 민지와는 끊임없이 서로의 의견을 묻고 수정하면서 즐겁게 작업할 수 있었다. 그럼에도 편집과정은 지난했고 상당히 오랜 시간이 소요되었다.

결국, 어떻게든, 영화는 완성된다. 하지만 지금의 결과물은 처음 구상했던 것과 엄청난 차이가 있다. 수많은 사람들의 아이디어, 조언, 노력 등이 그 차이를 만들었다. 그래서 나는 감히 이 모든 결과물을 나의 작품이라고 말하기 두렵다. 결국, 영화는, 사람들 사이에서 완성되는 것이다. 영화아카데미 장편제작연구과정이 아니었다면 상상조차 할 수 없었던 수많은 경험을 통해 나는 너무나도 당연한 깨달음을 얻었다. 진심으로 감사한다.

# 박성훈
# 촬영감독의
# 이야기

# 01
## 사제폭탄이라는 소재에 매혹되다

〈들개〉는 '사제폭탄'이라는 소재를 다룬 영화다. 이는 기존 아카데미 장편영화나 다른 독립장편영화가 한 번도 주목하지 않은 소재다. '사제폭탄'은 촬영자로서 여태껏 작업해 보지 못한 것이었고, 특수효과나 CG 등 고민하고 도전해 볼 만한 것들이 많았다. 등장인물의 내면과 캐릭터 간의 개연성, 갈등, 감정선 등을 디테일하게 수정한다면 관객들에게 공감을 얻을 수 있을 거라고 생각했다.

한 가지 시나리오를 읽으면서 의문스러웠던 것은 '과연 5천만 원이라는 예산 안에서 진행이 가능한 프로젝트인가' 라는 부분이었다. 폭발 신이나 관공서 신도 많았고, 배우 섭외에도 적지 않은 예산이 들어갈 게 분명했기 때문에 스토리에서 크게 벗어나지 않은 범위 안에서 실현가능한 시나리오를 발전시키는 것이 중요한 과제라고 생각했다.

촬영자가 시나리오를 보고 고민할 때 간과할 수 없는 부분이 바로 스케일이다. 이것은 예산과 직결되기 때문에 위에서 언급했듯 '정해진 예산 안에서 원하는 그림을 만들어 낼 수 있을까?'라는 질문이 계속 머릿속에 맴돌았다. 이러한 문제에 직면했을 때 해결책을 강구하는 것은 촬영자로서 응당 해야 할 역할이다. 물론 연출자와 함께 고민하고 수정을 해나가겠지만 이미지를 구현해 내는 주체로서 촬영자는 이런 문제를 가장 심사숙고해야 한다.'

그런 의미에서 아카데미 장편제작연구과정에 할당된 5천만 원은 큰 장애물이었다. 예산 내에서 구현하기 힘든 시나리오는 촬영자를 심적으로 지치게 만든다. 물론 심사를 거치면서 시나리오가 수정되긴 하지만 〈들개〉팀은 예상대로 많은 난관에 봉착했다. 이제야 웃으면서 이야기하지만 그때는 정말 피를 말리는 시간이었다. 다행히 '촬영고 시나리오'는 처음과 달리 예산에 적합한 시나리오로 수정되었다. 그렇게 시나리오가 각색되고 수정되는 동안 연출자와 마찬가지로 나 역시 '어떻게 하면 주제를 유지하면서 예산에 맞는 스케일로 시나리오를 고칠 수 있을까?' 고민을 많이 했다. 나는 촬영자로서 영화에서 가장 중요한 것이 뭐냐고 물어본다면 첫째도 시나리오, 둘째도 시나리오, 셋째도 시나리오라고 말하고 싶다. 그 다음 판단해야 할 것이 '지금의 시나리오가 예산에 맞는 프로젝트인가?' 라는 부분이다. 그 다음으로 고민할 부분이 디테일한 작업에 관한 것이다.

# 02
## 5천만 원 쪼개 쓰기의 어려움

촬영자가 물리적으로 해결할 수 없는 부분도 있지만 촬영자의 아이디어로 고가의 장비나 특별한 이펙트 없이 영상으로 표현할 수 있는 방법도 무궁무진하다. 연출자와 끊임없이 상의하면서 다소 불가능해 보이는 부분들을 수정, 삭제하는 작업은 그런 의미에서 무척이나 흥미롭다. 프리 프로덕션 단계에서 연출자가 의도했던 부분을 예산에 맞게 적용하는 작업은 촬영자가 꼭 단련해야 할 부분이다.

생각해 보면 저예산 장편영화는 테크닉의 문제보다 시나리오의 참신함과 창의력, 콘티에 따라 승패가 결정된다. 비록 상업영화의 비주얼에 미치지 못하지만, 저예산 영화가 가진 그 자체의 개성이 가장 큰 무기가 될 수 있다. 상업영화의 다소 제도적인 이미지에서 벗어나, 창의력으로 무장한 저예산 독립장편영화들은 새롭고 흥미로운 이미지들을 많이 생산해 낸다.

그러나 저예산 영화 제작은 여전히 힘겨운 문제를 안고 있다. 실질적으로 스태프를 구성하기 어려운 것이 가장 큰 문제다. 저예산 영화 스태프들은 상업영화 스태프들이 받는 임금과 비교할 수 없을 만큼 적은 돈을 받고 훨씬 많은 업무를 소화해 낸다. 서로 상부상조하며 도와준다는 개념이 강하기 때문에 도움을 요청

한 사람은 미안한 감정을 많이 느낀다. 항상 '최소 인원'을 꾸려야 하는 실정이기에 인력난으로 가중된 노동의 부담을 스태프들이 짊어져야 한다. 상업영화 현장도 많은 문제들을 안고 있지만, 저예산 독립장편영화 현장의 환경 개선도 필요한 일이다.

이런 힘든 상황에서도 스태프들의 열정이 있었기에 〈들개〉를 잘 마무리할 수 있었다. 이 자리를 빌려 〈들개〉에 참여한 모든 스태프들에게 고마움을 전한다. 특히 촬영팀이었던 상빈, 성곤, 치윤이에게 고맙다.

# 03
## 콘티도 완성하지 못한 채 촬영은 시작되고

2012년 2,3월경 〈들개〉 팀이 꾸려지고 7,8개월 뒤 본격적으로 프로덕션에 들어갔다. 나는 감독이 최종 시나리오를 쓸 때까지 특별히 할 수 있는 일이 없었다. 초반 몇 달은 개인적으로 아주 작은 것들만 준비했다. 시나리오 초고를 바탕으로 헌팅을 시작할 수 없는 노릇이라 점점 무기력해져 갔다. 시나리오 심사를 거칠 때마다 수정 지시를 받았고, 그때마다 연출과 만나 촬영 방향이 아니라 각색 방향을 논의했다. 인물이나 장소 같은 것들이 조금씩 바뀌었기 때문에 단독으로 진행할 수 있는 건 스태프를 꾸리거나 이미지 콘셉트를 잡거나 레퍼런스를 찾아보는 것밖에 없었다. 대신 촬영 아이디어가 떠오를 때마다 연출과 연락하며 이야기를 자주 주고받았다.

촬영자에게 중요한 것은 연출자와의 피드백이다. 촬영자 스스로 시나리오를 냉정하게 비판하고 세세한 부분들을 따져가며 연출자와 상의해야 한다. 프리 프로덕션 단계에서 연출과 이야기를 많이 나누면서 서로가 생각하고 원하는 바가 무엇인지 분명히 파악하는 게 중요하다. 그래야 상대의 내밀한 의도를 파악할 수 있다. 이미 언급한 바 있지만 우리 팀 시나리오는 처음 심사를 받을 때 버전과 마지막 최종 심사 시나리오가 매우 달랐다. 그래서 프리프로덕션과 프로덕션 사이의 시간이 다른 어느 팀보다 부족했다. 촬영장소 헌팅이나 콘티 등의 준비도 미비했던 게 사실이다. 물론 다른 팀도 만족할 만한 준비를 하고 프로덕션에 들어가진 못했겠지만, 특히 우리 팀은 시나리오 수정 기간이 길었기 때문에 진행이 많이 더뎠다. 프로덕션이 12월 초에 들어갔는데, 10월에야 겨우 헌팅과 콘티작업에 착수했다. 처음에는 두 달이면 충분할 거라 생각했지만, 처음 장편을 준비하는 사람들에게 그것은 턱없이 부족한 시간이었다. 더군다나 두 달 동안 시나리오도 계속 수정되었고, 콘티를 중심으로 연출과 이야기할 수 있는 시간이 턱없이 모자랐다.

결국 연출자는 계속 시나리오를 고쳤다. 나는 새로 나온 시나리오를 바탕으로 혼자 콘티작업을 진행했다. 그리고 시간이 날 때마다 연출자와 회의를 하면서 콘티를 수정했다. 결국 〈들개〉는 약 70퍼센트 정도의 콘티밖에 짜지 못한 상태에서 프로덕션에 돌입했다. 이것은 당연히 프로덕션 단계에서 문제를 일으켰다. 〈들개〉의 경우, 약간의 액션과 특수효과, CG가 있기 때문에 프리 프로덕션 단계에서 더 철저한 준비가 필요했는데, 무작정 촬영에 들어간 것 같아 아쉽다. 장편을 처음 찍거나 영화 제작에 대한 경험이 부족한 사람들은 준비를 철저히 하는 것이 무엇보다 중요하다. 시나리오, 콘티, 헌팅. 이 세 단어는 아무리 강조해도 지나치지 않다.


물론 〈들개〉에도 나름 준비가 잘된 신이 있다 홍대 도로에서 벌어진 추격 신과 작은 폭발 장면이 바로 그것이다. 연출과 나는 프리 프로덕션 단계에서 이 장면의 영상 콘티를 미리 찍었다. 이것이 프로덕션 때 많은 도움이 되었다. 비록 변수가 많았지만 영상 콘티를 준비하면서 연출과 좀 더 원활하게 소통할 수 있었다. 복잡한 동선이 필요한 신이나 액션이 필요한 신 등은 단순히 그림 콘티로 작업하는 것보다 직접 찍을 장소에 나가 DSLR 카메라나 콤팩트 카메라로 영상 콘티를 찍어 보고 그것을 토대로 연출자와 이야기하는 것이 큰 도움이 된다. 이는 연출자와 커뮤니케이션 과정에서 오해를 줄여 줄 뿐 아니라 다른 스태프, 나아가 배우까지 신을 이해할 수 있도록 도와준다.

# 04
## 의견 충돌은 영화의 에너지

〈들개〉 프로덕션 기간 중 가장 힘들었던 것은 '추위'였다. 작년 겨울은 유난히 추웠다. 기온이 영하 15~20까지 내려가는 날이 많았다. 밤 촬영을 위해 오후부터 야외 작업을 했으니, 스태프들 모두 추위로 힘겨워 하는 건 당연했다. 극한 상황에서 나 역시 빨리 찍고 하루 회차를 끝내고 싶은 생각이 굴뚝 같았다. 추위가 머리까지 얼어붙게 만들었는지 더 이상 나은 콘티를 생각할 수 없었고 하루치의 촬영을 끝내는 데만 급급했다. 항상 지나고 나서 후회하는 것이 인간이라고 했던가. 내가 육체와 정신이 조금만 더 강건했다면, 더 나은 이미지를 만들어 낼 수 있지 않았을까 아쉬움과 후회가 많이 밀려온다.

잦은 야외 촬영 때문에 배터리와 싸움을 하기도 했다. 추위로 인해 배터리가 빨리 소모되리라는 것은 익히 알고 있었지만 충전이 잘 되지 않는 것까지 염두에 두진 않았다. 해는 저물어 가는데, 한 컷 찍고 다시 충전하고 또 한 컷 찍고 다시 충전해야 하는 아찔한 순간도 있었다. 그 후로는 항상 실내에 있는 난로 옆에서 충전을 했고 배터리도 최저까지 사용하지 않고 20~30퍼센트 남으면 새것으로 갈았다. 다행히 카메라에는 문제가 생기지 않았지만 언제나 민감한 디지털 장비는 관리를 철저히 하고 문제가 생기지 않도록 미연에 방지해야 한다는 것을 배웠다. 디지털 장비는 추위나 더위에 약하기 때문에 촬영자 본인은 물론이고, 장비를 다루는 촬영팀 또한 이에 대한 숙지가 필요하다.

프로덕션 단계의 어려움은 추위만이 아니었다. 어느 팀이나 마찬가지겠지만, 영화현장에선 항상 의견 충돌이 자주 일어난다. 그러다 보면 얼굴이 붉어지는 순간도 종종 발생하기 마련이다. 특히 촬영자는 프로덕션에 들어가면 연출자와 가장 많이 이야기하게 되는데, 육체적·정신적으로 예민한 상태에서 트러블이 안 생길 수 없다. 물론 트러블은 대화에서 비롯되는 것이기에 이는 더 나은 결과물을 만들기 위한 과정이기도 하다. '영화'라는 하나의 목적만을 생각하며 연출자와 논쟁하는 것은 오히려 추천할 만한 일이다. 커뮤니케이션 과정에서 한 번 더 고민을 하게 되고 놓친 부분을 바로 잡을 수 있다. 추운 날씨와 육체적 피로 때문에 의견 충돌이 일어나면 힘든 게 사실이지만, 지나고 보니 이런 순간 하나하나가 모두 필요하고 중요하지 않았나 싶다.

프로덕션 단계에 대해 또 하나 이야기하자면, 〈들개〉는 데일리 편집을 진행했다. 데이터매니저 겸 연출부를 겸한 친구가 그날 찍은 소스를 간단히 집에서 편집해 왔다. 그래서 다음날이면 우리가 어떻게 찍었는지 스태프 모두 공유할 수 있었고, 바로 전 신이나 다음 신을 찍을 때 현장에서 바로 참고했다. 이는 스태프들과의 소통, 특히 연출자와 촬영자 간의 소통을 원활하게 해 주었다. 시간적 여유가 생길 때는 현장에서 바로 촬영분을 붙여 보기도 했는데, 개인적으로 데일리 편집이나 현장편집은 좋은 선택이었다고 생각한다.

물론 현장편집 시 매 컷을 붙여서 확인하지는 않았다. 오히려 이런 작업은 추천하고 싶지 않다. 그렇게 되면 너무 많은 시간을 편집에 소모하거나 현장편집에 의존하기 때문에 오히려 촬영의 집중력을 떨어뜨린다. 각자 추구하는 현장 분위기나 작업 스타일이 따로 있기 때문에 자신이 참여한 프로젝트의 성향에 맞게 고민하고 진행방향을 결정하는 것을 추천한다.

# 05
## 촬영 콘셉트 보다 시나리오 독해가 먼저

개인적인 작업 방식인데 나는 시나리오를 읽고 먼저 촬영 콘셉트 보다 인물의 감정과 정서를 이해하기 위해 노력한다. 내가 어떻게, 얼마만큼 캐릭터를 이해하는지, 또 어느 정도 캐릭터의 행동을 수용할 수 있는지부터 정리하고 생각한 바를 간략하게 적는다.

내 생각은 연출의 의도와 맞지 않을 수 있다. 서로 극명한 차이를 보이는 부분은 대화를 통해 보충해 나간다. 촬영자 본인이 직접 시나리오를 쓰지 않았기 때문에 초반에는 연출의 의도와 주제를 먼저 듣고, 그것을 바탕으로 어떻게 해야 연출자가 말하고자 하는 바를 보다 영화적으로 확장시켜 나갈 수 있는지 생각해 본다. 그러고 난 후 이미지에 대한 고민을 본격적으로 시작한다. 여기서부터 진짜 촬영 콘셉트를 결정하는 시간이다. 촬영 전 첫 번째로 해야 할 것은 핸드헬드냐 픽스냐를 정하는 것이다. 이를 정하고 나니 자연스럽게 무빙과 앵글 사이즈 등이 정해졌고 이후에는 무빙이나 앵글에 관한 미묘한 수정 과정이 반복됐다.

# 06
## 기술적인 선택

〈들개〉는 레드 MX 카메라로 촬영했다. 카메라 설정은 4K 16대 9이고, 화면 비율은 2.39대 1이다. 〈들개〉 촬영 시 메인 카메라는 알렉사, 레드 MX 중 1대, 서브 카메라로 레드 스칼렛, 캐논 5D를 선택할 수 있었다. 개인적으로 알렉사의 룩보다 레드의 룩을 선호하는 편이다. 카메라를 선택하는 데 가장 크게 고려했던 요소는 내가 어떤 룩을 선호하느냐, 또 시나리오와 맞는 룩이 무엇인가, 그 룩을 바탕으로 어떤 이미지를 표현할 수 있느냐의 문제였다. 개인적으로 알렉사는 파스텔 톤이 느껴지기 때문에 〈들개〉의 이미지 콘셉트와 맞지 않는다고 생각했다. 만약 앞으로 알렉사로 찍을 기회가 있다면 그건 로맨스나 멜로 장르에서 한번 써보고 싶다. 물론 미술이나 조명에 의해 컬러나 톤은 얼마든지 달라질 수 있다. 즉, 레드를 통해서도 파스텔 느낌을 만들 수 있다. 하지만 같은 유채색, 같은 파스텔이라고 해도 기본적인 센서의 차이 때문에 빛과 색을 표현하는 것은 많이 다르다. 따라서 촬영자 본인에게 맞는(선호하는 룩) 카메라를 선택하는 것이 무엇보다 중요하다. 예전부터 워낙 레드를 좋아했고 사용 빈도도 높아 지금까지 만든 영화 대부분이 레드로 촬영한 작품이다. 레드는 천의 얼굴을 가진 카메라라는 생각을 지울 수 없다.

레드로 촬영하고 후반 작업을 하면서 느꼈던 소스들의 특징은 기본적으로 그린 색을 가지고 있다는 것이다. 그래서 인물 스킨 톤이 전부 그린을 함유하고 있다. 〈들개〉는 DI 과정에서 기본적으로 그린을 제거하는 작업을 진행했다. 처음 편집본을 보니 스킨 색이 엉망이었는데, 이는 레드가 피부 톤의 기준을 잡는 데 약간 불안하다는 뜻이다.

레드 카메라는 모두 알고 있듯 RAW 파일로 저장된다. 그러기에 간혹 촬영할 때 하이라이트나 암부를 RAW 모드로 확인하면서 체크할 때가 있다. 기본적으로 메타 데이터가 저장되어 있기 때문에 후반작업 때 내가 어떻게 촬영했는지 되새기면서 색보정을 할 수 있다.

레드 MX는 카메라 설정 중 감마 선택이 제한되어 있다. 이는 다른 스칼렛이나 에픽과 다른 점이다. 스칼렛이나 에픽은 후반에 씌울 수 있는 레드 감마 2.3을 적용시켜 현장에서 확인할 수 있지만 레드 MX는 그렇지 못하다. 그래서 MX는 본인이 촬영했을 때 봤던 블랙 부분이 후반에 어떤 감마를 씌우느냐에 따라 달라진다. 이것은 어떤 감마가 좋고 안 좋고의 문제가 아니라 자신의 색보정(블랙 부분) 시작점을 어디에서 시작하느냐의 차이다. 본인이 어떤 감마 선택을 하느냐에 따라 작업 시간이 달라지기 때문에 미리 잘 선택해서 촬영하는 게 중요하다. 무엇보다 자신이 기준으로 하는 블랙의 정도를 미리 알고 결정하는 것이 중요하다.

포스트 프로덕션 기간이나 특징에 따라 카메라의 선택도 달라질 수 있다. 레드는 찍은 R3D 데이터를 레드 시네(Red Cine)를 거쳐 파일을 변환해야 하기 때문에 찍은 컷 수 대비 작업시간이 길어지는 것을 감안해야 한다. 반면 알렉사의 경우는 MOV로 바로 저장이 되기 때문에 파이널 컷 프로든 다른 편집 툴에서 바로 편집을 진행할 수 있다는 장점이 있다. 이렇게 각각의 카메라마다 장단점이 있기 때문에 프로덕션 예산이나 영화 장르, 개인적인 선호에 따라 카메라를 선택하고 결정을 하면 사전 테스트를 거쳐 프로덕션에 들어가야 한다. 그래야 프로덕션에서 자신이 원하는 이미지를 충분히 만들 수 있다.

심장이 뛴다, 영화가 뛴다

심장이 뛴다, 영화가 뛴다

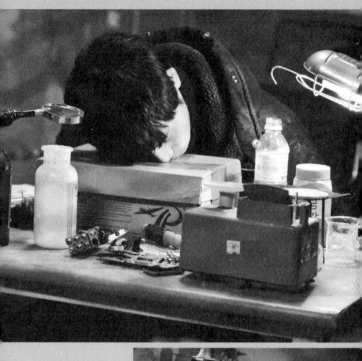

심장이 뛴다, 영화가 뛴다

# 〈들개〉 제작비 내역서

| 항목 | 세부내역 | 금액 (단위 원) |
|---|---|---|
| 스태프 | 진행비, 인건비 | 23,450,000 |
| 연기 | 배우 출연료 | 6,900,000 |
| 프리 제작진행비 | 식대 및 진행 | 3,550,000 |
| **프리 프로덕션** | | **33,900,000** |
| 촬영 | 차량대여비 및 장비비 | 2,400,000 |
| 소품 | 구입 및 대여비 | 1,050,000 |
| 의상/분장 | 재료비 및 대여비 | 800,000 |
| 운송 | 차량 및 기타 운반 | 1,800,000 |
| 로케이션 | 유류대 및 식대, 숙박, 진행비 | 17,600,000 |
| **프로덕션** | | **23,650,000** |
| 음악/사운드 | 인건비와 진행비 | 950,000 |
| **포스트 프로덕션** | | **950,000** |
| 보험 | 기자재 보험비 | 1,500,000 |
| **기타 프로덕션** | | **1,500,000** |
| **총 합계** | | **60,000,000** |

# END CREDIT

## 잉투기

제공 KAFA Films

제작 한국영화아카데미

공동제공 CGV무비꼴라쥬 / (주)프레인글로벌

국내배급 CGV무비꼴라쥬

해외배급 CJ 엔터테인먼트

제작지원 CJ CGV (재) 한국영화아카데미발전기금

연출 엄태화

각본 엄태화 조슬예

프로듀서 강지현

촬영 지상빈

조명 정태환

분장 송종희

미술/의상 서현선

무술 이흥표 (액션월드)

동시녹음 박성만

편집 엄태화

C.G 임승규 (장사치필름)

　　　송희승 조용익

　　　신종윤 (윤크리에이티브)

SOUND 홍예영 성지영 (STUDIO SH)

음악 안복진 (좋아서하는밴드)

　　　구본춘

웹디자인 옥주복

타이틀디자인 강한주

### CAST

태식 엄태구

영자 류혜영

희준 권율

관장님 김준배

태식엄마 길해연

근후 (마리안느) 김희상

진성 (교미킹) 박종환

우진 (PK야도란) 오희준

현재젖존슨 김찬희

과거젖존슨 여성탄

젖존슨엄마 정은경

독거구검 정영기

순이 차청화

연희 박소담

영자네 담임 문현정

단신학생 윤금선아

개그학생 김소라

안경학생 정연주

평범학생 이지연

부동산업자 이규봉

물류창고 관계자 유영선

양금이 윤상원

볼케이노멤버 강기영 은승환 이영상

사슴벌레 이우람

지하벌 아이 신초원

지하벌 아이 엄마 김미정

잉투기대회 진행자 천창욱

잉투기대회 스태프 김현창

간석오거리 와이셔츠남 정우식

간석오거리 횡단보도남 장인영

간석오거리 키보드남 배범식

간석오거리 야구장녀 조슬예

간석오거리 비명녀 송지인

간석오거리 구타남1 이용희

간석오거리 구타남2 백기현

간석오거리 구경꾼들 유원상 홍석재 조소민 강기영
이영상 이지현

**영재네 학교 학생** 반영은 김주란 김어름 송이미 박다영
황선영 조령수 정수련 곽영지 엄보경 최혜진 이솔
고세희 최자영 한세희 서형은 홍혜련 김한솔 변규미
김지영 이로운 안혜지 성스러운

**PC방 앞 행인** 류두현 양범모 박진성

**체육관 관객** 황보정 박준영 아수민 최민구 고민성 한대희

**잉투기대회 출전자** 강정석 박재현 차지인 김국현
김승곤 이우진 옥기헌 이지현 최동훈 박상찬 조형모
이정훈 조민기 박주영

**잉투기대회 심판** 한대희

**옆 체육관 관장** 박헌수

**커피숍 손님들** 오수빈 옥기헌

**PC방 재떨이남** 이원우

**셰입자** 조아라 백승진

**리포터** 이서연

**앵커** 최지훈

## STAFF

### 제작
**제작부** 조아라 백승진
**제작부지원** 박지영 김시내 김승곤 이송희 오혁재

### 연출
**조연출** 최수혁
**연출부** 김동호 이우람
**스크립터** 이다나
**현장편집** 김동호
**스토리보드** 조용익 이인준
**시나리오지원** 유영선
**연출부지원** 신지영 오혜원
**〈데칼코마니〉 뮤직비디오 연출** 최수혁
**〈데칼코마니〉 뮤직비디오 편집** 김동호
**〈데칼코마니〉 가사** 네이버 지식iN rhk****님

### 촬영
**촬영부** 조형래 김경진 박예솜 한승완 박성훈
**촬영부지원** 문명환 김진형 김기훈
**스테디캠** 황성운 Lorand Marton
**Grip** 탁대성
**촬영장비** 한국영화아카데미 영화진흥위원회

### 조명
**조명부** 강경근 최성진
**조명부지원** 김희태 이상훈
**발전차** 허필봉
**조명장비** 한국영화아카데미 영화진흥위원회

### 미술
**미술팀** 유진 박준영
**세트제작지원** 조화성
**미술협찬** 류효정 (미미크라이)
　　　　　　김지윤 (더 폼)
　　　　　　이사미서울

### 분장/특수분장/헤어
**분장팀** 임은영 최미경

### 의상
**의상팀** 이다나 안수희

### 동시녹음
**붐오퍼레이터** 김정웅 박정섭
**붐오퍼레이터지원** 조슬애 백승진 홍석재 홍지석

### 무술
**무술감독** 이홍표 (액션월드)
**무술팀** 조기우

### 현장사진
**현장사진** 김진영 정은호 (Exoticshop)
　　　　　　김성연

**보조출연**
보조출연 김경태 추병현 (미르미돈)
**보험**
보험 안용진 (동부화재)
　　박성식 (LIG)

**편집**
편집지원 김창주 (C-47)
　　조슬예

**번역**
영문번역 박선영
영문번역지원 김시내

**자문**
임투기대회 자문 천창욱 (CMA코리아)
격투기 자문 천창욱 (CMA코리아)
　　김기태 (공도코리아)

**CG**
Computer Graphic A 임승규 (장사치필름)
Computer Graphic B 송희승 조용익
Computer Graphic C 신종윤 (윤크리에이티브)

**DI**
D.I Colorist 허정 (C-47)
D.I Assistant 김남희 (C-47)

**Audio Post Production**
Audio Post-Production STUDIO SH
Sound Superviser 홍예영
Sound Design Superviser 성지영
Re-recording Mixer 김영록
Sound Effect Design 이민섭
Ambience Design 김영호
Foley Mixer 이민섭
Foley Artist 안기성

Sound Editor 최고은
Dialogue Editor 유이빈

**음악**
작곡 안복진 구본춘 정호영 조혜수
Acoustic Guitar 민병욱 박상흠
Electric Bass 박상흠
Electric Guitar 신용운
Piano Accordion 안복진
Percussion 신동민
Pan Flute 장석만

**삽입곡**
한강블루스
무드살롱 (작곡 박상흠)
Step
청림 (작사 권태은 / 작곡 권태은 Benzi)
나비소녀
김세화 (작사 송창식 / 작곡 송창식)
Jack is running
무드살롱 (작곡 박성도)
섬집아기
(작사 한인현 / 작곡 이흥렬)
우리들의 이야기들
윤형주 (작사 윤형주 / 작곡 외국곡)
인생은 알 수가 없어
좋아서하는밴드 (작사 백가영 / 작곡 백가영)
내 맘속에서만
청림 (작사 권태은 / 작곡 권태은 / 편곡 권태은 장준호)

**CREW**
**한국영화아카데미(KAFA)**
제작책임 최익환
제작총괄 이지승
제작운영 황동미
프로덕션 컨설턴트 김태균 박헌수 이종국 정지우
　　장준환 김현석 박찬옥 황기석

제작코디네이터 김윤주
배급/마케팅책임 정유경
배급/마케팅진행 임수아 김민아 윤부미
행정지원 김용봉 김수덕 한인철 도동준 김유경
김보라 최혜선 김혜연

## CGV 무비꼴라쥬
무비꼴라쥬총괄 이상윤
투자진행 원정민 김기영
마케팅진행 민현선 박혜정 김유진
배급책임 이성진
배급진행 장지연 박정효
마케팅지원책임 한승희
마케팅지원진행 강연주 이원재 고지민 안현주 안은정
이창우 오은정 정선진
해외배급지원 김보람 주우현 프랭크

## CJ 엔터테인먼트
해외배급책임 김성은
해외배급진행 정영홍 Claire Seo 김하원 문성주
채민경 조창범 김경denx 이월란 홍아름 이현주
김현우 이민지 안다니 윤민기 김은지 서재현 쟁태선
따오티 축하 박정식 정영성 신아름 Xu Feng
이경준 Maseba Osamu Jini Cho Sarah
Kim Diana Lee

## 마케팅
마케팅 프레인글로벌
온라인마케팅 전승기 김현희 김청솔 (웹스프레드)
로고타이틀 김기조
일러스트 김나훔
예고편 시네마틱퍼슨
인쇄 다보아이앤씨

## 매니지먼트
염태구 이동현 실장 김현회 실장 (H.Entertainment)
권율 이소영 대표 한상우 팀장 강윤욱 매니저 (사람

엔터테인먼트)
정영기 임성진대표 이용민실장 김홍필 팀장 (그림
컴퍼니)
길해연 길종우

## 제작후원
바른손필름 곽신애대표 / 사람엔터테인먼트 이소영대
표 / 패뷸러스 정성복대표, 영화사업부 강동구 대표

## 제작협찬
㈜로엔케이 김형준 / KWON 슈람코리아 / 더 만
듦 김신혜

## 차량지원
안산광림교회 / 이기용 / 이병관 / 박서희 / ㈜알
앤씨렌트카 김동욱

## 장소협조
군포주짓수클럽 이정용 관장 / 일산 물류창고 /
인천 중앙공원 하트분수지구 / 한국문화영상고등
학교 정기숙교장 김만성교감 이창호교사 박은옥
교사 문새미교사 / 서울시 은평구 수색동 13-17
/ 투훈정심관 윤승노관장 / 스위티 PC방 백승훈
/ P.S. 맥주창고 박상민 / 최수혁 집 / 서헌선 집
/ 광명충현고등학교 행정실 / 연희동시민슈퍼 /
영화다방 와 최수안 / 안산광림교회 / 고덕시영현
대아파트 / 부천극동아파트 관리사무소 / 시화방
조제 / 삼막사 / 부천유한양행폐공장 / 한국영화
아카데미

## 도움 주신 분들
강민석 / 강성경 / 강이관 / 고윤희 / 권소은 /
김기환 / 김민세 / 김상범 / 김재범 / 김은주 /
김성연 / 김순자 / 김시진 / 김우일 / 김유평 /
김재록 / 김중현 / 김택규 / 김하나 / 김향지 /
민규동 / 박그리나 / 박민선 / 박성운 / 박옥환
/ 박재인 / 박흥기 / 방옥경 / 서고은 / 서혜진 /

송연진 / 송유진 / 송희진 / 신현일 / 원종림 / 오
승욱 / 윤우조 / 이기용 / 이석준 / 이동주 / 이정
곤 / 이찬호 / 이하나 / 이혜정 / 임아영 / 임은정
/ 장재용 / 정범식 / 정식 / 정영아 / 정하선 / 조
습 / 조용원 / 조희온 / 최문석 / 최은미 / 최재원
/ 최철웅 / 한선희 / 조형우 / 이성백 / 엄용진 /
도금록 / 박진숙 / 이수연 / 신윤수 / 인숭현 / 황
영식 / 박대한 / 우대현 / 신철 (신씨네) / 서희영
이성현 (바른손필름) / 최미나 오주연 원지선 이윤
미 이송희 권다정 (더 만듦) / 이전형 김용우 김종
겸 추히나 김그린 (4th Creative Party) / 디시
인사이드 / 한국영화아카데미 28기 / 장편제작연
구과정 6기

심장이 뛴다, 영화가 뛴다

제공 KAFA Films
제작 한국영화아카데미
공동제공 CGV무비꼴라쥬 / (주)프레인글로벌
국내배급 CGV무비꼴라쥬
해외배급 CJ 엔터테인먼트
제작지원 CJ CGV (재)한국영화아카데미발전기금

각본/연출 한승훈
프로듀서 이병삼
촬영 박찬희
조명 유석문
미술 최임(Planet M)
분장 석은진
의상 김희진
동시녹음 이인경
무술 장철민
편집 손연지(모네프) 김태영
음악 동민호
사운드 정희구 김지은(㈜리데)
DI 이정민(CJ POWER CAST)
타이틀/VFX 이승재 정능채

## CAST
한정도 정겨운
한재웅 정인기
채경희 윤승아
만기 임현성
진경 이지연
엄마 이선주

어린 정도 윤찬영
병록 권혁준
슬예 손민지
온선 박소담

은경 이해신
어린 경희 신수연
어린 만기 이승준
정도 아들 이희성
과외 선생님 채수아
진경 친구 임정선
진경 친구 남편 윤 길
슬예 엄마 서민경
진경 엄마 김희윤
부동산 손님 김세경
사고 남 이동환
발렛파킹 남 정재민
의사1 홍상원
의사2 이병삼
간호사1 오혜원
간호사2 이보경
간호사3 김상희
어린 정도 친구1 전성혁
어린 정도 친구2 한보연
고시텔 남1 형슬우
고시텔 남2 장철민
고시텔 남3 가심현
고시텔 남4 김경수
합격 퍼레이드 남1 배우경
합격 퍼레이드 남2 백상은
합격 퍼레이드 남3 한재웅
과외선생1 정유영
과외선생2 이지안
과외선생3 김하나
과외선생4 하수민
과외선생5 박은혜
과외선생6 김나영
과외선생7 조슬예

## 목소리 출연
숲에 아빠 김영웅

간호사 황금희

## 특별출연
진경 아빠 박헌수

교장선생님 이종국

부동산 아저씨 김희창

택시 기사 우문기

사물놀이 패 사물놀이 미르

## STAFF
### 제작
제작부 성기욱 가심현

제작회계 이보경

### 연출
조연출 형슬우

연출부 오혜원 이동환

스크립터 김지영

스토리보드 우문기

### 촬영
촬영부 강종수 배정현 유민정

촬영지원 강민우 박성훈 채정석 권용직 김재우

스테디캠 강민우

그립 황창기 (더 그립)

촬영장비 한국영화아카데미 영화진흥위원회

장비협조 순천향대학교

### 조명
조명팀 류시문 이수남 조현진

조명장비 한국영화아카데미 영화진흥위원회

### 프로덕션디자인
미술팀장 홍상원

미술팀 정의진

## 분장&헤어팀 석은진
의상협찬 바이런와이

## 동시녹음
붐오퍼레이터지원 송준 홍석재

## 편집
현장편집 권만기 김상희

## 기타 프로덕션
스틸 김경수

무술팀 이정규 정웅

보험 동부화재 옥기종

영문 번역 박선영

## DI
Digital Intermediate CJ PowerCast

Executive Director 김백철

Technical Supervisor 강상우

Digital Colorist 이정민

Lab Assistant 옥임식

DI Producer 류 연

Digital Color Assistant 신정민 김재민 이경종

Digital Cinema Supervisor 장지욱

Digital Cinema Operator 최인선 조아라

Digital I/O 이종은 최미나

Project Coordinator 유영현

System Support 서동원 이정훈

Administration 현상필 조세형 정선진 김인석 이경호 조하나

## 사운드
Re-recording Mixer 유문연

Dialogue Editor 방승인

Sound Effect Design 김희태

Ambience Design 유문연

Foley Artist 안가성

## 보호자

제공 KAFA FILMS
제작 한국영화아카데미
공동제공 CGV무비꼴라쥬 / (주)프레인글로벌
국내배급 CGV무비꼴라쥬
해외배급 CJ 엔터테인먼트
제작지원 CJ CGV (재) 한국영화아카데미발전기금

각본/연출 유원상
프로듀서 고대석
촬영 강민우
조명 유석문
미술 이정민
동시녹음 김길남
분장/헤어 김혜연
편집 유원상
음악 이은정(어떤사람A) 구본춘
사운드 송영호(충남테크노파크 정보영상융합센터)
VFX 박훤
DI 김열회
무술 허명행

## CAST

전모 김수현
지연 고서희
진수 이준혁
성혁 배성우
희정 유해정
정식 노강민
석주 염준혁
약사 박성일
노부부 박기천 최성순
마트직원 김희상 강기영 은승환
커플남 김희상
커플녀 윤효원
여학생 윤정혜

주민 이상필
기자(목소리출연) 김효준

## STAFF

**제작**
제작팀장 김솔
제작회계 노라미
로케이션매니저 송인호

**연출**
조연출 유송호
연출팀 최수지 최자영
스크립터 박루비
스토리보드 김지영 강민우

**촬영**
촬영팀 조형래 정지윤 박예솜
촬영지원 김경진 김주인
그립 박찬희(그립광)
스테디캠 정희성 강민우
차량지원 이병관
촬영장비 한국영화아카데미 영화진흥위원회

**조명**
조명팀 김진형
조명B팀 이수남 조현진 백진세 권택구 한명은 이광용
조명지원 김기림

**프로덕션디자인**
미술팀 심수정
분장&헤어팀 표승우

**동시녹음**
동시녹음지원 이한들 박상협 홍석재 성수민 문입생

## 기타 프로덕션

**캐스팅** 박영식 이아름(티아이)
**스틸** 이휘영
**무술팀** 최봉록 송민석
**보조출연** 한국영화아카데미 30기
**타이틀 제작** 김효준
**보험** 동부화재 유인종 / LIG 박성식

## CG

**Compositor** 박원

## DI

**Digital Intermediate** SDL(Stareast Digital Lab)
**Production Manager** 박미란 최현석 김원범
**DI Producer** 김동혁
**Digital Colorist** 김열희
**Technical Supervisor** 서민부
**Lab Assistant** 주영견 최우진 최은석 신정은
**Digital I/O** 이재춘 김경호
**Telecine** 김태화
**Digital Cinema** 박상문 박태일
**Project Coordinator** 송보경
**Administration** 임정주
**Technical Support** 미래창조과학부
한국전자통신연구원 ETRI 차세대콘텐츠연구소

## 사운드

**Audio Post Production** 충남테크노파크 정보영
상융합센터
**Sound Mixer** 박상균 송영호
**Sound Designer** 김완 박구태
**Foley Artist** 안기성

## 음악

**Music Director** 이은정(어떤사람A) 구본춘
**original Score composed by** 이은정 구본춘

**Mixing Engineer** 박승천 (movie closer)
**Guitar** 이재의
**Piano** 이은정
**Computer programming** 이은정 구본춘
**Mixing Studio** Movie Closer

## CREW

### 한국영화아카데미(KAFA)

**제작책임** 최익환
**제작총괄** 이지승
**제작운영** 황동미
**프로덕션 컨설턴트** 김태균 박현수 이종국 정지우 장
준환 김현석 박찬욱 황기석
**시나리오 컨설턴트** 강이관 오승욱
**제작코디네이터** 김윤주
**배급/마케팅책임** 정유경 박홍기
**배급/마케팅진행** 임수아 김민아 윤부미 임아영
**행정지원** 김용봉 김수덕 한인철 도동준 김유경 김
보라 최혜선 김혜연 서혜진 정하선

### CGV 무비꼴라쥬

**무비꼴라쥬총괄** 이상윤
**투자진행** 원정민 김기영
**마케팅진행** 민현선 박혜정 김유진
**배급책임** 이성진
**배급진행** 장지연 박정효
**마케팅지원책임** 한승희
**마케팅지원진행** 강연주 이원älä 고지민 안현주 안은
정 이창우 오은정 정선진
**해외배급지원** 김보람 주우현 프랭크

### CJ 엔터테인먼트

**해외배급책임** 김성은
**해외배급진행** 정영홍 Claire Seo 김하원 문성
주 채민경 조창범 김경덕 이월란 홍아름 이현주
김현우 이민지 안디니 윤민기 김은지 서재현
정태선 따오티 축하 박정식 정영성 신아름 Xu

Feng 이경준 · Maseba Osamu · Jini Cho
Sarah Kim · Diana Lee

## 마케팅
**마케팅** 프레인글로벌

## 매니지먼트
**이준혁** 홍종구 (창엔터테인먼트)
**고서희** 최지성 (레이즌엔터테인먼트)
**배성우** 김태현
**유해정** 유창준 (아버지)
**노강민** 황효영 (어머니)
**염준혁** 한홍남 (어머니)

## 소품&미술협찬
덱스터필름 박성준 PD님 / 손선옥 실장님 / 홍수
정 부장님 / 서희성

## 장소협조
일산 장항동 빙그레마트 / 일산 장항동 동양공구
철물 / 잠수교(한강관리사업본부) / 인천 하나로
마트 / 부천 바른손약국 / 김솔 제작팀장 집 / 인
천 주안 유원상감독 할머니댁 / 종암동 비타민플
라워 / 경의선 운정역 / 금촌역 / 인천 선학 유광
근님 댁(대동아파트) / 충북 영동군 각계터널 / 한
국철도시설공단 / 파주 공릉저수지

## 도움 주신 분들
청년필름 조윤진 PD / 조현정 / 오류미 / 권혜미
/ 촬영버스 오석철 기사 / 장미선 / 서수석 / 박진
석 / 윤창현 / 유한결 / 곽영록 / 김원유 / 이경민
/ 서희성 / 홍재완 / 서고은 / 김석범 / 엄태화 /
조슬예 / 김상범 기사 / 윤라울

# 들개

**제공** KAFA FILMS
**제작** 한국영화아카데미
**공동제공** CGV무비꼴라쥬 / (주)프레인글로벌
**국내배급** CGV무비꼴라쥬
**해외배급** CJ 엔터테인먼트
**제작지원** CJ CGV (재) 한국영화아카데미발전기금

**각본/연출** 김정훈
**프로듀서** 김성은
**촬영** 박성훈
**조명** 이동화
**미술** 류새별
**분장/헤어** 권지은
**의상** 강동율
**동시녹음** 박종우
**무술** 정윤현(서울액션스쿨)
**특수효과** 박경수(DEMOLITION)
**편집** 김정훈
**음악** 김진하
**사운드** 김원(다이아로고스)
**VFX** 주예흠 (미스터로맨스)
**DI** 노병욱(씨네메이트)
**타이틀 제작** 모임 별

## CAST
**박정구** 변요한
**이호민** 박정민
**백 교수** 김희창
**오 형사** 오창경
**한규남** 박성일
**필균** 유대형
**시원** 이시원
**김 전무** 김종구
**유 선생** 김도현
**주차요원** 서준하

**효민 모** 임지수
**순경** 이상협
**다스** 송민승
**면접관1** 박혜진
**면접관2** 김성은
**면접녀1** 하수민
**면접녀2** 김민지
**면접남1** 박준영
**형사1** 조하석
**형사2** 이동화
**형사3** 유영욱
**형사4** 박영복
**연구실신입생** 김동현
**렉카남** 권혁준
**연구실 퀵** 박민우
**이근** 김진만
**지하철녀** 김윤주
**교내방송(목소리)** 유서언 김창훈
**블랙박스 커플(목소리)** 김연일 조슬예
**112(목소리)** 조슬예
**유준용 교수(사진)** 양수인
**압구정 행인** 양수인 신경섭
**고등학교 교실** 엄태화
**도서관** 박주애
**홍대행인** 김문준 김세웅 박철현 장지희 정윤진 한승훈
**강의실** 고천봉 김기현 김성민 김신정 김인선 김정
변지 김진황 남아랑 박근범 박혜민 서희영 안용해
유지영 이욱섭 이성은 이성현 이현주 장준호 정대
건 채정석
**고깃집** 김보라 김윤주 민성원 이현주

## STAFF
**제작**
**제작실장** 서준하
**제작팀** 성기욱 이민재 서종윤

제작지원 남궁용 이용일

**연출**
조연출 김민지
연출팀 최석준 유호철
스크립터 김민경
현장편집/데이터매니저 김창훈
스토리보드 김창훈 남아랑

**촬영**
촬영팀 지상빈 김치윤 전성곤
촬영지원 조왕섭 강민우 조형래 권용직 박예솜 송민승
스테디캠 김동주 박성욱
B캠 지상빈
촬영장비 한국영화아카데미 영화진흥위원회

**조명**
조명팀 이상문 홍성우
조명B팀 유석문
조명탑차 협조 한상구
조명장비 한국영화아카데미 영화진흥위원회

**프로덕션 디자인**
미술팀 하수민
분장&헤어지원 송청수
헤어협찬샵 안효주
의상협찬 몬츄라코리아 소피앤테일러

**동시녹음**
붕오퍼레이터지원 조한철

**무술**
무술지도 장영주
무술팀장 전재형 천준호 김영민

**특수효과**
특수효과팀장 조경규 이동호

**기타 프로덕션**
스틸 박지현 김진영 (Exoticshop)
보험 이해천 (흥국화재)
사제폭탄 기술자문 김석현
영문번역 박선영

**편집**
편집지원 김민지

**VFX**
Visual Effects by ㈜미스터로맨스
Compositor 조근웅
Jr Compositor 서선혜

**DI**
Lab Master 윤석일
DI Supervisor 박진호
Digital Colorist 노병욱
Lab Assistant 형준석 정혜리
Lab Technician 허준 이병희
Lab Manager 정종길

**사운드**
Sound Designers 김원 이주석
Re-recording Mixer 김원
SFX Editor 이주석
Foley Editor 이인경
Foley Artist 제민철

**음악**
Music Supervisor 목영진
Music Recording  Mightymouth

**삽입곡**
손짓을 취하다
우리는속옷도생겼고여자도늘었다네
(작사/작곡 우리는속옷도생겼고여자도늘었다네)

Step
청림 (작사 권태은 / 작곡 권태은 Benzi)

## CREW
**한국영화아카데미(KAFA)**
**제작책임** 최익환
**제작총괄** 이지승
**제작운영** 황동미
**프로덕션 컨설턴트** 김태균 박헌수 이종국 정지우 장준han 김현석 박찬옥 황기석
**제작코디네이터** 김윤주
**배급/마케팅책임** 정유경 박흥기
**배급/마케팅진행** 임수아 김민아 윤부미 임아영
**행정지원** 김용봉 김수덕 한인철 도동준 김유경 김보라 최혜선 김혜연 서혜진 정하선

**CGV 무비꼴라쥬**
**무비꼴라쥬총괄** 이상윤
**투자진행** 원정민 김가영
**마케팅진행** 민현선 박혜정 김유진
**배급책임** 이성진
**배급진행** 장지연 박정효
**마케팅지원책임** 한승희
**마케팅지원진행** 강연주 이원재 고지민 안현주 안은정 이창우 오은정 정선진
**해외배급지원** 김보람 주우현 프랭크

**CJ 엔터테인먼트**
**해외배급책임** 김성은
**해외배급진행** 정영홍 Claire Seo 김하원 문성주 채민경 조창범 김경덕 이월란 홍아름 이현주 김현우 이민지 안디니 윤민기 김은지 서재현 정태선 따오티 축하 박정식 정영성 신아름 Xu Feng 이경준 Maseba Osamu Jini Cho Sarah Kim Diana Lee

**마케팅**
**마케팅** 프레인글로벌

**매니지먼트**
**박정민** 샘 컴퍼니 (김태호 실장 남종호 대리 안재균 주 력)
**박성일** JF 엔터테인먼트 (오윤종 박승준)

**제작협찬**
YEP 동아오츠카 핫앤핫

**장소협조**
서울대학교 / 안산대학교 / 신구중학교 / 2호선 홍대입구역 / 현대오일뱅크 청원제일주유소 / 여기현 집 / 서준하 집 / 박성훈 집 / 은평 13단지 힐스테이트 / CU 강남삼성점 논현동 청송숯불화로구이 / 대덕로 현천 구판장 / 대덕로 189-6 / 압구정로 406 / 압구정 SUNWOO / 한국영화아카데미

**도움 주신 분들**
강미란 / 강동원 / 강이관 / 강지현 / 고윤희 / 권봉근 / 김계용 / 김상범 / 김 민 / 김연일 / 김유민 / 김은주 / 김지희 / 김홍진 / 남궁선 / 박근범 / 손화영 / 신아름 / 신유재 / 심세윤 / 심태윤 / 오승욱 / 엄태화 / 이병삼 / 이신애 / 이응일 / 인은숙 / 임경우 / 임정현 / 정도안 / 정수연 / 정지우 / 조령수 / 조 월 / 조태상 / 주진우 / 추성권 / 홍석재 / 서희영 이성현(바른손필름) / 어니스트(박정민 팬클럽) / 동아오츠카 구미회 주임님 / 핫앤핫 이사님 / 안산대학교 이병순 교수님 / 서울영상위원회 로케이션 지원팀 서 연 / 2호선 홍대입구역 담당자분들 / 홍대역 일대상점 주인분들 / 옥수동, 금호동 재건축조합 사무소 / 서초경찰서 홍보과장님 / GE Production / YEP 여기현 대표 / 한국영화아카데미 28기 / 장편제작연구과정 6기

한국영화아카데미 장편영화 제작연구과정 프로젝트 6

# 심장이 뛴다, 영화가 뛴다
저예산 장편영화 제작일기

ⓒ한국영화아카데미 2013


2쇄 발행 2015년 3월 1일

**지은이** 한국영화아카데미
**펴낸이** 이기섭 최익환
**편집팀장** 김송은
**책임편집** 황희연
**디자인** 디자인 色(김민색, 채민지, 박상은)
**마케팅** 조재성, 성기준, 정윤성, 한성진, 정영은
**관리** 김미란, 장혜정

**펴낸곳** 한겨레출판㈜ www.hanibook.co.kr
**등록** 2006년 1월 4일 제313-2006-00003호
**주소** 121-750 서울시 마포구 공덕동 116-25 한겨레신문사 4층
**전화** 02-6373-6752
**팩스** 02-6373-6790
**대표메일** cine21@hanibook.co.kr

**주소** 서울시 마포구 서교동 337-8 한국영화아카데미
**전화** 02-333-6087
**팩스** 02-332-6010

ISBN 978-89-8431-769-7 03860